Ma vie selon Moi

Sylvaine Jaoui
Illustrations de Colonel Moutarde

Ma vie selon Moi

L'avenir comme je l'imaginais… ou pas

RAGEOT

Cet ouvrage a été imprimé sur un papier
issu de forêts gérées durablement,
de sources contrôlées.

Notes et articles de Sylvaine Jaoui.
Conception graphique intérieure : Anaïs Louvet.

ISBN : 978-2-7002-4273-7

Loi n° 49-956 du 16-07-1949 sur les publications
destinées à la jeunesse.

Pour Antoine.

LE CASTING

Le club des CIK (lire cinq ou « c'est un cas » au choix) **+ 3**

Justine : dix-sept ans. Un mètre soixante-dix pour cinquante kilos. Toujours en jean et en Converse. Fleur bleue, gaffeuse et rêveuse. Aime les films et les chansons d'amour. Vit avec ses parents et son frère Théo. A obtenu son bac S et a décidé de faire médecine. Meilleure amie : Léa (et aussi Patou, la girafe du zoo).

Léa : dix-huit ans. Petite et plutôt ronde. Porte de la dentelle noire, des Doc et de gros bijoux d'argent. Surnommée la sorcière, elle s'intéresse à la voyance et au paranormal. Vit avec sa mère et sa grand-mère depuis la mort de son père. Elle a réussi son bac L de justesse grâce à une excellente note en littérature et s'est inscrite en fac de lettres.

Nicolas : dix-huit ans. Dom Juan. A un langage de charretier. Adore tout ce qui est informatique et bricolage. Cousin de Justine et meilleur ami de Jim. Vit avec son père depuis un an à cause de disputes fréquentes avec sa mère. Après avoir obtenu son bac STI, il a choisi une école d'informatique proche de la fac de Léa.

Jim : dix-huit ans. Brun musclé. Vrai gentil qui a toujours des attentions pour chacun mais grand nerveux. Il travaille au *Paradisio* en attendant de passer son monitorat de judo. A traversé une période difficile (fugues nombreuses) et a avec son père une relation exécrable. Son bac (préparé en candidat libre) avec mention bien en poche, il s'est inscrit en fac de droit.

Ingrid : dix-huit ans. Bimbo du groupe. Passe son temps à tester son pouvoir de séduction sur tous les garçons ce qui a le don d'agacer toutes les filles. Enfant unique d'un couple âgé. Préoccupée par la mode, les vêtements et les chanteuses à succès. Est sortie avec Jim et Nicolas, il y a longtemps. A obtenu son bac ES avec mention assez bien et s'est orientée vers une école de communication.

LE CASTING

Thibault : dix-huit ans. Beau garçon châtain, élégant et énigmatique. Il vit seul dans l'appartement (en rez-de-jardin de la maison bleue) loué par son père ambassadeur à Beyrouth. Repêché lors de l'oral de rattrapage du bac S, il a choisi de partir un an pour les États-Unis avant d'intégrer une classe prépa.

Ambre : jeune avocate stagiaire inscrite au *Paradisio*. Jolie brunette, mince, sans chichis.

Jean-Baptiste : garçon sympa et décontracté, passionné par l'Afrique. A obtenu son bac S et va faire une prépa dans son lycée.

Quelques autres personnages...

Adam : étudiant en lettres. Très attiré par Léa.

Peter : prof d'art dramatique de Léa. Joue avec son cœur.

Patou : la girafe du zoo, animal fétiche de Justine.

Claire : mère de Léa.

Eugénie : grand-mère infernale et géniale de Léa.

Laurent et Sophie : parents de Justine.

Théo : petit frère surdoué de Justine.

Et après, on fait quoi ?

Justine – Alors ça y est, c'est fini...

Nicolas – Tu plaisantes là ? La vie commence, oui !

Justine – C'est une façon de voir les choses.

Jim – C'est LA seule façon, Justine ! On a réussi notre bac, on va partir, vivre sans nos parents pour nous obliger à faire ceci ou cela. La vie est devant nous !!! Donc, levons nos verres à l'existence merveilleuse qui nous attend...

Léa – Impossible, il n'y a plus rien à boire ! Les invités ont tout éclusé !

Jim – Ah c'est ennuyeux, on ne va quand même pas trinquer à l'eau...

Thibault – Comme je vais décevoir mon père avec mon refus d'intégrer ma prépa en septembre et que je deviendrai de ce fait un fils ingrat, je peux vider les bouteilles qu'il a laissées dans ma cave sans problème. Qui veut du champagne millésimé ?

Nicolas – Moi ! Profitons-en avant d'être des étudiants trop fauchés pour se payer un Coca.

Jim – Je t'accompagne !

Jean-Baptiste – Moi aussi !

Ambre – Idem.

Léa – Allons-y pour une dernière coupe...

Ingrid – Juste une lichette, alors. C'est plein de sucre l'alcool.

Thibault – Et toi, ma Justine?

J'ai inspiré profondément.

Justine – TA Justine, que tu as prévenue il y a moins de dix minutes que tu partais pendant un an aux États-Unis, préférerait une lichette de ciguë pour en finir au plus vite!

Oui, je sais, je viens de casser l'ambiance avec ma petite remarque. Mais qui a le plus gâché la fête avec ses révélations fracassantes? Thibault ou moi?

Il y a moins d'un quart d'heure, il m'avait demandé de l'aider à ranger la cuisine et là, devant la poubelle, il m'avait déballé son funeste projet.

Thibault – Justine, il faut que je te parle.

Justine – Je sais déjà ce que tu vas me dire : je suis une sex bomb, tu es fou de moi et tu as l'intention de rester collé à mon jean durant les siècles à venir.

Thibault – Arrête de plaisanter.

Justine – Comment ça? Je ne suis pas une sex bomb? Tu n'es pas fou de moi? Et tu n'as pas l'intention de rester collé à moi durant les siècles à venir?

Thibault – Non... Enfin si... Mais non...

J'avais éclaté de rire.

Justine – Tu pourrais être plus clair?

Thibault avait soupiré puis il m'avait dit d'une voix brisée par l'émotion :

Thibault – Justine, j'ai pris une décision qui va te causer du chagrin.

Là, j'avais immédiatement cessé de rire. Le mot séparation s'était allumé en lettres rouge sang dans le fond d'écran de ses yeux et les mots qu'il avait prononcés pour m'annoncer son départ aux États-Unis avaient confirmé mon intuition.

J'étais restée sans voix. Il avait alors tenté de me prendre dans ses bras, j'étais partie en courant et depuis j'étais prostrée sur une chaise de jardin.

Même Léa n'avait pas essayé de me consoler. Elle avait dû juger que la tâche était impossible. Elle s'était juste assise à mes pieds sur l'herbe. Les autres avaient fait de même. Si bien qu'en plus d'être désespérée j'étais totalement ridicule, je trônais comme une reine entourée par sa cour.

Le pervers écrivain du premier étage devait prendre des notes de la scène à toute allure. Il allait pouvoir ajouter un sixième tome à sa série !

Thibault – Je pars seulement un an. Et puis si je trouve un bon plan, tu pourras me rejoindre pour les vacances.

Justine – Quand ça ? À Noël, avant mes partiels du premier semestre ? Ou à Pâques quand je jouerai mon année ?

Thibault – Je ne sais pas.

Justine – Bien sûr que tu ne sais pas ! Tu n'as pensé qu'à toi dans cette histoire. Toi, tes rêves, tes envies, ta liberté...

Thibault n'a rien répondu mais il m'a regardée fixement un long moment puis il a baissé les yeux, l'index sur les lèvres. Le silence s'est installé, épais comme un brouillard londonien. Soudain, mon prince (qui ne l'était plus vraiment) s'est mis à parler vite et fort comme si les mots, trop longtemps contenus, sortaient en rafale.

Thibault – Oui, c'est mon rêve de partir une année aux États-Unis ! Et pour une fois, c'est moi qui décide et je n'ai pas à m'en excuser. Depuis toujours c'est « Thibault en Afrique quand papa le décide », « Thibault va à l'école au Qatar quand papa l'ordonne », « Thibault est très sage au Japon quand papa l'exige », « Thibault doit rester en France quand papa part à

Beyrouth »... Alors voilà ! Aujourd'hui Thibault part aux États-Unis parce qu'il le désire vraiment et si tu ne veux pas l'attendre, il en sera désolé mais il ira quand même ! Il est temps que j'arrête d'être le gentil garçon qui satisfait tout le monde et que je vive ce que j'ai envie de vivre.

On aurait pu imaginer qu'après une réplique pareille Thibault aurait shooté dans ma chaise et serait parti fou de rage. Pas du tout... Il s'est retourné et s'est mis à pleurer. Quand je dis pleurer, n'entendez pas par là une petite larme qui roule sur la joue et qu'on essuie discrètement en espérant que personne ne l'ait vue. Non, Thibault a pleuré comme Théo le jour où j'avais oublié d'aller le chercher à la sortie de la maternelle.

Mon cœur est devenu tout mou.

J'allais me pencher vers lui pour lui murmurer à l'oreille : « Pars, mon bel amour, je serai fidèle comme une femme de marin et je t'attendrai au port jour et nuit, guettant ton retour » lorsque j'ai croisé le regard hautement réprobateur de Nicolas.

Quoi ??? Qu'est-ce que j'ai fait ??? Ce n'est quand même pas ma faute si son ambassadeur de père l'a obligé à aller à l'école aux quatre coins du monde ! Moi aussi je peux pleurer et reprocher aux autres d'avoir eu deux maîtresses en CE1 quand Mme Hugues est partie en stage en février. Eh oui, ma vie n'a pas toujours été un long fleuve tranquille à l'école primaire Jacques-Prévert.

Alors que, deux minutes auparavant, je trônais au milieu de tous, le centre de gravité s'est déplacé d'un coup. Ils se sont massés autour de Thibault. Je suis restée seule, comme une pauvre reine déchue. Quelle injustice ! Je rappelle que c'est moi la femme abandonnée et lui le cow-boy solitaire !

Jim a tenté une diversion.

Jim – Et voilà ce qui arrive lorsqu'on parle de nos pères. C'est le bazar assuré.

Personne n'a réagi. Je crois que les larmes de Thibault et ses paroles sur son désir de ne plus être un enfant obéissant avaient ébranlé tout le monde. Chacun semblait établir le bilan de ce qu'il avait sacrifié pour faire plaisir aux autres. L'addition avait l'air d'être salée.

J'ai réfléchi à mon tour.

Bilan (en vrac) de ce que j'ai fait pour être une fille comme il faut ces dernières années :

1) J'ai renoncé à mon piercing au nombril pour que ma mère ne crise pas.

2) En troisième, j'ai accepté de louper mon gala de hip-hop pour assister au mariage d'une vieille cousine de mon père à trois cents kilomètres d'ici. Mon épanouissement personnel passant après le concept de « famille ».

3) Je n'ai jamais mis un décolleté ou un haut en dentelle parce que, pour tout le monde, je suis Justine la fille toute simple en jean et Converse.

4) En CM2, j'ai porté une robe verte immonde à chaque fois que mamie venait à la maison parce que c'est elle qui me l'avait offerte et que maman voulait lui faire plaisir. Heureusement à Pâques, j'ai grandi d'un coup et elle est devenue trop petite.

5) Ces trois dernières années, j'ai souvent gardé Théo le mercredi pour que certains ne me collent pas l'étiquette de « fille ingrate et mauvaise sœur ».

6) J'ai avalé des trucs immondes cuisinés par mon père pour ne pas troubler le repas dominical.

7) J'ai donné des cours de maths à la fille d'une collègue de mon père. Une vraie peste qui se moquait totalement de ce que je lui expliquais et jouait les filles hyper concentrées dès qu'un adulte approchait. Tout ça pour quoi ? Pour, dixit ma mère : « Apprendre la valeur de l'argent et être une ado responsable. »

8) Je ne me suis toujours intéressée qu'aux matières scientifiques pour que Léa soit la littéraire mais, en réalité, je crois que j'aimerais lire des romans.

9) J'ai traversé la moitié de la ville au moins une vingtaine de fois ces derniers mois pour aller acheter le pain bio de ma mère.

10) J'ai renoncé à mes sentiments pour Jim parce que j'aimais Thibault. Et inversement.

11) J'ai dû donner mon vélo rouge avec les petites roues à Théo parce que je ne m'en servais plus et que c'était idiot d'en racheter un. Comme si le fait qu'on n'utilise plus les choses était une raison suffisante pour qu'on vous en dépossède.

12) Je vais commencer mes études de médecine, je ne suis pas sûre que ça me plaise mais mon père avait l'air tellement fier quand j'ai parlé de m'inscrire au concours que je l'ai fait.

– Alors ne le fais pas...

Léa, qui était venue s'asseoir sur mes genoux, me regardait en souriant. Elle a continué :

Léa – Il n'y aurait rien de plus idiot que de ne pas vivre ta propre vie. Si les études de médecine plaisent tellement à ton père, il n'a qu'à s'inscrire en première année ! Et toi, choisis ce qui te convient vraiment.

Justine – Le problème, c'est que je ne sais pas ce qui me convient. Depuis des années, c'était simple, j'avançais : 6e-5e-4e-3e-2nde-1re-terminale... Maintenant qu'on me dit : partez !!! j'ai peur. Pour toi, c'est évident, tu sais vraiment ce que tu aimes. Tu tends vers ça depuis toujours. Mais pour les indécis comme moi, c'est horrible.

Comme j'avais un peu haussé la voix, les autres m'ont regardée. J'ai confessé :

Justine – Désolée si je ne deviens pas la copine médecin qui sait depuis toujours qu'elle veut sauver son prochain.

Jim – Ne t'excuse pas Justine, c'est pareil pour moi. Désolé si je vous donne de faux espoirs avec mon inscription en fac de droit. Si ça se trouve, je vais me planter et retourner d'où je viens.

Nicolas – Bon, ben puisqu'on en est tous là, autant que je vous avoue que même si j'adore bidouiller mon ordi, je ne suis pas certain de devenir un geek diplômé.

Ingrid – Parce que vous croyez que moi, je...

Léa – STOOOOOP !!!

Le hurlement de Léa a stoppé net ce qui ressemblait fort à une mauvaise séance de thérapie de groupe.

Léa – Pour la deuxième fois de la soirée, j'interromps la discussion. Il est très tard, nous sommes tous épuisés et nous avons eu notre compte d'émotions pour la journée, alors on se calme.

Ambre – Cette discussion n'est pas inutile. C'est important de se poser des questions. Et il vaut mieux se les poser maintenant qu'après des années d'études.

Jean-Baptiste – Je suis d'accord avec Ambre !

Léa – Oui, moi aussi je suis d'accord. Mais pas maintenant !

Nicolas – Léa a raison, on doit aller se coucher. Moi, je vote pour, surtout si c'est dans son lit !!!

La fenêtre du premier étage s'est ouverte légèrement et la voix de notre voisin a soufflé :

Le voisin-écrivain – Si vous me permettez, c'est parce que vous êtes fatigués et bouleversés que vous osez avouer vos doutes. Demain, tout le monde aura remis son masque et vous ne serez plus dans ce moment de vérité.

Jean-Baptiste (tout bas) – C'est qui ce type ?

Ingrid – C'est le voisin ! Il est écrivain.

Jean-Baptiste (encore plus bas) – Et il se mêle souvent de votre vie ?

Léa – Mieux que ça, il l'écrit.

Nicolas – Ah bon, il va parler de nous dans un roman ?

Léa – Plus exactement dans une série en cinq tomes qui raconte notre année à la maison bleue. Il vient de terminer de l'écrire.

Nicolas – Quoi ??? Mais je rêve !!!

Ambre – Vous lui avez donné votre accord ?

Léa – Non ! Il s'est juste un peu inspiré de nos caractères pour écrire une fiction.

Ambre – À vérifier quand même. L'atteinte à l'intimité de la vie privée est punie par la loi.

Jim a regardé Ambre avec des étoiles dans les yeux.

Jim – Eh oui ! C'est ça une bonne avocate !

On se calme ! Pas besoin d'avoir fait des années de droit pour savoir que si un type raconte ta vie sans ton accord, tu peux l'attaquer en justice.

Léa – De toute façon, il a promis de nous faire lire sa série avant sa parution. N'est-ce pas cher voisin ?

Le voisin-écrivain – Oui, pas de problème. Vous lirez tout ce que vous voudrez. En attendant, reprenez la discussion sur votre avenir, c'est passionnant.

Nicolas – J'hallucine ou il nous prend pour des cobayes ? Il a regardé trop d'émissions de télé-réalité, lui.

Jim – Ne t'énerve pas, il est plutôt marrant ce type qui nous pousse à aller plus loin parce que ça lui permet de créer. On est tous gagnants !

Justine – Gagnants ? Attends de lire ce qu'il a raconté sur nous. Si ça se trouve, tu es un crétin fini et moi une pauvre gourde sans aucun intérêt.

Ingrid s'est levée et, s'approchant plus près de la fenêtre, elle a demandé discrètement à notre écrivain :

Ingrid – Vous avez tout ce qu'il vous faut sur moi ?

Le voisin-écrivain – Absolument tout ce qui est nécessaire à mon écriture.

Ingrid – Si vous aviez besoin de renseignements précis : taille, mensurations, teinte exacte des cheveux, je suis à votre disposition.

Le voisin-écrivain – Je ne suis pas journaliste de mode, vous savez, je suis écrivain. Je m'inspire de certains éléments du monde qui m'entourent mais mon imagination fait le reste. Je ne cherche pas à reproduire la réalité, je la reconstruis. Je ne suis pas certain que vous vous reconnaîtrez dans le personnage que vous m'avez inspiré.

Ingrid a semblé très déçue. Jean-Baptiste, plein d'humour, est venu à son secours.

Jean-Baptiste – Rassurez-la, elle sera quand même une héroïne sexy qui met les hommes à ses pieds ?

Le voisin-écrivain – Oui, mais pas seulement. Ingrid mérite mieux, non ?

Jean-Baptiste – Absolument.

Le voisin-écrivain – Bien, si vous repreniez votre discussion sur votre avenir ? Alors lequel d'entre vous est sûr de son choix pour la rentrée ?

Seul Thibault a levé la main. On a tous éclaté de rire.

Nicolas – Putain, c'est pas juste ! C'est le choix le moins réfléchi.

Ambre – Oui, mais c'est le seul qui tienne compte de ses désirs profonds.

Léa – Non, moi aussi, je vais faire ce qui me plaît vraiment.

Jean-Baptiste – Moi aussi !

Ambre – Alors pourquoi n'avez-vous pas levé la main ?

Léa et Jean-Baptiste ont soupiré exactement au même moment. Apparemment, la réponse n'était pas si simple.

Thibault – Bon, ben je vais chercher du champagne.

Jean-Baptiste – Tu as raison, je crois qu'on en a encore besoin !

Léa – Oui, la nuit va être longue.

Et voilà comment, à plus de trois heures du matin, nous avons engagé une discussion sur le thème le plus complexe : notre avenir. Et je peux vous dire qu'il s'annonçait mal !

Après nous avoir laissés échanger dans un brouhaha épouvantable, le voisin s'est de nouveau fait entendre.

Le voisin-écrivain – Votre discussion part dans tous les sens et ne donnera rien de bon. Attendez, j'ai peut-être une solution.

Il est réapparu quelques secondes plus tard à la fenêtre et nous a lancé du papier et des stylos.

Le voisin-écrivain – Que chacun dresse la liste de ce dont il a envie sans aucune auto-censure. Derrière de petits rêves inavoués qui vous semblent futiles, se cache parfois le projet d'une vie. Alors débusquez le moindre sursaut, la moindre velléité.

Nicolas – Mais qu'est-ce qu'on en fera après ?

Le voisin-écrivain – Rien... L'intérêt c'est juste de dresser cette liste, de laisser à vos désirs la possibilité d'émerger, de les voir flotter et de choisir ceux qui veulent vraiment voguer.

"Pour ce qui est de l'avenir, il ne s'agit pas de le prévoir, mais de le rendre possible."

Antoine de Saint-Exupéry

"L'avenir c'est le passé
L'avenir c'est dépassé
Le présent est imprévisible
Le futur n'est pas pensable."

Georges Wolinski

POUR BRILLER ET CLORE ENFIN LE BEC À JUSTINE !

"L'avenir c'est la trahison des promesses."

Daniel Pennac

"L'homme n'est pas ancien comme le monde :
il ne porte que son avenir."

Paul Éluard

"La source de la peur est dans l'avenir, et qui est libéré de l'avenir n'a rien à craindre."

Milan Kundera

"L'avenir nous tourmente, le passé nous retient, c'est pour ça que le présent nous échappe."

Gustave Flaubert

Justine (bas à Léa) – Je ne sais pas pourquoi mais j'ai envie de vomir !

Léa (tout bas) – C'est rien, c'est le mal de mer. Tu as été sensible au champ lexical maritime : émerger, surface, flotter, voguer. Tu es une littéraire qui s'ignore.

Justine (tout bas) – Vraiment ? Tu penses que je suis une littéraire qui s'ignore ?

Léa – C'est ce que j'ai cru entendre quand tu réfléchissais tout à l'heure.

Justine – Sorcière !

Léa – BFF de sorcière !

Nicolas, toujours pragmatique, a continué à questionner le voisin :

Nicolas – Alors après l'avoir écrite, on peut déchirer cette liste ?

Le voisin-écrivain – Si vous voulez. Vous pouvez aussi la conserver et la relire de temps à autre pour vérifier si vous êtes resté fidèle à vos rêves, si vous en avez supprimé ou ajouté ou modifié. C'est cela l'impermanence, on change à chaque seconde, et nos désirs changent avec nous.

Après un temps d'hésitation, on s'est pliés à l'exercice.

Liste des désirs de Nicolas

• Que Léa m'aime vraiment et ne soit pas tentée de retourner avec son théâtreux qui se la joue artiste. Sinon, je le jure, cette fois-ci, je lui refais sa dentition à ce clown.

• Arriver à me lever le matin pour aller en cours et ne pas trop sécher quand il n'y aura plus personne pour me faire la morale.

• Devenir un geek reconnu qui fasse des trucs de ouf.

• Me trouver un petit boulot afin d'être indépendant et ne pas demander de l'argent à mes parents pour le moindre truc.

• Renouer le contact avec ma mère et ma sœur parce que je les ai laissées tomber ces derniers temps.

• M'acheter un nouvel ordi et peut-être un scooter pour être le roi du monde.

• Faire un stage dans une grosse boîte à Shanghai.

• Que Jim soit toujours mon meilleur pote et qu'Ambre ne vienne pas trop s'immiscer entre nous.

• Inventer un nouveau langage informatique qui soit la révélation du siècle.

• Ne pas devenir un pauvre glandeur qui n'a que des rêves et ne se donne pas les moyens de les concrétiser.

My wishlist by Ingrid

• Que Jean-Baptiste ne me déçoive pas et m'aime vraiment. Qu'il soit ma vraie première fois.

• Que mon école de communication me plaise et que je trouve un stage dans la mode. Si Lagerfeld pouvait me remarquer, ça serait génial.

• Que mes parents ne vieillissent pas d'un coup après mon départ et qu'ils trouvent un autre centre d'intérêt que moi.

• Voir un jour Los Angeles (avec la garde-robe qui va bien).

• Que la proposition de Jean-Baptiste de partir avec lui en Afrique tienne toujours, que je sois sur le même vol que lui maintenant qu'il a décalé son voyage pour m'attendre et que je sois utile là-bas.

• Que mes parents m'offrent ce qu'ils m'ont promis pour le bac. Je serai une déesse s'ils tiennent leur promesse.

• Être en coloc avec toute la bande et que ça se passe bien. Que Justine et Léa m'aiment comme une sœur.

• Posséder tous les vernis Chanel pour les poser sur l'étagère de ma nouvelle salle de bains comme un nuancier de peintre.

• Avoir une activité dans laquelle je me réalise ET qui puisse aussi aider les autres...

Dans le désordre de mon cœur par Léa

• Vivre ma vie sans culpabiliser parce que j'ai quitté Eugénie et maman.

• Voir un peintre aborigène peindre un tableau (quand on sera en Australie).

• Trouver un bon cours de théâtre à côté de la fac.

• Ne pas me faire d'illusions folles sur mes capacités d'écriture mais être capable d'écrire au moins un beau texte dans ma vie.

• Vivre intensément notre grand voyage cet été et revenir avec des étoiles dans les yeux.

• Perdre au moins trois kilos, cinq ça serait mieux, sept ça serait parfait.

• Être là pour Justine quand elle préparera son concours de première année de médecine mais aussi me consacrer à mes rêves.

• Faire du parapente une fois sans avoir peur de finir comme Icare.

• Être moins sensible à la souffrance des gens.

• M'acheter les *Œuvres complètes* de Racine en Pléiade. Ça peut paraître bizarre à mon âge, pourtant j'en rêve !

• Trouver un jean qui ne me fasse pas de grosses fesses. Oui, je sais, c'est impossible, on ne demande pas à un jean d'accomplir des miracles !!!

Pourvu que ça arrive par Jim

• Parler à mon père sans avoir l'impression d'être un raté.

• M'asseoir dans un amphi et ne pas penser qu'on va me demander de sortir parce que ce n'est pas ma place.

• Avoir un jour une voiture qui démarre du premier coup.

• Qu'Ambre soit fière d'être avec moi.

• Gagner assez d'argent pour offrir à ma mère le sac « je ne sais quoi » dont elle rêve parce qu'il porte le nom d'une princesse. Mon père ne veut pas le lui offrir.

• Protéger les enfants des adultes qui leur veulent du mal.

• Partir au ski tous les hivers.

• Aller voir mon prof de SVT de 4e et lui dire : « Un jour, vous m'avez balancé : "Tu ne sers à rien", c'est la pire remarque qu'on puisse faire à un ado. J'ai failli vous croire, heureusement j'ai croisé d'autres personnes sur ma route qui m'ont prouvé le contraire. »

• Avoir mon monitorat de judo ET mon diplôme de droit pour expliquer à des ados paumés que, même si on possède la force physique, on doit utiliser les mots et non la violence pour faire régner la justice.

• Rester ami pour toujours avec Nicolas, Justine, Léa, Thibault et Ingrid.

• Défendre un jour mon père parce qu'un patient lui fait un procès, gagner le procès et entendre mon père me dire : « Merci mon fils ».

• Faire le tour du monde.

• Rencontrer Teddy Riner et m'entraîner sur un tatami une heure avec lui.

• Adopter un labrador noir avec de grands yeux caramel, le nommer Émile et l'emmener courir tous les jours.

Mes souhaits à ce jour par Thibault

• Vivre un an aux States sans rien demander à mes parents.

• Jouer du saxo vraiment, prendre des cours, répéter au moins cinq heures par jour.

• Ne pas perdre Justine, qu'elle continue à m'aimer, qu'elle ne m'en veuille pas de partir loin d'elle.

• Revenir en France dans un an, faire ma prépa puis intégrer une grande école.

• Rester insensible à la colère glacée de mon père et au silence angoissé de ma mère quand je leur annoncerai ma décision de prendre une année sabbatique.

• Être capable de fonder un jour une vraie famille et non une fausse représentation du bonheur lors de soirées de Monsieur l'ambassadeur et Madame.

• Construire des ponts et des routes ici et ailleurs. Être un homme qui relie les hommes.

• Rester l'ami de Jim, Nicolas, Léa et Ingrid toute ma vie. Que notre éloignement, cette année, ne brise pas notre amitié. Ils sont pour moi comme une famille.

• Avoir un lieu à moi et rien qu'à moi.

• Retourner un jour dans les pays où j'ai vécu mais que je n'ai pas vus. Sortir des ambassades et aller à la rencontre des gens. Leur venir en aide.

Ouh là là, tout ce que je veux !!! par Justine

• Bosser comme une dingue durant des mois sans craquer et réussir ma première année.

• Ne plus aimer d'amour Thibault si son départ doit me briser le cœur. Vœu impossible ! Alors ne pas trop souffrir du départ de Thibault.

• Trouver un grand appart et vivre en coloc avec mes amis sans problème. Oui, même avec Ingrid, mauvais esprit va !

• Ne pas tomber dans les pommes à la vue d'une goutte de sang. La dernière fois, j'ai failli vomir mes tripes en voyant la plaie que Théo s'était faite en tombant de vélo, alors c'est pas gagné !

• Oser demander à Thibault de me laisser son scooter pendant son séjour aux States. Il me doit bien ça quand on y réfléchit.

• Avoir les seins qui poussent. Je sais, c'est impossible. Alors quoi ? Avoir les seins qui poussent quand même.

LE SAVIEZ-VOUS ?

L'expression « une année sabbatique » s'utilise lorsqu'un salarié demande à son employeur un congé exceptionnel, de douze mois le plus souvent, afin de réaliser un projet personnel : écriture, voyage, repos, etc. L'employé retrouve son emploi à l'issue de ce congé sabbatique.

Savez-vous d'où est issue cette expression ? Elle proviendrait d'un texte de l'Ancien Testament où Dieu ordonne à travers Moïse aux fils d'Israël, aux animaux et aux terres cultivées, une année de repos tous les sept ans.

• Que Léa ne devienne pas amie avec une fille à la fac qui aime comme elle la littérature, le théâtre et tout ce pour quoi je suis nulle. Sinon, elle l'aimera plus que moi et je ne m'en remettrai pas. Et si cette nouvelle fille qui aime la littérature, c'était moi ?

• Que mes parents et Théo ne me manquent pas trop l'an prochain. Oui, je suis contente de partir, oui, je répète tout le temps qu'ils me saoulent, oui, je rêve de vivre sans eux mais je les aime !

• Que mes études de médecine m'intéressent vraiment mais aussi que j'aime assez les gens pour avoir envie de les soigner. En fait, c'est Léa qui devrait être médecin, elle comprend si bien les autres. Alors que moi...

Lorsque j'ai relevé la tête, j'ai vu que tout le monde avait fini d'écrire et relisait d'un air grave sa liste de désirs. J'ai lancé :

Justine – Si on pouvait avoir une baguette magique et réaliser d'un coup tout ce qu'on a écrit, ça serait bien.

Nicolas – Ce serait génial, tu veux dire !

Léa – Pas sûr.

Jim – Comment ça pas sûr ???

Le voisin-écrivain a soufflé :

Le voisin-écrivain – Léa a raison, ce n'est pas certain. Il arrive qu'on désire ce qui est mauvais pour soi et qu'on néglige ce qui est nécessaire.

Nicolas – Je comprends rien.

Ingrid – Moi non plus !

Justine – On dirait un sujet de philo du bac.

Nicolas (très bas) – Ouais, et encore t'es gentille. Moi, je dirais une phrase Carambar.

Le voisin-écrivain – Bien, je vais me coucher maintenant. Je vous souhaite bonne route à tous, je pars moi-même bientôt vers d'autres aventures. Une page se tourne à la maison bleue ce soir, je ne doute pas un instant qu'une autre page s'ouvre ailleurs.

On lui a tous dit au revoir avec un petit serrement de cœur. Après qu'il a fermé sa fenêtre, Ingrid nous a demandé :

Ingrid – Vous ne trouvez pas qu'il avait l'air bizarre quand il a prononcé : « Qu'une autre page s'ouvre ailleurs » ?

Justine – Bizarre comment ?

Ingrid – Je ne sais pas.

Nicolas – Arrêtez de vous faire des nœuds dans la tête, il est toujours strange ce type, non ?

Jim – C'est vrai qu'il n'est pas facile à comprendre.

Thibault, qui ne semblait pas d'humeur à méditer, a lancé dans un grand éclat de rire :

Thibault – Bon, je vais chercher le champagne... Ça, tout le monde comprend ?

Tous ensemble (façon supporters de l'OM) – Yes !!!

La tête de mon père est apparue à la fenêtre. Parfois, cette façade d'immeuble me fait penser à un calendrier de l'Avent. Vous savez ces calendriers dont on ouvre les fenêtres jour après jour, un mois avant Noël. Ouvre, on a une petite surprise, ferme et on passe à autre chose. Mon père a râlé gentiment :

Le père – Eh les jeunes ! C'est normal que vous fassiez la fête mais on voudrait dormir, nous.

Je déteste quand mon père dit : « Eh les jeunes ! », je trouve ça d'une ringardise absolue. Est-ce que nous, on l'apostrophe en l'appelant : « Eh le vieux ! » ?

Nicolas a joué au fayot.

Nicolas – OK tonton, on rentre ! Promis, tu ne nous entendras plus.

Le père – Merci les jeunes et have fun.

Sans commentaire sur son franglais.

On a migré dans le salon de Thibault. On s'est vautrés sur les canapés tandis que Jim mettait de la musique façon boîte de jazz. La coupe de champagne a dû finir de m'achever. Je me suis endormie sans même m'en rendre compte. Je ne connais rien de meilleur que de s'endormir avec des amis qui parlent autour de soi. Au début, on suit la conversation puis, petit à petit, la conscience s'évade. On entend un bout de phrase de l'un, un bout de phrase de l'autre et on tisse le début d'un rêve incongru. Les mots sonnent doux comme de la ouate, l'esprit se roule en boule et tout devient blanc. Quelqu'un m'a hurlé dans les oreilles :

– Docteur Perrin, docteur Perrin !

Je me suis redressée, le cœur battant.

Justine – Oui ?

Une jeune infirmière se tenait devant moi. Elle semblait gênée.

L'infirmière – Je vous ai réveillée ?

Justine – Je m'étais un peu assoupie. Certainement à cause du champagne !

La femme m'a fixée et j'ai senti comme de la désapprobation dans son regard.

L'infirmière – Désolée, mais il y a trois patients qui attendent.

Justine – Ils attendent quoi ?

L'infirmière – Eh bien, vous !

Justine – Ah bon ? Vous êtes sûre ?

L'infirmière – Oui. Consultations du jeudi 2 juillet, docteur Perrin, service de chirurgie, vérifications postopératoires.

Justine – Quoi ? Vous voulez dire que j'ai opéré des gens ?

L'infirmière – Oui ! Comme quatre matinées par semaine.

Justine – Et vous m'avez laissée faire.

L'infirmière – Absolument.

Justine – Mais vous n'auriez jamais dû ! J'ai peur des piqûres et je tombe dans les pommes à la vue du sang.

L'infirmière – Ce que vous êtes taquine, docteur ! Allez, suivez-moi, on va s'occuper des cicatrices de vos patients.

Tandis qu'elle ramassait les dossiers qui étaient sur mon bureau, j'ai pris mes jambes à mon cou. Comme j'arrivais au bout du couloir, un homme en blouse blanche m'a interpellée :

L'homme en blouse blanche – Justine !

Justine – Oui ?

L'homme en blouse blanche – Ah ben te voilà quand même ! Où étais-tu encore passée ? Je t'ai attendue hier pour déjeuner.

C'est qui lui ? Son visage me dit quelque chose. J'ai plissé les yeux pour lire ce qu'il y avait écrit sur son badge : Docteur Thomas Lagrange, oncologue. Oncologue ? Je sais que c'est une spécialité médicale mais je ne me souviens plus de la définition. Les cardiologues s'occupent du cœur, les neurologues du cerveau, les dermatologues de la peau, les oncologues, eux, de quoi sont-ils les spécialistes ?

L'homme en blouse blanche – Tu m'avais promis que tu jetterais un œil sur le protocole de monsieur Gailly. Je te rappelle que c'est ton patient, pas le mien. Ça t'ennuie si on s'en occupe maintenant ?

Justine – Euh non, si c'est mon patient c'est normal.

L'homme en blouse blanche – Je ne te le fais pas dire !

J'ai suivi Thomas Lagrange qui semblait parfaitement me connaître.

L'homme en blouse blanche – Heureusement que je t'ai croisée dans le couloir sinon tu te serais encore éclipsée. On ne dirait pas qu'on bosse dans le même service !

Ah, je bosse donc dans le même service que lui. Ça ne me donne pas la définition de l'oncologie mais ça me permet de me situer dans l'hôpital. J'ai continué à suivre Thomas qui marchait au pas cadencé. Il m'a demandé :

L'homme à la blouse blanche – Je peux savoir pourquoi tu n'es pas venue déjeuner hier ?

Je n'en sais strictement rien, moi. Comme le beau brun s'était immobilisé et semblait attendre une réponse avec impatience, je me suis sentie obligée de trouver une explication rationnelle.

Justine – Je n'avais pas faim.

Je sais, c'est une raison assez nulle même si elle a l'immense avantage d'être passe-partout. Thomas a soupiré.

L'homme à la blouse blanche – Justine, j'ai besoin d'une vraie explication.

Justine – À propos de quoi ?

L'homme à la blouse blanche – À propos de quoi ? Et tu me le demandes ? Tu te moques de moi ou quoi ?

Le jeune médecin vociférait maintenant à travers le service si bien que les patients s'étaient redressés sur leur lit pour mieux nous observer à travers les portes ouvertes.

L'homme à la blouse blanche – C'est ça, tu te moques de moi. Je commence à en avoir marre.

Une infirmière d'âge mûr est sortie de son bureau et nous a dit d'une voix ferme qui ne souffrait aucune contestation :

L'infirmière d'âge mûr – Vos blouses blanches ne vous donnent pas le droit de hurler. Vous baissez d'un ton ou vous sortez d'ici.

Thomas s'est excusé platement et, m'attrapant par le bras, il m'a entraînée vers les escaliers.

L'homme en blouse blanche – Tu me rends fou... Tu comprends ça ? Il va falloir te décider à choisir. Si tu préfères ton juge pour enfants, dis-le tout de suite.

Justine – Mon juge pour enfants ?

L'homme en blouse blanche – Oui, monsieur ceinture noire que tu as connu en primaire.

Justine – Jim ?

L'homme en blouse blanche – Oui, Jim.

Justine – Qu'est-ce qu'il vient faire là ?

L'homme en blouse blanche – Je te le demande.

Justine – Je serais encore amoureuse de Jim après toutes ces années ?

Thomas a serré les dents. Dans quelle galère m'étais-je encore fourrée ?

L'homme en blouse blanche – J'imagine que ton amie la sorcière a dû te conseiller, non ? Une femme qui aime deux hommes et n'arrive pas à se décider, c'était le sujet de son dernier roman.

Justine – Léa a publié un roman ? Trop cool !

L'homme en blouse blanche – Justine, tu ne me fais pas rire. Je te donne jusqu'à la fin de la semaine pour te décider. Après, je passe à autre chose. En attendant et pour rester professionnels, je souhaiterais que tu me donnes ton aval pour le traitement de ton patient. Je te rappelle que sa tumeur, elle, n'attend pas.

Justine – Sa tumeur ? Il a un cancer ?

L'homme en blouse blanche – Oui, comme tous nos patients.

Justine – Mais oui, ça y est, je me rappelle, un oncologue, c'est un médecin spécialiste du cancer. C'est comme un cancérologue.

L'homme en blouse blanche – Arrête de jouer les idiotes, tu ne m'amuses plus, Justine !

Le portable de Thomas a sonné à cet instant. Il a répondu, non sans m'avoir auparavant jeté un regard de braise. Il est plutôt sexy le doc ! Je comprends pourquoi j'ai craqué. Il me rappelle quelqu'un mais je ne sais pas qui.

L'homme en blouse blanche – Allô... Oui... depuis combien de temps ? Vous avez ses analyses ? Vous me sortez sa dernière IRM, j'arrive de suite.

Il a raccroché, l'air ennuyé, puis il s'est tourné vers moi.

L'homme en blouse blanche – Je dois passer voir un de mes patients en réanimation. Je te retrouve dans une demi-heure. Je peux compter sur toi ?

Justine – Oui.

J'ai attendu qu'il ait le dos tourné pour me sauver. Il fallait que je sorte au plus vite de cet hôpital, ce n'était pas ma vie. Je ne pouvais pas être le docteur Perrin, ils se trompaient tous. J'ai jeté ma blouse blanche dans une poubelle. Je devais certainement avoir un autre métier. Je ne sais pas, moi... Il y a d'autres métiers à exercer après des études scientifiques : ingénieur agronome, prof de SVT, trader à la bourse.

J'ai traversé un immense bâtiment et alors que je pensais me retrouver dans le hall d'accueil, j'ai atterri dans un jardin avec des toboggans et des balançoires. Après l'enfer, le paradis ! Je me suis assise sur un banc. Le soleil brillait et les nuages faisaient comme un troupeau de moutons dans le ciel. J'ai respiré à pleins poumons.

Léa

Ma Justine, après avoir chatté avec des étudiants en médecine pour savoir comment t'aider, je te livre les *Dix Commandements* de la réussite en Première année. Ils t'aideront à résister au stress et à bien organiser tes journées en vue du concours.

1. Au sérieux ces études tu prendras.
2. Aux premiers cours chahutés en amphi, tu résisteras.
3. Quoi qu'il t'arrive aux partiels, motivée tu resteras.
4. À tous les cours, tu assisteras.
5. Jamais ne bavarderas, des notes tu prendras.
6. Régulièrement tu travailleras.
7. En binôme tu t'entraîneras.
8. Ton sommeil tu respecteras.
9. De vrais repas régulièrement tu feras.
10. Ta meilleure amie tu écouteras !!!

Aujourd'hui, 13h46 · J'aime · Commenter

Justine aime ça.

Ingrid N'oublie pas de profiter des vacances avant ;)

Aujourd'hui, 17h35 · J'aime

Jim Un conseil d'ami, aie confiance en toi, c'est la clé de la réussite !

Aujourd'hui, 17h19 · J'aime

– Eh ! Tu veux bien jouer avec moi ?

Je me suis retournée pour voir qui s'adressait à moi en zozotant. Trop mignonne. Une petite fille avec des nattes, bien campée sur ses jambes, les mains sur les hanches, attendait ma réponse.

Justine – Oui, je veux bien. À quoi tu veux jouer ?

La petite fille – Je sais pas.

Justine – Tu veux que je te pousse sur la balançoire ?

La petite fille – Non, je suis en robe et j'ai pas envie que Jules voie ma culotte.

Justine – C'est qui Jules ?

La petite fille – Ben, le garçon qui est dans la chambre à côté de la mienne. Il est trop nul.

Justine – Ah bon ?

La petite fille (en souriant) – Il pète à table...

Justine – Ah oui, il est vraiment nul. Mais ça a l'air de t'amuser !

La petite fille – Oui, parce qu'après, madame Firmin, elle nous donne des pinces à linge pour qu'on se bouche le nez.

Justine – C'est qui ça, madame Firmin ?

La petite fille – Tu la connais pas ? C'est la chef des infirmières. On dirait qu'elle est très méchante mais en vrai, elle est gentille. Tu veux bien m'acheter des gâteaux au distributeur ?

Justine – D'accord.

La petite fille – C'est vrai ? Tu veux bien ? T'es sûre ?

Justine – Oui. Tu t'appelles comment ?

La petite fille – Ben, Capucine, tu le sais bien !

Capucine m'a prise par la main et m'a menée dans le couloir où se trouvait le distributeur. Elle a regardé avec envie tout ce qu'il y avait dans la machine.

La petite fille – Les madeleines, c'est trop bon ! Mais les Kit-Kat, c'est encore plus bon. Ou alors des crocodiles...

J'allais lui proposer d'acheter les trois paquets et de remonter partager son trésor avec Jules-le-péteur-fou quand une voix à l'autre bout du couloir a hurlé :

La voix qui hurle – CAPUCINE !!!

On a sursauté toutes les deux en même temps. Je lui ai demandé tout bas :

Justine – Qui est-ce ?

Capucine (tout bas) – C'est madame Firmin.

Justine (encore plus bas) – Tu es certaine qu'elle est gentille ?

Capucine (de plus en plus bas) – Pas quand je me sauve de ma chambre et qu'elle me retrouve devant le distributeur.

Justine (quasiment inaudible) – Tu t'es sauvée de ta chambre ?

Capucine (dans un souffle) – Oui. Je vais me faire disputer...

Mme Firmin s'est dirigée droit sur nous, façon troupeau de buffles au printemps. J'ai serré très fort la main de Capucine. C'est seulement à ce moment-là que j'ai remarqué qu'elle portait ma robe verte, celle que mamie m'avait offerte en CM2. Elle avait aussi mes élastiques Dora l'exploratrice dans les cheveux. À y regarder de plus près, elle me ressemblait comme deux gouttes d'eau.

L'infirmière était maintenant à moins d'un mètre de nous. J'ai chuchoté à ma petite protégée :

Justine – Pourquoi tu n'as pas le droit d'être devant le distributeur ?

Capucine (en baissant les yeux et la voix) – Tu sais bien que j'ai pas le droit de manger ce qu'il y a dedans.

Justine – Pourquoi ?

Trop tard... La bufflonne, euh, l'infirmière, a foncé sur nous. Je me suis mise devant Capucine pour qu'elle ne soit pas piétinée. Mme Firmin a stoppé net.

Mme Firmin – Oh pardon professeur Perrin, je ne vous avais pas reconnue sans votre blouse. Merci d'avoir récupéré Capucine... Je craignais qu'elle ait encore convaincu un visiteur de lui acheter des bonbons. Il va falloir qu'on nous enlève ce distributeur d'ici, ce n'est plus possible. On va avoir un gros problème un de ces jours...

J'ai fait semblant de comprendre ce qu'elle sous-entendait.

Justine – Oui, vous avez raison. Vous raccompagnez Capucine dans sa chambre ?

Mme Firmin – Bien sûr ! J'imagine que vous avez autre chose à faire ! Tout le monde à l'hôpital ne parle que de votre incroyable publication sur la phénylcétonurie. Si vos recherches aboutissaient, vous révolutionneriez la vie de nos petits patients. Ils pourraient enfin s'alimenter avec de vrais aliments et mener une vie normale.

Justine – Ah bon ???

Mme Firmin – Je n'ai pas eu l'occasion de vous le dire mais je suis fière de travailler avec vous, professeur.

Justine – Merci... Madame Firmin, j'ai un petit service à vous demander.

Mme Firmin – Tout ce que vous voulez !

Justine – Ne grondez pas Capucine pour cette fois, je m'en suis déjà chargée.

Mme Firmin – C'est d'accord.

Alors que l'infirmière repartait en tenant fermement la petite par le bras, Capucine lui a de nouveau échappé. Elle a couru vers moi et m'a chuchoté :

Capucine – Tu m'apporteras les gâteaux et les bonbons dans ma chambre ?

Justine – Oui, mais pas tout de suite. Avant, je dois continuer mes recherches pour soigner ta maladie.

Capucine – Alors d'abord, tu dois commencer tes études de médecine parce que là, tu as juste ton bac.

Justine – Tu as raison.

Capucine – Travaille bien ton concours parce que moi, je t'attends ! C'est promis ?

Justine – Je te le jure ! Je vais travailler comme une folle et je trouverai comment te soigner.

Et tandis que Capucine s'éloignait dans le couloir, je lui ai crié comme pour m'en convaincre :

Justine – Je vais bosser ma médecine et je vous soignerai tous !!!

C'est à ce moment-là que j'ai ouvert les yeux. J'étais debout sur le canapé de Thibault et je hurlais comme une possédée. Jim et Léa semblaient tétanisés.

Nicolas – Putain, tu nous as fait peur ! Tu dormais tranquille et d'un coup tu as crié que tu allais nous soigner.

Durant quelques secondes, j'ai cherché la meilleure manière de me sortir d'une situation aussi embarrassante et puis j'ai trouvé : c'était impossible.

Alors je suis descendue du canapé comme une reine de son trône et j'ai déclaré avec aplomb :

Justine – Bonne nuit à tous, il est l'heure d'aller se coucher, je crois...

Plastique et bistouri

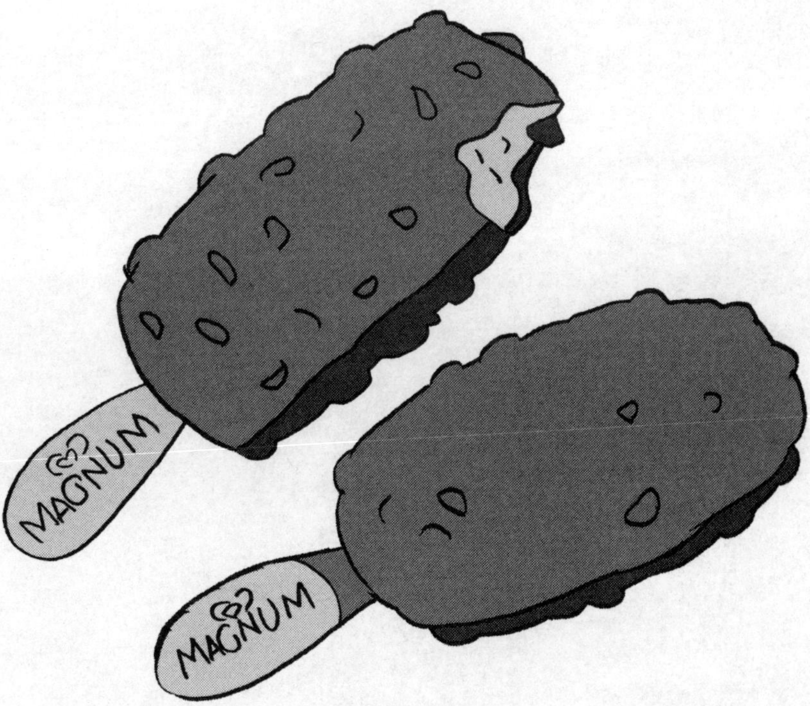

Justine – Tu crois que j'aime Thibault ?

Léa – Pourquoi tu me poses cette question ?

Justine – Pour rien.

Léa – On ne pose jamais ce genre de question pour rien.

Était-il vraiment nécessaire que je raconte à Léa mon rêve de la veille et la colère de Thomas Lagrange à propos de mes hésitations ? J'avais suffisamment abusé de la patience de ma meilleure amie, cette année, avec mes vrais doutes (Thibault ou Jim ? Jim ou Thibault ?) sans lui imposer en plus mes hésitations « rêvées ». J'ai préféré éluder la question.

Justine – Laisse tomber, je ne sais pas pourquoi j'ai dit ça.

Léa m'a regardée longuement en souriant. J'ai senti que je devenais rouge ketchup.

Justine – Quoi ?

Léa – Rien.

Justine – Pourquoi tu me fixes avec ton air de Madame-je-vois-tout ?

Ma meilleure amie s'est resservi du thé.

Léa – Et donc dans ce rêve, il se passait quoi ?

Comme je n'avais pas envie de lutter contre les pouvoirs supranormaux de la sorcière, j'ai tout avoué : mon activité de « chirurgienne-oncologue-pédiatre spécialiste de maladie rare », ma double relation avec Thomas Lagrange et Jim-le-juge. Sans oublier bien sûr la publication de son dernier roman.

Elle a éclaté de rire.

Léa – Tout ça dans un même rêve ! Il faut croire que la liste demandée par le voisin t'a fait réfléchir.

Justine – Comment ça ?

Léa – Si certains rêves paraissent prémonitoires, c'est uniquement parce que notre inconscient sait avant nous ce que nous désirons vraiment, ou bien ce qui nous inquiète. Il nous le livre sous forme de rêve ou de cauchemar.

Justine – Alors, j'aime Jim ?

Léa – En tout cas, tu as l'air de te poser la question.

Justine – Et qui est Capucine ?

Léa – Je ne sais pas. Elle porte ta robe verte, tes élastiques Dora l'exploratrice et te ressemble étrangement.

Justine – Oui, seulement je n'ai pas sept ans et je ne suis pas hospitalisée.

Léa – C'est vrai mais tu vas commencer ta médecine et tu n'arrêtes pas de te demander si c'est une bonne chose. Peut-être que ton inconscient te livre la réponse sous la forme d'une petite fille que tu connais bien, toi !

Justine – Quel lien avec Thomas Lagrange ?

Léa – Je n'ai pas les réponses, tu sais. Les rêves sont étrangement codés et on ne les comprend pas toujours.

Justine – Il existe ce Thomas Lagrange ou je l'ai inventé ?

Léa – Je n'en sais rien. Tu connais un type qui s'appelle Thomas Lagrange dans la vraie vie ?

Justine – Thomas Lagrange non, mais...

Je me suis arrêtée net.

Léa – Mais quoi ?

Comme je me raclais la gorge façon plantation d'oursins dans le larynx, Léa a senti l'embrouille.

Le saviez-vous?

Le rêve meurtrier

Depuis la nuit des temps, les hommes sont fascinés par les rêves prémonitoires et accordent crédit à ces songes qui prédiraient l'avenir. Savez-vous que le président américain Abraham Lincoln avait rêvé de son propre assassinat ? Voilà ce qu'il confiait à des proches, avant sa mort, bien sûr…

« J'ai entendu des sanglots sourds. J'entendais pleurer une foule que je ne voyais pas. Je suis allé dans une autre pièce, il n'y avait personne et puis en passant dans une autre chambre, il y avait des soldats et une tombe. Je me disais en moi-même : "Ce doit être quelqu'un d'important pour qu'il y ait autant de soldats autour". Alors en passant je me suis arrêté devant un soldat et je lui ai demandé qui était mort. Le soldat, les yeux rougis par les larmes, me répondit : "C'est le président qui a été assassiné". Puis je ressentis une grande douleur parmi la foule, ce qui me réveilla de mon rêve. »

Le 15 avril 1865, quelques jours à peine après ce songe, le président Lincoln fut assassiné par John Wilkes Booth, partisan de l'esclavagisme, lors d'une représentation au théâtre Ford, à Washington.

J'ai vu dans le fond d'écran de ses yeux s'ouvrir les dossiers récents. Il ne lui a pas fallu longtemps pour trouver le bon.

Léa – Il ne se prénomme pas Thomas, le type que tu as rencontré pendant ta journée d'information sur la première année de médecine ?

Si, il s'appelle Thomas et je viens de réaliser que c'est la copie conforme de l'homme à la blouse blanche.

PORTRAIT DE THOMAS DANS LA RÉALITÉ :

Yeux : bleus.

Regard : déterminé. Très déterminé. Avec une légère inquiétude tout de même.

Cheveux : bruns et raides.

Taille : moyenne.

Poids : costaud. Physiquement présent ! Des épaules sur lesquelles tu poserais bien ta tête.

Signe distinctif : un sourire désarmant.

Look : soigné mais pas étudié. Jean noir, chemise blanche, baskets noires Nike.

Voix : assez grave.

Rire : franc.

Capacité de séduction : totale, catastrophique... Le genre à te convaincre de tout et n'importe quoi en moins de deux.

J'ai tenté de prendre un air innocent.

Justine – Thomas ? À ma journée d'information ? Je ne vois pas de qui tu parles.

Léa – Mais si, tu sais bien, ce charmant garçon que tu as présenté à Patou, celui avec lequel tu as déjeuné et qui t'a téléphoné pour savoir si tu avais eu ton bac.

Justine – Ah lui ! Je me souviens. Tu as raison, il s'appelle Thomas.

Léa – Et toi, tu t'appelles Pinocchio, la marionnette dont le nez s'allonge quand elle ment.

Heureusement pour moi, le panier à clochette de Nicolas s'est agité derrière la vitre de la cuisine, faisant diversion. Mon cousin n'avait rien dû trouver dans son frigo et réclamait furieusement à manger.

Léa – Tiens, Nicolas se réveille ? Il était temps, il est 15 heures.

Justine – Je lui mets quoi dedans ? Un p'tit-déj ou le reste de pâtes à la bolo ?

Léa – Je ne sais pas. Demande-lui...

J'ai ouvert la fenêtre et j'ai crié :

Justine – Tu veux quoi ?

Nicolas (en criant aussi) – Du café, du pain, du beurre et la petite brune qui cause avec toi, mais elle, ne la mets pas dans le panier, elle va me le destroy.

Léa (tout bas) – Oh l'affreux, il me paiera cher cette remarque perfide sur mon poids.

Nicolas, qui n'avait pourtant pas entendu la remarque de Léa, a hurlé :

Nicolas – Elle est vénère la sorcière parce que j'ai dit qu'elle allait péter mon panier ? *(Hurlant encore plus fort :)* Te fâche pas ma Léa, j'aime les vraies femmes avec des formes, pas les sacs d'os qui ont oublié de s'équiper en fesses et en seins.

J'ai refermé violemment la fenêtre.

Justine – Merci pour moi !

Léa a éclaté de rire.

Léa – Nicolas a réussi à se fâcher en deux phrases avec les deux filles qu'il aime le plus. Ça relève du génie !

J'ai grommelé :

Justine – Je n'ai pas oublié de m'équiper, on ne m'a pas laissé le choix, c'est tout. J'adorerais avoir un décolleté comme le tien.

Léa – Et tu en ferais quoi ?

Justine – Ben, je serais plus sexy.

Léa – Si le sex-appeal se mesurait uniquement à la taille des bonnets d'un soutien-gorge, ça se saurait.

Justine – En tout cas, ça aide beaucoup !

– Tu ne peux pas dire le contraire, Léa !

Je n'ai pas eu besoin de me retourner pour reconnaître cette voix familière qui faisait l'apologie d'un 90C.

Ingrid dans une robe assez ample et fleurie prenait la pose à l'entrée de la cuisine. Elle a attendu qu'on l'ait bien regardée pour ajouter :

Ingrid – Excuse-moi mais de jolis seins sublimés par un push-up, c'est top sexy.

Léa – Je ne suis pas convaincue !

Ingrid – C'est parce que tu as ce qu'il faut là où il faut. On mésestime toujours ce qu'on possède déjà.

Le panier à clochette s'est de nouveau agité derrière la fenêtre. Ingrid nous l'a montré du doigt.

Ingrid – Nicolas a faim.

Léa et Justine (exactement en même temps) – On s'en fout.

Ingrid – Ah...

Il n'a pas fallu attendre plus de vingt secondes pour voir mon cousin débouler en caleçon.

Pense-bête — De la part de Justine à Nicolas

Au cas où tu te retrouverais seul en terre étrangère, voilà comment on dit « petit-déjeuner » dans différentes langues.

Si tu es en Allemagne : das Frühstück.
Si tu traverses le Danemark : Morgenmad.
Si tu découvres l'Espagne : el desayuno.
Si tu parcours la Grèce : to proïnó.
Si tu séjournes en Italie : la prima colazione.

La prochaine fois, je te noterai les traductions de « Panier à clochette » !!!

Nicolas – Vous voulez avoir ma mort sur la conscience ou quoi ? Je crève la dalle.

Un silence glacial a accueilli sa plainte de non-assistance à personne en danger. Nicolas n'a pas semblé en comprendre la raison.

Nicolas – Vous me faites la gueule ou quoi ?

Est-ce que les garçons ont une mémoire de poisson rouge ? Un tour de bocal et hop, ils ont tout oublié ? J'ai rafraîchi ses souvenirs.

Justine – La grosse et le sac d'os te saluent bien.

Nicolas – Oh putain, c'est pas vrai ! Mais vous avez zéro sens de l'humour ! Bon, je prends ce qu'il me faut et je vais bouffer dans le jardin.

Il s'est dépêché de réunir ses victuailles et il a disparu aussi sec. J'ai demandé à Léa :

Justine – Il va s'en sortir comme ça ?

Léa – Ne t'inquiète pas ! La vengeance est un plat qui se mange froid.

Ingrid a senti le méga gossip.

Ingrid – Il y a un problème entre vous ?

Léa a raconté à notre peste préférée l'affront à notre féminité. Alors que je m'attendais à une remarque de fille faussement navrée qui jubile en douce des critiques faites aux autres, Ingrid a réagi en sœur :

Ingrid – Alors là, c'est la guerre ! Mais il se prend pour qui celui-là ?

J'ai été vraiment touchée qu'elle prenne notre parti avec autant de ferveur. Jean-Baptiste semblait avoir réussi là où tout le monde avait échoué : transformer Ingrid en un être qui s'intéresse à quelqu'un d'autre qu'à elle-même. Dans ces conditions, une coloc était envisageable.

Ingrid – Je n'y crois pas, il a osé prononcer : « Des sacs d'os qui ont oublié de s'équiper en seins » ? Mais il a conscience de ma souffrance chaque matin quand je me regarde dans le miroir ? De mes crises de larmes quand j'achète mes Wonderbra coqués et rembourrés pour avoir l'air d'une vraie femme ?

Je retire ce que je viens de dire. Jean-Baptiste a échoué comme tout le monde.

Ingrid – De toute façon, si mes parents tiennent leur promesse, Nicolas devrait être surpris très bientôt.

Quel est le rapport entre ses parents, ses seins et Nicolas ? Oh ce qu'elle est fatigante... Je ne tiendrai jamais une année avec elle vingt-quatre heures sur vingt-quatre.

Comme on ne réagissait pas à sa phrase sibylline, la peste nous a demandé :

Ingrid – Vous voulez connaître la promesse qui va changer ma vie ?

Non ! En revanche, j'en connais une qui pourrait changer la mienne : « Je jure de ne pas céder aux autres quand ils insisteront pour qu'Ingrid partage un appart avec nous. »

Ingrid – Mes parents m'avaient promis que, si j'avais mon bac, ils accepteraient que je me fasse refaire les seins. Donc ça y est, le rendez-vous avec le chirurgien est pris.

J'ai coassé bruyamment.

Justine – Quoaaaaaaaaaa ?????

Léa a recraché le thé qu'elle était en train d'avaler. On pouvait dire qu'Ingrid avait réussi son effet d'annonce.

Léa – Et tu vas vraiment le faire ?

Ingrid – Oui. C'est mon rêve depuis des années.

Léa – Mais c'est une opération lourde avec une anesthésie et des cicatrices, ce n'est pas un petit piercing ou un mini tatouage.

Ingrid – Oui, je sais que je vais en baver pendant quelques semaines mais après, je serai topissime. Justine, tu ne dis rien ? Tu dois me comprendre, toi, tu as encore moins de seins que moi !

Eh bien, c'est ma journée « compliments sur mon physique ». L'avantage d'être amie avec Nicolas et Ingrid, c'est que je n'ai pas besoin d'avoir d'ennemis. Ils jouent très bien ce rôle !

Je me suis quand même défendue.

Justine – Je suis peut-être plate pourtant jamais je ne me ferais taillader le torse pour avoir deux ballons en plastique sous mon tee-shirt.

Oui, je sais, c'est un peu barbare comme présentation mais je voulais marquer le coup. Léa a enfoncé le clou, enfin plutôt le scalpel.

Léa – Tes parents sont vraiment d'accord pour que tu subisses une opération pareille à cause d'une petite raison esthétique ?

Ingrid – Oui.

Justine – Malgré le scandale des implants PIP et les risques de cancer du sein en cas de fuite du silicone ?

Ingrid – Mes parents ont saisi, eux, à quel point l'opération est importante pour moi.

Léa – Désolée, Ingrid, mais je ne te comprends pas. Tu es super jolie avec tes seins tels qu'ils sont.

Ingrid – Non, c'est pas vrai, je ne suis pas jolie.

Là, ce n'est pas d'un chirurgien qu'elle a besoin, c'est d'un psy. Ça me fait mal de l'avouer mais Ingrid est canon.

Mon portable a sonné. « EncoreMum » s'est affiché. Qu'est-ce qu'elle veut à cette heure-ci ?

Oups ! Je devais aller chercher Théo et Oscar à 14 h 30 pile.

Si je réponds, elle me massacre maintenant. Si je ne réponds pas, elle me massacre tout à l'heure. J'ai laissé sonner.

Léa a froncé les sourcils.

Léa – Qui tu blacklistes ?

Justine – Ma mère. J'ai oublié Théo et son copain. La mère d'Oscar avait un rendez-vous à 15 heures et il fallait que je récupère les deux monstres avant.

Léa – Viens, on fonce.

On s'est levées comme des fusées et on a descendu les escaliers à toute allure, percutant au passage Nicolas qui remontait chercher de la confiture.

Nicolas – Mais vous allez où, les deux furies ?

On n'a pas pris le temps de lui répondre. On a couru aussi vite qu'on a pu et quand on est arrivées en nage chez Oscar, les deux garçonnets nous attendaient sagement dans le hall de l'immeuble. Comme je n'avais pas le code d'entrée, je leur ai fait signe, à travers la porte vitrée, de nous rejoindre. Ils ont refusé.

Justine – Pourquoi ils ne veulent pas sortir ?

Léa – Je ne sais pas.

Justine – Ça doit encore être un truc de Tobbie le détective.

J'ai hurlé à travers la porte :

Justine – Ouvre, Théo !

Nouveau refus. J'ai vociféré :

Justine – Ouvre, je n'ai pas le code !

Théo – Je ne peux pas ! On a juré à la maman d'Oscar qu'on n'ouvrirait à personne.

Justine – Je ne suis pas personne, je suis ta sœur.

Mon portable a sonné pour la cinquante-deuxième fois en dix minutes. Je ne voulais pas répondre à ma mère tant que je n'avais pas récupéré Théo.

J'ai fait une nouvelle tentative.

Justine – Maman veut te parler au téléphone.

Théo – Dis-lui que je ne peux pas lui répondre.

Je me suis tournée vers Léa.

Justine – Il est débile ou quoi ?

Léa – Loin de là. Je crois même qu'il est trop intelligent et qu'il en fait mauvais usage.

Ma meilleure amie s'est approchée de la porte et a demandé à mon petit frère :

Léa – Qu'est-ce que tu veux en échange du code ?

Non, elle exagère là !!! Théo n'est pas si manipulateur que ça. Il ne cherchait pas à négocier quoi que ce soit, il était juste coincé par la promesse faite à la mère d'Oscar.

Théo – Deux Magnum caramel, deux paquets de Pépito, la location du DVD des *Noces funèbres* et l'achat de deux magazines au choix.

Devant tant de machiavélisme, je me suis à moitié étranglée.

Léa – Tout ça pour un code ?

Théo – Tout ça pour éviter que la colère de maman dégénère en affaire d'État. Chaque seconde qui passe aggrave la situation. Je me demande même si, à ce moment précis, elle n'a pas déjà quitté son travail pour venir nous chercher. Ce qui serait très fâcheux puisque, aujourd'hui, c'est le pot de départ de sa collègue et amie Mélanie. La fête sera gâchée si maman n'y est pas.

Oh l'horreur. Elle parle depuis des semaines de ce pot de départ. Elle a tout organisé : la collecte, l'achat du cadeau, les boissons, le bouquet de fleurs et les gâteaux faits maison.

Mon portable a sonné. J'ai imaginé ma mère dans sa voiture, ivre de rage contre moi et les mesures répressives qui s'ensuivraient. Il fallait que j'accepte les conditions du maître chanteur quelles qu'elles soient.

Je m'apprêtais à crier : « OK pour les deux Magnum caramel, les deux paquets de Pépito, la location du DVD des *Noces funèbres* et l'achat de deux magazines au choix », lorsque Léa a sorti son portable de son sac.

Elle choisissait mal son moment pour passer un coup de fil. Elle s'est approchée plus près de la porte et a fait signe aux garçons d'écouter.

Elle a mis sur haut-parleur.

Léa – Allô Sophie, c'est Léa...

Elle est folle, elle veut ma mort ou quoi ? J'ai entendu la voix hystérique de ma mère.

Sophie – Ah Léa, tu tombes bien. Je dois ABSOLUMENT parler à Justine. Tu sais où elle est ?

Léa – Ben oui, elle est juste en face de moi.

Sophie – Passe-la-moi s'il te plaît. Je suis furax, elle a oublié d'aller chercher son frère.

Léa – Théo ? Mais non, elle l'a récupéré, elle est en train de lui payer une glace, à lui et à son copain.

Sophie – Ah bon ?

Léa – Oui. Elle m'a demandé de t'appeler parce qu'elle a oublié son portable à la maison et elle ne voulait pas que tu t'inquiètes. Elle m'a confié : « Ma mère a autre chose à penser aujourd'hui. Elle doit s'occuper du pot de départ de son amie Mélanie. »

Sophie – Ah bon elle t'a dit ça ? Très bien. Je suis soulagée de ne pas avoir à partir du bureau maintenant. Parfait... Merci ma petite Léa !

Léa – Il n'y a pas de quoi, Sophie ! On forme une grande famille et on est là les uns pour les autres.

Sophie – Léa chérie, une faveur... Peux-tu demander à Justine d'effacer mes derniers messages sans les écouter ? J'étais un peu énervée. Je ne pensais pas ce que je disais.

Léa – C'est d'accord ! À plus tard.

Sophie – À plus tard, Léa.

Quel génie, cette fille.

La sorcière a raccroché en fixant Théo droit dans les yeux à travers la vitre.

Léa – Et maintenant, on fait quoi ?

Mon petit frère a soupiré et a appuyé sur le bouton de la porte pour l'ouvrir.

Théo – Il faut savoir reconnaître sa défaite. Nous sommes tes prisonniers, Léa-la-très-forte.

Parce que moi, je suis Justine-la-très-faible ? Donc si je récapitule, depuis ce matin je suis un sac d'os avec deux œufs au plat à la place des seins et un caractère de chiffe molle. ¡ Viva la familia !

Léa a accueilli le maître chanteur sans un sourire.

Léa – Théo, je n'aime vraiment pas quand tu te conduis comme ça, je croyais qu'on en avait parlé hier quand je t'ai interviewé. Maintenant, Oscar et toi, vous nous suivez et je ne veux plus entendre un mot.

J'ai ajouté :

Justine – Et vous pouvez courir tous les deux pour qu'on vous offre une glace.

Léa – Ça, c'est certain. Quant à nous, on s'est dépêchées, on a eu quelques frayeurs, je pense qu'on mérite un Magnum infinity.

Justine – Tu veux dire le tout chocolat au goût corsé ?

Léa – Exact.

Les deux morveux affichaient une expression façon smiley désespéré quand ils nous ont vues acheter nos glaces mais on a tenu bon. Il fallait qu'ils comprennent la leçon. Sur le chemin du retour, tandis qu'on discutait, ils ont marché derrière nous tête baissée et l'air grave. On a presque fini par oublier qu'ils étaient là.

Léa – Je n'arrive pas à croire que les parents d'Ingrid aient accepté cette opération.

Justine – J'imagine la tête des miens si je le leur demandais ! Tu me vois arriver dans le salon et leur annoncer : « Papa, maman, je veux une nouvelle paire de seins » ?

Léa a éclaté de rire.

Léa – En ce qui concerne ton père, il serait affreusement gêné que tu évoques un sujet aussi intime. Il s'arrangerait pour devoir laver la voiture ou rendre d'urgence un dossier boulot.

Justine – Je crois qu'il n'aurait même pas le temps de prononcer une phrase. Ma mère se chargerait de la réponse pour deux.

Réponse imaginaire mais tout à fait réaliste de ma mère

Tu ne vas pas bien ma pauvre fille ! Qu'est-ce que c'est que cette idée délirante ? Est-ce que tu as entendu parler de ces femmes qui se font retirer leurs implants défectueux ? Tu ne crois pas qu'il y a assez de raisons de tomber malade avec les pesticides, les colorants, les antibiotiques qui polluent notre alimentation ?

Et puis, c'est quoi cette image de la femme avec des seins comme des pare-chocs ? Tu crois que les générations précédentes se sont battues pour que vous deveniez des femmes-objets qui se mutilent afin de correspondre aux fantasmes bas de gamme de certains hommes ? Tu me déçois Justine...

Réponse imaginaire de Justine si elle a la possibilité d'intervenir

Mais maman, c'est mon corps et je suis libre d'en faire ce que je veux. De toute façon, j'aurai dix-huit ans bientôt et je n'aurai pas besoin de ton autorisation.

Réponse imaginaire de ma mère qui ne se gênera pas pour me signaler que l'opération coûte une fortune et que je n'ai pas un sou vaillant

Et avec quel argent le feras-tu ?

Réponse provocatrice et de mauvaise foi de Justine qui ne sait pas comment répondre à cet argument de taille

Tu n'en as rien faire de moi, ma vie ne t'intéresse pas. Parfois, je me demande si je suis vraiment ta fille.

Réponse ulcérée de ma mère qui a déjà entendu cette phrase à de nombreuses reprises (demande d'achat d'un deuxième ordinateur, d'un portable, d'un scooter, de baskets hors de prix)

Comment peux-tu dire que ta vie ne m'intéresse pas ? Je te rappelle que ton père et moi allons assumer le paiement de ton loyer, tes études et tous tes frais l'année prochaine sans rien te demander en échange. Pas même un baby-sitting une fois par semaine pour que tu puisses t'offrir des extras.

Réponse encore plus provocatrice et de mauvaise foi de Justine qui sent bien qu'elle a tort et préfère provoquer le conflit plutôt que s'excuser

Parce qu'il faudrait que je paie mes études en plus ? Tu sais que tu es la seule mère au monde à réclamer à sa fille étudiante en médecine de travailler la nuit pour étudier le jour ?

Réponse de la mère piégée par sa fille et qui se défend comme elle peut d'être une mauvaise mère

Mais je ne t'ai jamais demandé de travailler la nuit, je te dis justement le contraire ! Ton père et moi, nous travaillons comme des damnés pour vous offrir le meilleur à toi et à ton frère. Tu crois que ça me plaît de bosser dans une boîte avec un patron qui est toujours sur mon dos ? De bosser avec une crétine en face de moi dans l'open space qui passe son temps à se plaindre de ses remontées acides après le repas ? De vivre avec la crainte d'être licenciée parce qu'il y a une compression de personnel ? De penser que...

Léa – En même temps, je ne vois pas l'intérêt d'imaginer la réaction de ta mère à cette annonce si tu n'as pas l'intention de te faire refaire les seins.

Justine – Mouais...

Léa – Comment ça, mouais, tu n'es pas convaincue ?

Justine – Si, mais...

Léa – Mais quoi ?

Justine – Si Ingrid se retrouve avec un 90 C et que je reste plate, c'est pas du jeu.

Léa – Elle, elle sera artificiellement belle.

Justine – Et moi naturellement moche, tu parles d'un gain !

Comme on arrivait dans l'escalier de la maison bleue, on a entendu du bruit provenant du jardin.

Léa – Tiens, il y a du monde chez Thibault. On y va ?

Justine – D'accord, seulement s'il parle de son départ, je ne reste pas.

Théo et Oscar, qu'on n'avait plus entendus depuis l'épisode de la porte vitrée, ont demandé s'ils pouvaient venir eux aussi.

Justine – C'est d'accord mais si vous vous tenez mal, vous montez à la maison.

Mon petit frère a juré sur la tête de Tobbie d'être sage comme une image.

Nicolas et Thibault étaient penchés sur l'ordi quand on est apparues. Contrairement à ce qui se passe dans les romans au moment où l'héroïne entre en scène et que l'homme émerveillé la voit, nous n'avons provoqué aucun éblouissement. Pire encore, après avoir levé brièvement les yeux de l'écran au moment où on leur lançait : « Salut les garçons ! », ils se sont replongés illico dans leur recherche.

Léa a prononcé d'une voix enjouée :

Léa – Oh merci ! Quelle bonne idée.

De quoi parle-t-elle ? Personne ne nous a rien proposé.

Léa – Non, ne vous dérangez pas, on va se servir. Justine, tu veux un Coca toi aussi ?

Ah d'accord, elle fait comme s'ils nous avaient accueillies et nous avaient proposé à boire. Après ça, le fils de l'ambassadeur va réaliser qu'il ne nous a pas saluées et se sentira très gêné.

Thibault – Mais ce tarif-là, c'est seulement si je prends aussi le billet de retour.

Nicolas – Oh les bâtards ! T'as raison.

Thibault – Et l'autre site, il ne proposait pas un vol simple moins cher ?

Nicolas – Si, seulement il fallait partir de Beauvais. Alors si tu ajoutes le prix du train plus celui de la navette depuis la gare, tu arriveras au même tarif.

OK ! On peut donc constater que la technique douce de Léa n'a pas porté ses fruits. Comme je commence à en avoir assez de compter pour des prunes, je propose la méthode clash.

J'ai hurlé à pleins poumons :

Justine – OH LES GEEKS, ON EST TRANSPARENTES OU QUOI ?

Cette fois-ci les garçons ont levé les yeux de l'écran un dixième de seconde supplémentaire On a même décelé un léger froncement de sourcils chez Nicolas. Et puis...

Et puis rien !

Ils ont continué à pianoter en jouant les comparateurs de prix. Léa et moi sommes allées dans la cuisine nous servir un Coca. Ingrid était déjà là. Elle a semblé ravie de nous voir. Inutile de préciser que je n'ai pas partagé sa joie.

Ingrid – Hello les copines ! Je me suis installée ici parce que les garçons étaient scotchés sur leur ordi et ne parlaient que de vol Paris-New York. Leur conversation m'ennuyait grave.

Je crains que la conversation d'Ingrid sur la chirurgie mammaire ne soit pas beaucoup plus passionnante. Je me demande si je ne vais pas remonter chez moi regarder une série débile qui me permettra d'oublier que je suis un sac d'os sans seins avec un tempérament de chiffe molle, que j'ai un petit frère maître chanteur, un fiancé qui part à l'autre bout du monde et que je cours droit à un futur échec universitaire.

Léa s'est penchée vers moi et m'a murmuré à l'oreille :

Léa – Tu as oublié : « Un tour du monde en perspective, une future coloc avec ma meilleure amie, un corps à faire pâlir toutes les filles qui dépassent le 36, un humour décapant, un potentiel intellectuel illimité, un charme désarmant qui fait craquer la moitié des garçons qui te rencontrent... »

Justine – Tu dis ça parce que tu m'aimes.

Léa – Je te dis ça parce que c'est vrai !

– Si Léa l'a dit, tu peux la croire ! Léa ne ment jamais.

Jim à l'entrée de la cuisine nous souriait, bienveillant comme toujours.

Jim – Et à moi, on ne sert pas de Coca ?

Léa lui a tendu un verre.

Jim – Merci ma Léa chérie ! Pourquoi vous restez dans la cuisine ? Il fait super beau dans le jardin.

Justine – Si c'est pour se retrouver avec les deux là-bas, merci bien.

Jim – Ah ! Il y a de l'embrouille dans l'air.

Justine – Même pas, il n'y a rien. C'est pire ! Ils n'ont pas réalisé qu'on était à côté d'eux.

Ingrid – Ils ne sont préoccupés que par l'achat du billet d'avion de Thibault.

Jim a posé sa main sur mon épaule.

Jim – Ça ne doit pas être simple pour toi ce départ. J'imagine que tu te sens un peu abandonnée.

Voilà ce que j'aime chez Jim : cette capacité à se mettre à la place de l'autre, à ressentir sans qu'il ait besoin de l'exprimer ce qui le blesse et à le consoler avec peu de mots.

Ingrid – Ah mais ce départ n'est simple pour personne ! Moi aussi je suis triste à l'idée que Thibault s'en aille à l'autre bout du monde pour une année. Je m'étais habituée à sa présence. Et quand je dis une année, je suis optimiste, parce que, une fois qu'il aura goûté à la vie new-yorkaise, il n'aura plus jamais envie de revenir. La France lui semblera hyper plouc !

Petit lexique à l'usage d'Ingrid

Compassion : XIIe siècle. Emprunté du latin chrétien ***compassio***, « action de souffrir avec, compassion, pitié », de ***compati***, « compatir ». Sentiment qui porte à prendre part à la douleur et aux souffrances d'autrui. ***Être touché de compassion. Inspirer de la compassion. Une femme digne de compassion. Avoir de la compassion pour quelqu'un***, le plaindre.

Délicatesse : finesse de jugement, capacité à évaluer ce qui peut blesser l'autre.

Se taire : verbe pronominal. Ne pas parler. Garder le silence.

Exemple de phrase possible : « Ingrid, si tu pouvais te taire, la fermer, ne plus jamais ouvrir ta grande bouche, ça me ferait des vacances. Tu n'as franchement aucune délicatesse. Tu as zéro compassion pour personne » :-(

Pour RÊVER de NEW YORK ou mieux la CONNAÎTRE

Voici une liste des chansons contemporaines qui la célèbrent.

- Frank Sinatra, *New York New York*
- Lou Reed, *Coney Island Baby*
- LCD Soundsystem, *New York, I love you but you're bringing me down*
- The Pogues, *Fairytale of New York*
- Jay-Z, *Empire State of Mind*
- Bruce Springsteen, *My city of Ruins*
- Billy Joel, *New York State of Mind*
- The New York Dolls, *Subway Train*
- Ramones, *53rd & 3rd*
- The Ad-Libs, *The Boy From New York City.*

Toutes à vos MP3 !

Jim – La France ne lui paraîtra jamais plouc si Justine s'y trouve.

Léa – Ça, c'est certain. Une fille pareille, c'est la chance d'un homme.

Jim – Plus que ça ! Justine, c'est la perle rare. La fille dont on rêve tous...

Je pense que Jim n'avait pas prévu cette déclaration d'amour parce qu'il est soudain devenu écarlate. Ingrid n'a pas pu s'empêcher de commenter.

Ingrid – Alors tout est bien qui finit bien. Un Thibault de perdu, un Jim de retrouvé !

Un grand silence a accueilli son proverbe fait maison. Jim, de plus en plus mal à l'aise, a proposé de rejoindre les autres dans le jardin. Cette fois-ci, j'ai accepté.

Nicolas nous a accueillis en grommelant :

Nicolas – Ah ben vous voilà ! Où étiez-vous passés ?

Était-ce du second degré ou avait-il complètement zappé que j'avais hurlé à pleins poumons dix minutes plus tôt pour lui signaler notre arrivée ?

Nicolas – Nous, ça fait une heure qu'on cherche un aller New York pas trop cher pour Thibault et qu'on ne trouve pas.

Ah non ! Il a vraiment zappé.

C'est étrange cette façon qu'ont les garçons de basculer dans un autre monde dès qu'ils ont passé la tête à travers la fenêtre de leur ordi. On a la sensation que la réalité n'existe plus et que lorsqu'ils la regagnent, il leur manque des pans entiers de la vraie vie.

Nicolas – Alors vous étiez où ?

Léa – Justine devait aller chercher Théo et Oscar.

Comme Nicolas qui avait assis Léa sur ses genoux avait l'air de s'intéresser à nous, j'ai raconté à voix basse notre arrivée devant l'immeuble et la demande de rançon en échange du code d'entrée. Mon cousin s'est retourné en souriant vers les deux petits qui jouaient au fond du jardin.

Nicolas – Ce gamin est un génie ! Il ira loin dans la vie.

Léa – Parce qu'il rançonne tout le monde ? Tu trouves que c'est bien ?

Afin de montrer notre volonté éducative, j'ai fini de raconter l'aventure avec l'intervention musclée de Léa et le retour des deux garçonnets la tête basse. Nicolas a explosé :

Nicolas – Et vous avez bouffé une glace devant eux ?

Justine – Oui et sans aucun état d'âme. Quand on joue au plus malin, il faut accepter de perdre.

Nicolas – Vous êtes des monstres ! C'était super leur plan ! Si vous les avez privés de Magnum, c'était juste pour leur montrer que vous étiez les chefs. Je vais leur payer une glace, moi.

Mon cousin a crié.

Nicolas – Théo, Oscar, venez par là, on a quelque chose à vous dire.

Léa – Tu as tort de les encourager, ils avaient besoin d'une leçon.

Théo, suivi par son malfaiteur associé, est arrivé la bouche en cœur.

Théo – Si c'est pour nous parler des ballons en plastique d'Ingrid, on le sait déjà.

Nicolas – Des ballons en plastique d'Ingrid ?

Théo – Ben oui, ses faux lolos !

On ne devrait jamais discuter devant les enfants, surtout quand ils font semblant de ne pas écouter. Ils mémorisent tous les dialogues façon procès-verbal et vous les assènent en intégralité au moment le plus inopportun.

Léa s'est excusée sans plus attendre.

Léa – Désolée, Ingrid, on en reparlait discrètement avec Justine sur le chemin du retour et Théo a dû entendre.

Théo – Euh discrètement, c'est pas l'adverbe qui convient !

Quelle horreur ! Je ne me souviens plus exactement de ce qu'on a dit en ricanant bêtement mais nos blagues sur le champ lexical du ballon et autres métaphores sportives douteuses n'étaient pas de bon goût.

Il ne fallait surtout pas que Théo les répète. Ingrid passerait à jamais pour une victime et nous pour des pestes aigries et jalouses.

À voir le regard désespéré de Léa, la mémoire de nos gossips lui revenait par vagues et elle cherchait elle aussi un moyen de faire taire mon frère. J'ai décidé d'intervenir.

Justine – Théo, voilà dix euros et je te donne cinq minutes pour aller acheter deux Magnum au Franprix. La punition a assez duré et je pense que vous avez compris la leçon.

Théo, ravi, a tendu la main pour saisir mon billet puis s'est rétracté comme s'il y avait danger.

Théo – Pourquoi tu serais gentille avec moi tout d'un coup ?

Il ne fallait surtout pas lui laisser le temps de réfléchir. Sinon je devrais aussi financer deux paquets de Pépito, la location du DVD des *Noces funèbres* et l'achat de deux magazines au choix...

Justine – Pourquoi ? Pourquoi ? Parce que je suis la grande sœur idéale !

Théo a pris le billet d'un air soupçonneux et est parti avec Oscar qui, lui, jubilait de ce retournement inattendu.

Léa m'a adressé un clin d'œil discret. Finalement, c'est de famille, le sens de l'arnaque !

Avant que qui que ce soit lui pose des questions, Ingrid a décidé de faire son coming out esthétique.

Ingrid – J'aurais évidemment préféré ne pas faire un habit à la population mais puisque les choses sont dites, autant aller jusqu'au bout.

Je me suis penchée vers Léa et je lui ai chuchoté :

Justine – Qu'est-ce que c'est que cette histoire d'habit à la population ?

Léa – Je pense qu'elle voulait parler d'« avis à la population », tu sais les avis qu'on publiait lorsqu'on voulait prévenir tout un village ou toute une ville d'un événement : une nouvelle loi, une guerre, une épidémie...

Ingrid a continué :

Ingrid – Depuis des années, je souffre de ne pas avoir davantage de poitrine et là, ma décision est prise, je vais me faire refaire les seins.

Nicolas – Cool...

Il trouve tout cool, lui ! Théo qui nous manipule, Ingrid qui se fait charcuter par un chirurgien véreux. C'est vraiment le pays des Bisounours.

Nicolas – Et tu auras des seins comme les filles dans les films ?

Ah, je modifie le profil de mon cousin. Il « like » les Bisounours mais seulement dans leur version trash.

Thibault, qui n'avait pas encore donné son avis sur la question, a demandé :

Thibault – Mais ça se passe comment exactement ? Ils mettent quoi pour créer du volume ?

Ingrid – À ton avis ?

Thibault – Je ne sais pas, je ne me suis jamais posé la question.

Ingrid – Eh bien, ils...

Ah la réponse risque de ne pas être très sexy.

J'y pense, si l'idée de deux ballons en plastique plaisait aux garçons ?

– Bonjour tout le monde !

L'entrée de Jean-Baptiste dans le jardin a stoppé net la tentative de réponse d'Ingrid. On l'a vue devenir toute rouge puis, tournant le dos au nouvel arrivant, elle a posé un doigt sur la bouche pour nous inviter au silence sur le sujet du jour. Son nouvel amoureux a demandé :

Jean-Baptiste – Je dérange ?

La peste a respiré un grand coup puis elle s'est retournée tout sourire :

Ingrid – Toi, déranger ? Au contraire, on était en train de discuter de notre appart pour la coloc et on s'apprêtait à faire des recherches sur Internet. Tu nous aides ?

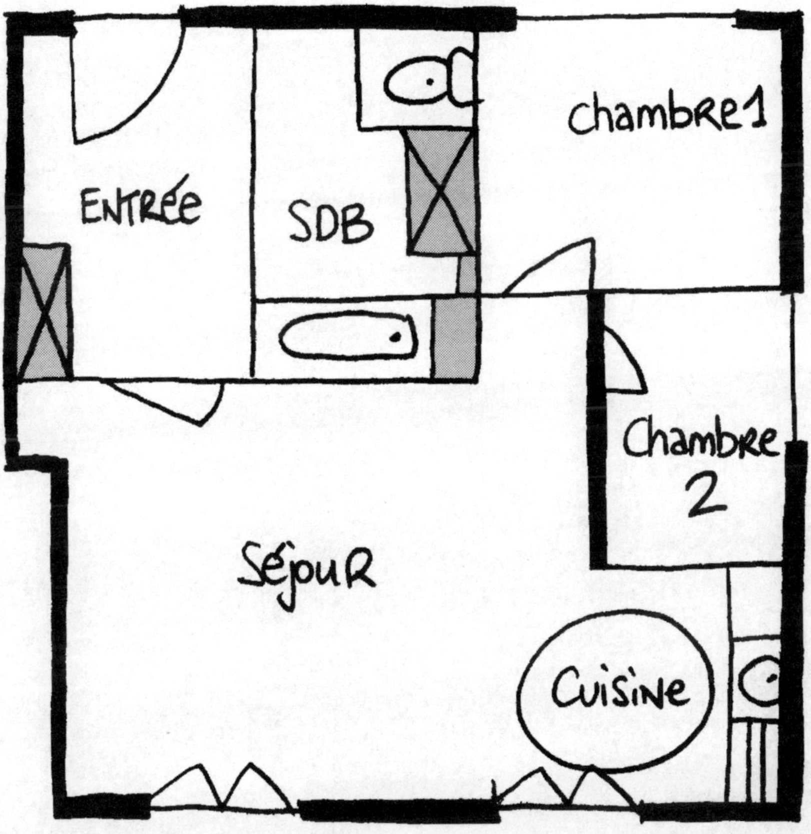

Recherche nid désespérément

Ambre – Tout le monde a mis sa ceinture ?

Léa, Justine et Ingrid ensemble – Yes captain !

Ambre – Alors, on y va. Je vous préviens, je ne fais pas la course avec les garçons.

Léa – J'espère bien ! On n'est pas à la maternelle.

Ambre – Nous, non. Eux, je n'en mettrais pas ma main à couper…

Justine – Moi non plus, ils sont tellement puérils avec leur volonté d'arriver les premiers !

Ingrid – Ils ont trop joué avec des voitures quand ils étaient petits.

Non, ne comptez pas sur moi pour dire qu'à force de jouer avec des Barbie, certaines (dont le prénom commence par In et finit par Grid) veulent des gros seins, sinon je vais encore passer pour une pauvre fille aigrie.

À propos de Barbie, vous savez qu'un chercheur s'est amusé à appliquer les mensurations de cette poupée à une échelle humaine et en a conclu que si une femme avait ce rapport « poids-taille-tour de poitrine-longueur de jambes-pointure de chaussures », elle ne pourrait pas tenir debout ? C'est drôle, non, de penser que Barbie, dans la vraie vie, passerait son temps à se vautrer sous le regard de filles rondelettes comme Léa ou extra-plates comme moi ?

Je sais que je délire mais voilà la scène :

Justine – Oh, regarde qui est encore par terre ?

Léa – Mais c'est cette pauvre Barbie... Viens vite, on va l'aider à se relever !

Justine – Pas question. Tu crois qu'elle se soucie de nous, elle, quand elle est sur son mètre soixante de jambes fuselées et ses petits petons de Cendrillon ?

Léa – Non, c'est vrai. Elle ne nous laisse aucune chance face aux garçons. Ils sont tous en train de la fixer en bavant.

Justine – Et vas-y que je me dandine avec ma cambrure de rêve en méprisant le Peuple-Des-Filles-Comme-Nous... Tiens, sa superbe crinière blonde traîne dans le caniveau, je ne lèverai pas le petit doigt !

Léa – Tu as raison ! On devrait aussi lui donner un bon coup de talon dans les côtes en passant.

Non, ça c'est irréel. Jamais Léa ne ferait un truc pareil !

Léa (tout bas) – À Barbie, si. Je la hais...

J'ai regardé ma meilleure amie, effarée.

Justine (tout bas) – Mais tu es vraiment une sorcière, tu lis même dans mes délires !

Léa (encore plus bas) – Tu es tellement transparente ma Justine ! Allez, oublie la future opération d'Ingrid. C'est son histoire, pas la tienne.

Ingrid – Qu'est-ce que vous chuchotez encore toutes les deux ? On ne vous a jamais appris qu'on ne faisait pas de mèches basses sans curé ?

C'est ça, pas de mèches basses... Il vaut mieux l'ensemble de la chevelure !

Ambre n'a pas tenu compte de ce proverbe capillaire. Elle nous a demandé :

Jim

Voici une nouvelle qui devrait plaire à Nicolas et pas du tout à Léa !

En 2010, Barbie la poupée glamour la plus célèbre du monde a été promue ingénieur en informatique. Après avoir été successivement mannequin, hôtesse de l'air, instructeur d'aérobic ou championne olympique de patinage, elle accède à la gloire selon Nico... Ce sont 500 000 internautes qui ont choisi sa nouvelle profession par vote en ligne et sur les réseaux sociaux. Son créateur Mattel aurait vendu plus de 650 millions de poupées depuis 1959.

Aujourd'hui, 12h09 · J'aime · Commenter

Nicolas aime ça.

Nicolas Jim, tu es un vrai pote. Une grande blonde mince, le rêve…

Aujourd'hui, 12h19 · J'aime

Léa Les mensurations de Barbie sont délirantes. Des médecins américains ont dénoncé ce modèle de pseudo-perfection qui encouragerait l'anorexie.

Aujourd'hui, 12h22 · J'aime

Ingrid Ces dernières années, des versions africaine, asiatique et indienne de Barbie ont été montrées par Mattel dans ses pubs. Il existe plein de modèles de beauté féminine !

Aujourd'hui, 12h35 · J'aime

Justine Et c'est une grande blonde mince qui nous dit ça… Bravo, Ingrid.

Aujourd'hui, 13h03 · 1 personne aime ça

Jim La récréation est finie, allez les petits, on rentre en classe !

Aujourd'hui, 13h19 · J'aime

Ambre – En dehors du fait que le proprio cherche peut-être à draguer Léa, ça ne vous a pas semblé étrange à vous cette annonce d'appartement à louer ?

Justine – Non, pourquoi ?

Ambre – Pendant une semaine, on a épluché toutes les annonces et on n'a trouvé que des apparts hors de prix, totalement excentrés ou dans un état lamentable. Et là, miracle, on nous propose sur un plateau une merveille qui correspond en tous points à ce qu'on cherche.

Léa – Ce n'est pas un miracle ! Nicolas s'était inscrit dans son école sur la liste des étudiants cherchant un appartement. L'école qui est en lien avec des agences immobilières lui a envoyé l'annonce. Et puis l'appart a l'air formidable mais il y a peut-être un énorme vice caché.

Ambre – Des voisins impossibles !

Ingrid – Ou des termites qui rongent la structure !

Justine – Ou des fantômes qui le hantent la nuit !

Léa – Vous voyez, on a le choix ! Et puis, peut-être que le propriétaire ne voudra pas nous le louer quand il me verra arriver avec ma horde.

Ambre – C'est possible. Les propriétaires n'aiment pas trop louer à des étudiants en coloc.

Léa – On verra ! Sinon, il faudra qu'on retourne à nos petites annonces.

Justine – Oh non, pitié, faites que ça marche, je ne supporterai pas une nouvelle recherche !

Il faut absolument que je vous raconte le cauchemar de cette dernière semaine pour que vous compreniez ce à quoi vous avez échappé.

Enfin, jusqu'à maintenant...

Vous vous souvenez qu'Ingrid, ne voulant pas que Jean-Baptiste soit au courant pour son... pour sa... enfin vous savez quoi, lui avait fait croire que nous cherchions un appart pour la rentrée. Afin de lui éviter de passer pour une menteuse, nous nous étions mis à éplucher les annonces immobilières sur le Net. Ambre qui sortait de stage s'était jointe à nous.

Une heure plus tard, la discussion sur l'appartement idéal avait échauffé les esprits.

Nicolas – On s'en fout qu'il y ait une petite cuisine, l'important c'est qu'il y ait un grand salon.

Jim – Ah non, une grande cuisine quand on est en coloc, c'est hyper important.

Nicolas – Pourquoi, t'as l'intention de passer ta vie à cuisiner ?

Jim – À cuisiner non, mais à manger oui et on sera super nombreux à l'utiliser.

Léa – Jim a raison ! La cuisine est LE lieu névralgique d'un appartement. Elle doit être assez grande pour qu'on puisse y être tous ensemble et on doit pouvoir la fermer pour cacher les assiettes qui s'empilent et le beurre ramolli.

Ambre – Alors moi, je vous préviens, je ne supporte pas la vaisselle sale.

Nicolas – Pas de problème, tu n'auras qu'à la faire !

Bon d'accord, cette réplique n'était pas la plus intelligente qui soit, mais devait-elle déchaîner tant de passions ?

En moins d'une seconde, mon pauvre cousin s'était retrouvé sous les tirs croisés d'une Léa féministe, d'une Ambre susceptible et d'un Jim cherchant à défendre sa dulcinée. Il m'avait regardée avec l'air d'un chiot qui s'est étranglé avec sa propre laisse et implore votre aide, je l'avais mollement défendu.

Justine – Ça va. Ne le prenez pas comme ça, c'était de l'humour.

Ingrid – Moi, je ne trouve pas ça drôle l'image de la femme réduite à faire la vaisselle.

Comme je ne m'attendais pas à Ingrid en Olympe de Gouges version sniper, j'avais sur-réagi.

Justine – Tu as raison, c'est beaucoup plus drôle et valorisant de l'imaginer en paréo Bollywood avec des seins cent pour cent plastique.

Ingrid m'avait jeté un regard noir. J'avais aussitôt regretté ma remarque qui trahissait son secret. Thibault, en bon fils d'ambassadeur, avait tenté la diversion.

Thibault – Et pour la salle de bains, vous préférez une douche ou une baignoire ?

Les autres avaient joué le jeu.

Léa – En ce qui me concerne, je préférerais une baignoire.

Jim – Ah non, moi je vote pour une douche !

Nicolas – Bien sûr qu'il faut une douche ! C'est pour les vieux les baignoires.

Et une discussion surréaliste s'était engagée sur les avantages et les inconvénients de la douche ou de la baignoire. Cet échange destiné à éviter la révélation du Très-Grand-Secret d'Ingrid n'avait pas convaincu Jean-Baptiste. Il avait fini par demander avec son flegme habituel :

Jean-Baptiste – Je peux savoir pourquoi Ingrid semble fâchée contre Justine et pourquoi vous vous agitez comme ça ?

Silence gêné.

Culpabilisée par ma trahison « involontaire » sur les seins siliconés, je m'étais sacrifiée.

Justine – C'est ma faute. Je suis énervée depuis ce matin et je n'arrête pas d'agresser Ingrid. Les autres font ce qu'ils peuvent pour éviter un clash mais ce n'est pas facile. Je suis désolée Ingrid, je ne sais pas ce que j'ai...

J'avais alors respiré profondément pour ne pas mourir étouffée par mes propres paroles.

La peste, dans le plus grand rôle de l'histoire du théâtre mondial depuis Sarah Bernhardt, s'était approchée de moi, de la ciguë plein le sourire, et m'avait dit :

Ingrid – Ce n'est pas grave ma Justine, je te pardonne. Ça ne doit pas toujours être facile d'avoir une copine aussi top que moi !

J'avais été obligée d'accepter son baiser de Judas. La discussion sur l'appartement avait repris dans des conditions normales.

Nicolas – À votre avis, il nous faut combien de pièces ?

Léa – Ça dépend. Pour l'instant, qui est vraiment certain de vouloir prendre cette coloc ?

Justine – Moi !

Nicolas – Moi aussi !

LE BAISER DE JUDAS

Que signifie « le baiser de Judas » ?

C'est un témoignage d'affection faux et perfide. L'expression fait référence à Judas Iscariote, l'un des douze apôtres de Jésus. L'Évangile de Matthieu relate que Judas a dénoncé son maître en échange de trente pièces d'argent. Il avait mis au point un code avec les gardes chargés de l'arrêter : celui qu'il embrasserait au jardin de Gethsémani serait l'homme recherché, Jésus. L'arrestation de Jésus mena à son procès puis sa condamnation à mort. Pris de remords peu après, Judas se suicida.

Vous comprenez pourquoi on se méfie d'un « baiser de Judas » : il est synonyme de traîtrise, de duplicité.

Ingrid – Me too !

Jim – Moi, surtout si Ambre est d'accord.

Ambre – En ce qui me concerne, je ne peux pas vous donner de réponse maintenant. Je ne sais pas encore si je reste dans ce cabinet ou si j'en change.

J'avais regardé Thibault avec une horrible envie de pleurer. Son départ devenait concret. Il m'avait souri.

Thibault – Je ne serai pas de la partie, mais seulement pour cette année, ma Justine !

Jean-Baptiste avait anticipé les couinements de la peste.

Jean-Baptiste – Même chose pour moi, Ingrid ! Je suis accepté en prépa à Notre-Dame-de-Sion, je ne peux pas m'installer avec vous. Je viendrai vous voir le week-end.

Léa – Donc pour l'instant, on est cinq. Ce n'est pas très pratique pour la répartition des chambres.

Nicolas – Ben si ! Toi et moi dans une chambre, Jim dans la deuxième, Ingrid et Justine dans la troisième.

J'avais réagi au quart de tour.

Justine – Ah non ! Léa et moi, on reste ensemble.

Nicolas – Tu rêves chérie, je ne déménage pas d'ici pour être dans une chambre à côté de celle de ma meuf.

Jim avait renchéri.

Jim – Excuse-moi Justine mais si Ambre trouve un stage près de notre future coloc, je n'ai pas non plus l'intention de dormir avec Nicolas.

Léa était intervenue avec son calme habituel.

Léa – Il faut réfléchir à tout cela. On ne part pas en vacances pour une semaine, on doit vivre ensemble durant une année et préparer nos examens. Je ne suis pas certaine que ce soit une très bonne idée de faire des chambres « couples ».

Nicolas – Tu jokes là, Léa ?

Léa – Non. J'essaie de trouver une solution qui tienne la route pour tout le monde, et pas de penser uniquement à mes intérêts.

Je crois que c'est à ce moment-là que la discussion avait basculé. Tout le monde s'était mis à parler en même temps. Il avait soudain été impossible d'identifier les voix et les désirs. L'espace avait été empli d'un magma de paroles incompréhensibles. Une nouvelle tour de Babel.

– Mais il n'en est pas question, tu te fous de moi.

– Comment ça serait possible ?

– De toute façon, elle l'a dit.

– C'est moins de neuf mètres carrés, alors tu vois...

– Si je savais qu'elle voulait jouer le remake du couvent des petits oiseaux, j'aurais prévu autre chose.

– À moins d'inviter des Pygmées.

– Où ça ? Il est dingue le pauvre garçon.

– Je ne l'ai pas encore dit mais ça ne va pas tarder.

– Même avec trois lits, on ne pourrait pas.

– Il n'a qu'à prendre ses responsabilités.

Et puis on avait entendu :

On ne sait pas qui – Dans ces conditions, on n'a qu'à abandonner cette idée de colocation.

Tous ensemble – Je crois que c'est ce qu'on a de mieux à faire.

Les deux dernières répliques avaient stoppé net la discussion.

Nicolas avait alors shooté dans un transat, Jim avait essuyé une tache invisible sur la table de jardin et Léa avait rapporté sa tasse de thé dans la cuisine. Je l'avais suivie.

Justine – C'est ma faute si la coloc tombe à l'eau ?

Léa – Pourquoi tu dis ça ?

Justine – Si je n'avais pas demandé à être dans la même chambre que toi, il n'y aurait pas eu toute cette histoire.

Léa – Il fallait bien qu'on commence à se poser les vraies questions. Et crois-moi, ce n'est pas fini. Vivre ensemble, c'est virtuellement formidable... et concrètement très compliqué !

Justine – Qu'est-ce qu'on fait alors ?

Léa – Je ne sais pas, je n'ai pas de solution. Mais on y retourne !

Lorsqu'on était revenues dans le jardin quelques minutes plus tard, Nicolas distribuait des feuilles et des stylos.

Léa – Qu'est-ce que tu fais ?

Nicolas – Je fais émerger les désirs ! C'est pas vraiment mon trip mais je pense qu'il faut appliquer la méthode du pervers. Chacun écrit ce dont il rêve pour cet appart, on met les papiers dans un chapeau, on secoue et après on voit. Ça te semble débile ?

Léa – Je te trouve génial !

Ma meilleure amie avait attrapé Nicolas par le col de son tee-shirt et lui avait donné le baiser le plus brûlant de l'histoire de la maison bleue.

Mon cousin, tout content de plaire autant à Léa, s'était senti obligé de jouer le macho de base.

Nicolas – Eh du calme, la meuf ! C'est pas parce que j'ai dit que je voulais dormir dans la même chambre que toi qu'il faut que tu prennes trop la confiance.

Léa lui avait répondu en souriant.

Léa – Désolée, je saurai me tenir à l'avenir.

Nicolas – J'espère bien ! Parce que moi, ma meuf, si elle ne me mange pas dans la main, je la jette.

Là, on avait tous éclaté de rire. Imaginer Léa en pauvre fille obéissante et soumise, comme celle qu'on trouve dans les mauvais raps, était de l'ordre de l'inimaginable.

Léa – Allez, on va laisser Nicolas réfléchir à cette vision dégradante de la femme dominée par un mâle décérébré et nous on commence à décrire notre futur appart.

Nicolas – Non, c'est bon, j'ai assez réfléchi. Je retire ce que j'ai dit...

Léa – Parfait !

On s'était mis au travail sous le regard un peu triste de nos deux lâcheurs préférés. Évidemment, Ingrid avait posé des tas de questions, interrompant notre réflexion à intervalles réguliers.

Ingrid – On le dessine ou on le décrit ?

Nicolas – Comme tu veux.

Ingrid – On a le droit de décrire le mobilier qu'on aimerait avoir ?

Nicolas – Si tu veux.

Ingrid – On mentionne tout ce qui nous fait plaisir même si c'est un peu fou ?

Nicolas – Si tu veux.

Ingrid – On note tout en vrac ?

Nicolas – Si tu veux.

Ingrid – On répartit les gens dans les chambres ?

Tous ensemble – TU FAIS COMME TU VEUX, C'EST CLAIR ?

Ingrid – Ça va, pas la peine de vous exciter, je me renseigne. Je suis vraiment le bouc et misère ici.

Après une heure de gribouillage intensif, on avait étalé nos travaux sur la table du jardin. Il était étonnant de voir que, dans le fond comme dans la forme, nos désirs nous ressemblaient étrangement.

Appartement d'Ingrid

Une chambre avec une douche à jets juste pour moi.

Un grand lit pour les week-ends où Jean-Baptiste viendra dormir.

Un bureau avec des tiroirs et des étagères au-dessus.

Une penderie avec des portes en miroir.

Une terrasse orientée au sud.

Une couette à rayures bayadère.

Un miroir grossissant avec bras articulé dans la salle de bains.

Un énorme canapé très moelleux, voire deux, dans un immense salon tout blanc.

Un grand frigo avec un étage réservé à mes légumes.

Appartement de Léa

Si mon appartement était un animal, il serait un oiseau.

Si mon appartement était une couleur, il serait jaune soleil.

Si mon appartement était un breuvage, il serait un thé à la menthe bien chaud.

Si mon appartement était une géolocalisation, il serait en centre-ville.

Si mon appartement était un élément, il serait l'air.

Si mon appartement était un organe, il serait un cœur qui bat vite.

Si mon appartement était un paysage, il serait un jardin à la française après le passage d'une école primaire.

Si mon appartement était un son, il serait le cri du hibou : hou hou !

Si mon appartement était un aliment : au choix une fraise Tagada, un banana-split, un œuf à la coque avec des mouillettes (les trois si possible mais pas dans cet ordre).

Si mon appartement était une chanson : *La vie en rose !*

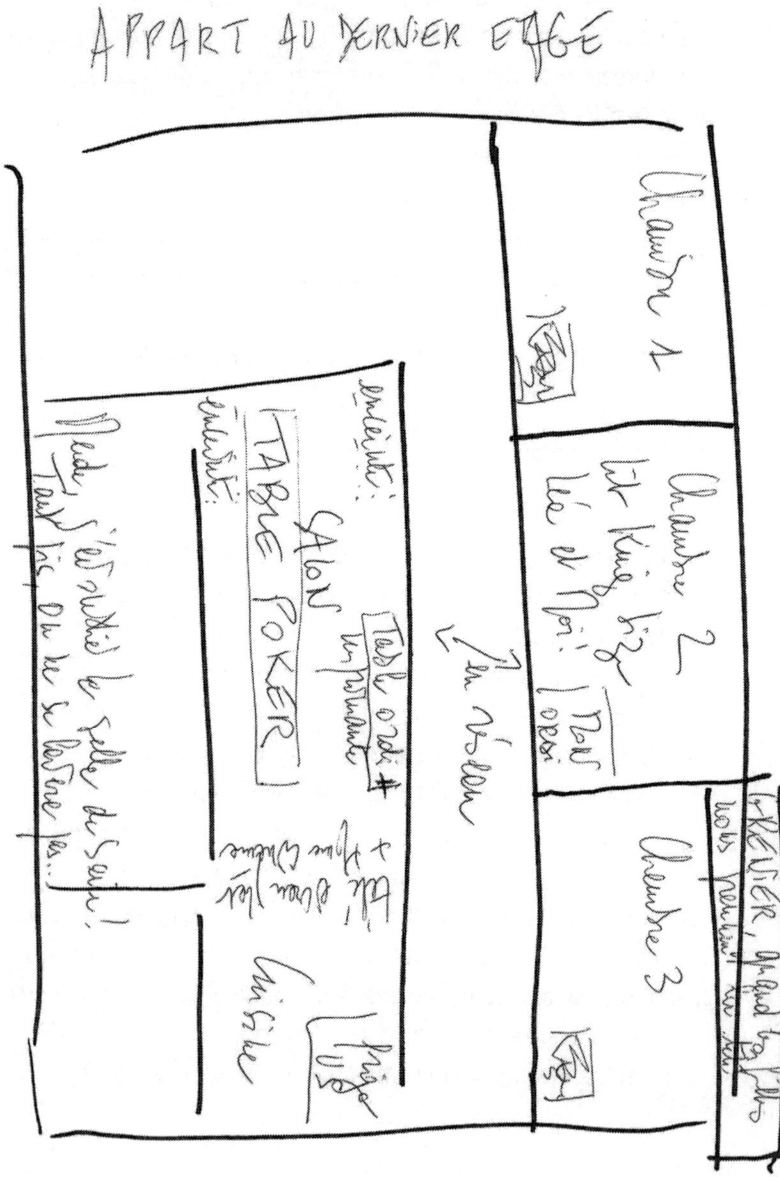
APPART AU DERNIER ETAGE
Chambre 1
Chambre 2
Chambre 3
SALON
TABLE POKER
Cuisine

APPARTEMENT DE JIM

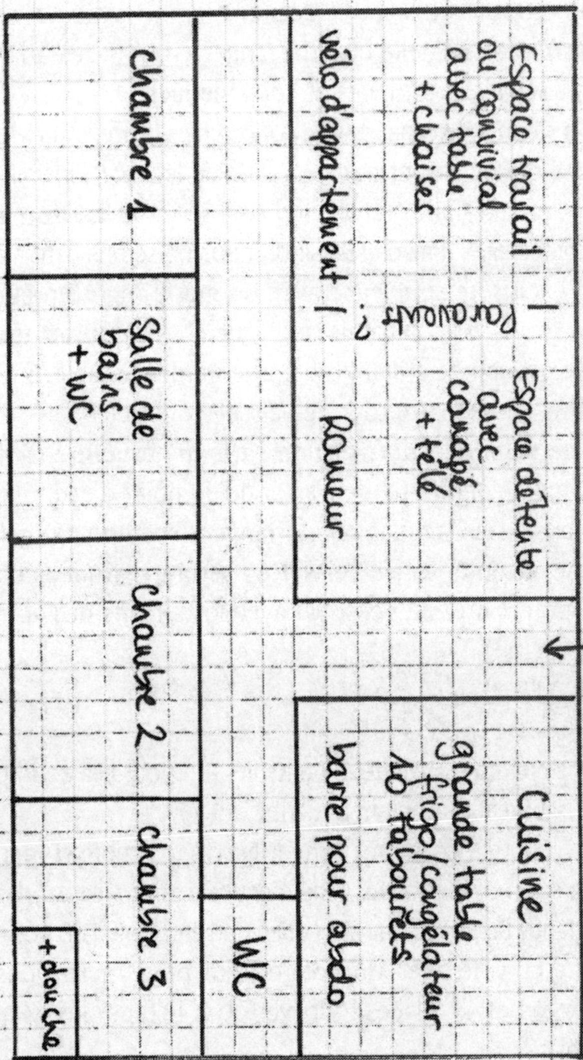

Appartement d'Ambre

Trois chambres occupées chacune par deux personnes (en couple pour ceux qui le désirent, sinon avec un colocataire choisi) dans laquelle chacun rangera toutes ses affaires (vêtements, chaussures, livres et cours de fac).

Un salon avec canapés non convertibles (sinon toutes les connaissances qui ne savent pas quoi faire de leur vie s'installeront chez nous), et une grande table qui pourra servir de lieu de réunion pour les colocataires. Pas de télé sinon nous ne serons jamais au calme.

Une cuisine spacieuse avec un grand frigo (un étage ou un demi-étage par colocataire afin que chacun puisse retrouver ce qu'il s'est acheté à manger) et une immense table. S'il n'y a pas de lave-vaisselle, un tour de vaisselle quotidien.

Une salle de bains et une salle de douche : À six, on ne peut pas se permettre de n'avoir qu'un point d'eau. Chacun aura une caissette dans laquelle il rangera shampoing, gel douche, brosse, peigne, et les serviettes seront marquées comme en colo pour éviter de s'essuyer avec les affaires des autres !

Appartement de Justine

Une chambre avec deux petits lits (un pour Léa et un pour moi) + deux bureaux avec rangements.

Deux autres chambres (Jim et Nicolas ? Ambre et Ingrid ?).

Un salon avec canapés, une méga télé pour regarder des séries et une grande table pour travailler quand on étouffera dans nos chambres.

Une cuisine avec un congélateur pour mettre des tonnes de pizzas et de glaces ! Un verrou à l'étage des Magnum au chocolat ? :-)

Une salle de bains avec une baignoire XXL (je sais, ce n'est pas écolo, mais prendre un bain est le seul truc qui me détende quand je stresse).

Une terrasse si l'appart est au dernier étage, un jardin s'il est au rez-de-chaussée. Près d'un parc s'il n'y a ni l'une ni l'autre.

On avait lu toutes les fiches attentivement.

Si cela avait provoqué de nombreux fous rires et quelques grincements de dents, on avait fini par rédiger ensemble une (fausse) petite annonce de ce qu'on désirait.

Étudiants en plein de choses, assez fauchés, cherchent un grand quatre-pièces lumineux en centre-ville, avec cuisine et salon spacieux, trois chambres de taille égale, une salle de bains et une salle de douche. Un grenier ou une terrasse ou un jardin seraient les bienvenus !

Dans les jours qui avaient suivi, on avait écumé les sites immobiliers sur Internet. Compte tenu de nos apports respectifs, aucun appartement ne correspondait à notre portrait-robot. Quant à ceux qui y correspondaient, c'était une véritable catastrophe !

Pour que vous ayez un aperçu des taudis visités, je vous laisse feuilleter le carnet de notes tenu par Thibault. En effet, pour éviter toute dispute à l'heure du choix, nous avions demandé à mon prince de décrire avec la plus grande honnêteté les lieux visités et de consigner nos réactions. Nous pensions nous référer à la fin de notre périple à ce document pour nous décider. Grossière erreur...

Carnet de notes des appartements visités en vue d'une colocation, tenu par Thibault

APPARTEMENT 1

Annonce : appartement atypique quatre-pièces dans immeuble de caractère au 5e étage sans ascenseur.

Dans la réalité : 4 pièces minuscules et sales, dont deux sans fenêtre (certainement un deux-pièces au départ transformé en faux quatre-pièces). Jim a tapoté doucement dans un des murs de séparation, il a failli l'abattre.

Salle de douche/toilettes spartiate (Ingrid est sortie de l'appartement aussitôt après l'avoir vue).

Immeuble : vétuste, empestant le moisi. Dans l'escalier, une marche sur deux est défoncée (Nicolas est resté le pied coincé dans une marche qui s'est brisée sous son poids, il a fallu l'aide de Jean-Baptiste et de Jim pour le dégager). Les portes des appartements du premier et du deuxième étages sont murées. Des poutres métalliques ont été ajoutées au dernier étage (pour éviter l'effondrement ? Léa a fui, de peur que le toit ne lui tombe sur la tête ?).

Note sur 10 : inévaluable. :-))

APPARTEMENT 2

Annonce : appartement cinq-pièces refait à neuf. Quartier de l'horloge. Immeuble récent. Ascenseur. Cave et parking possibles.

Dans la réalité : le proprio n'est pas venu et ne s'est pas donné la peine de nous prévenir que l'appartement était déjà loué.

Appartement 3

Annonce : appartement spacieux quatre-pièces dans immeuble récent en centre-ville exposé sud. Cuisine équipée. Ascenseur. Cave. Parking possible.

Dans la réalité : en tous points conforme à l'annonce. Les filles ont sauté de joie. Elles ont commencé à imaginer le partage des chambres. Elles ont même parlé longuement avec le propriétaire qui a tout de suite été d'accord pour une colocation d'étudiants. Seul petit souci, il était possible que l'appartement ne soit libre que mi-septembre. Pas si grave. :-)

Quand nous sommes sortis, la locataire qui l'occupe encore jusqu'à la fin du mois d'août nous attendait dans la rue. Une femme très étrange qui nous a annoncé qu'elle le squatterait aussi longtemps qu'elle le pourrait. Nicolas est remonté aussitôt interroger le propriétaire qui était en train de fermer la porte. Il a paru très embarrassé.

Note sur 10 : c'est mort.

Appartement 4

Annonce : appartement quatre-pièces entièrement mansardé avec cheminée dans immeuble classé. Prévoir quelques travaux.

Dans la réalité : on aurait dû prêter plus d'attention à ce qui était souligné dans l'annonce. À moins de mesurer 1,30 mètre, impossible d'y vivre. Fou rire général dès qu'on est entrés dans l'univers des Pygmées. On a parlé cinq minutes avec la propriétaire mais on n'a pas pu tenir davantage complètement voûtés !

Note sur 10 : ?

APPARTEMENT 5

Annonce : appartement quatre-cinq pièces quartier de la gare. Rafraîchissement à prévoir. Au cinquième étage sans ascenseur.

Dans la réalité : conforme à l'annonce hormis une petite différence ! L'appart n'était pas dans le quartier de la gare, mais quasiment dans la gare. Les fenêtres donnent sur les quais. Le proprio a été obligé de hurler quand le 14 h 50 est passé. Il a monté le ton une fois de plus quand le 15 h 12 est entré en gare. On n'a pas attendu le 15 h 25 pour prendre nos jambes à notre cou.

Note : fournie par la SNCF. :-)

APPARTEMENT 6

Annonce : loft quatre-pièces hyper moderne dans quartier en pleine expansion. Travaux d'aménagement à prévoir.

Dans la réalité (peut-on encore appeler ça la réalité ?) : il est situé dans une zone industrielle totalement excentrée en grande périphérie de la ville (les filles ont commencé à déprimer dès qu'elles ont vu le coin). Le loft est un petit bâtiment jouxtant une usine désaffectée en cours de démolition (je n'ai pas lu l'ordre de la mairie mais toute municipalité qui se respecte devrait exiger la démolition d'un tel lieu dans les vingt-quatre heures).

Dans ce petit bâtiment, quatre pièces avec des cloisons en parpaing et des poutrelles métalliques visibles. Nicolas a trouvé « hyper fun cette impression d'être un personnage de jeu vidéo ». Léa a trouvé que ce loft ressemblait plutôt au « décor d'un mauvais film policier sur TF1 où l'on retrouve une fille étranglée et découpée façon volaille ». Au centre d'une des pièces : un évier.

Serait-ce la cuisine ? Dans une autre, une baignoire et un lavabo, la salle de bains ? Doit-on appeler ça un quatre-pièces ?

Note sur 10 : 3 (points accordés par Nicolas. Les autres ont refusé de voter.).

Vous comprenez pourquoi nous commencions à désespérer quand Nicolas avait reçu un mail de son école. Il avait déboulé dans ma chambre en hurlant :

Nicolas – J'ai reçu une annonce géniale !

Loue un très grand F5 duplex clair dans la rue piétonne (hyper centre), à deux pas de l'église, avec petite terrasse et jardinet privatif. Salle de bains avec fenêtre, cuisine aménagée.

Cheminée en état de marche. Garage à vélos. 1 200 euros par mois, charges comprises.

On avait aussitôt calculé la quote-part de chacun. Si on était six colocataires et qu'on touchait nos aides au logement, nous pouvions payer.

Léa était arrivée à toute allure et avait appelé le propriétaire sur son portable en mode haut-parleur.

Léa – Allô ?

Le propriétaire – Allô, oui ?

Léa – Bonjour monsieur, je vous appelle à propos de l'annonce de l'appartement.

Le propriétaire – Ah...

Léa – Il est déjà loué ?

Le propriétaire – Presque. J'attends quelques papiers qui manquent au dossier du futur locataire.

Léa – Oh non ! Cet appartement est exactement celui qu'il nous faut...

Le propriétaire – À ce point ?

Léa – Oui, vraiment. Si jamais la personne intéressée n'envoyait pas les papiers demandés, seriez-vous d'accord pour me rappeler au numéro qui s'est affiché ?

Le propriétaire – Pourquoi pas.

Léa-la-sorcière avait ajouté, sûre d'elle :

Léa – Alors je suis certaine que vous me rappellerez.

Le propriétaire – Ah oui ! Qu'est-ce qui vous fait dire cela ?

Léa – Une intuition.

Le propriétaire – Et vous vous fiez souvent à votre intuition ?

Léa – Toujours.

Le propriétaire – Eh bien peut-être à demain, mademoiselle. Mademoiselle comment d'ailleurs ?

Léa – Flavigny, je m'appelle Léa Flavigny.

Le propriétaire – Au revoir mademoiselle Flavigny.

Léa – Au revoir monsieur.

Et elle avait raccroché en souriant. Je lui avais aussitôt demandé :

Justine – Tu as une bonne intuition ?

Léa – Non.

Justine – Alors pourquoi tu lui as dit que tu sentais qu'il allait te rappeler ?

Léa – Il faut parfois savoir forcer le destin !

On avait envoyé par SMS l'annonce immobilière (et sa restriction) à notre joyeuse bande et tous s'étaient précipités à la maison bleue pour parler du duplex. Au début, prudents, on avait employé le conditionnel.

Nicolas – Putain une terrasse pour se boire une bière, cool !

Justine – S'il y avait quatre chambres, ça serait génial.

Thibault – Ah oui ! Il y aurait une chambre libre pour les copains qui n'ont pas trouvé ce qu'ils cherchent aux States et qui reviennent en cours d'année.

Jim – Une cheminée, c'est mon rêve ! Si jamais on a cet appart, je récupère la poêle à marrons de ma grand-mère et je vous en fais cet hiver.

Une heure plus tard, on envisageait notre avenir dans ce lieu comme certain.

Ingrid – Moi, je vous préviens, je fais un potager dans le jardin. Ainsi on mangera bio !

Ambre – Et si on transformait la quatrième chambre en bureau ?

Léa – Moi, j'irai chercher le pain et les croissants tous les matins. Ce qui est génial quand on vit en centre-ville, c'est que tout est simple.

Jean-Baptiste le pragmatique avait interrompu nos délires.

Jean-Baptiste – Je ne voudrais pas jouer les oiseaux de mauvais augure, mais il faudrait vous calmer un peu. Je vous rappelle que cet appart est presque loué par quelqu'un d'autre.

L'excitation était tombée d'un coup.

On avait commandé des pizzas dans un silence de mort puis on avait changé de conversation. Il faut dire qu'on n'en manquait pas ! Notre tour du monde avec Léa, le départ de Thibault aux States, celui de Jean-Baptiste et d'Ingrid au Burkina, la colonie dans le Limousin de Nicolas et Jim.

Après avoir vécu si proches, on allait être dispersés aux quatre coins de la terre. Même si toutes ces perspectives étaient excitantes, je ne pouvais pas m'empêcher d'avoir le cœur serré. À voir la tête de Thibault, je n'étais pas la seule.

C'est fou dans la vie, on s'arrange toujours pour bouger et avoir des tas de projets et pourtant, on ne cherche qu'une chose : se retrouver collés serrés avec les gens qu'on aime pour avoir bien chaud. Pourquoi est-ce qu'on s'inflige des départs et des séparations ? Serait-on tous masochistes ? À moins qu'il nous faille partir loin pour réaliser que le bonheur se trouve près des nôtres et que cette agitation ne nous serve qu'à apprendre à profiter d'une vie toute simple...

J'en étais là de ma réflexion sur l'existence quand le portable de Léa avait sonné. Nicolas, se méfiant toujours d'un retour en grâce de Peter, avait maugréé :

Nicolas – Qui est-ce qui t'appelle encore ?

Léa – Je ne sais pas, je ne connais pas ce numéro.

Nicolas – Eh ben réponds pas !

Léa avait décroché.

Léa – Allô ? Oui... Oui, c'est moi... Oui, oui bien sûr... Absolument... Demain matin ? À onze heures ? J'y serai.

Mon cousin avait continué à grogner dans son coin :

Nicolas – Où est-ce qu'elle va ? C'est pas vrai. Elle a toujours des tas de rendez-vous super importants. Et puis, c'est jamais très clair. Elle bosse pour la CIA ou quoi ?

Léa – Je note l'adresse. Oui... Oui... Pardonnez ma curiosité, mais l'autre personne n'a pas donné suite ?

Nicolas s'était écrié :

Nicolas – Putain, c'est le duplex qui appelle ! Mets le haut-parleur...

Léa avait jeté un regard noir à mon cousin en lui faisant signe de se taire. On s'était tous regroupés autour d'elle.

Voici le contenu exact de la suite de la conversation entre Léa et le duplex :

Le duplex – Si, elle a donné suite, elle a promis d'envoyer les papiers avant demain soir.

Léa – Et donc ?

Le duplex – Elle me l'avait déjà promis la veille et je n'aime pas trop attendre. Mais surtout...

Léa – Surtout ?

Le duplex – J'ai beaucoup apprécié votre spontanéité, cette capacité à exprimer votre confiance dans la vie à un étranger.

J'interromps un instant la retranscription de la conversation pour vous

Soyez maligne !

Quelques conseils avant même de visiter l'appartement de vos rêves.

* D'abord étudiez le quartier. Regardez sur un plan où se situe la rue, vérifiez les possibilités de transport et faites le tour du quartier : repérez les commerces, bars, restaurants, jardins publics, bibliothèque, cinéma... Évaluez si cet endroit est bruyant ou pas, s'il correspond à vos critères et s'il dégage un charme auquel vous êtes sensible.

* Ensuite, inspectez l'immeuble de bas en haut, de l'extérieur aux parties communes.

* La porte d'entrée est-elle munie d'un digicode ? Y a-t-il un gardien ? Entrée, boîtes aux lettres, escaliers, couloir, ascenseur, cour... observez tout. S'il existe des locaux professionnels au rez-de-chaussée, informez-vous sur leur activité. S'agit-il d'une pharmacie ouverte 24 heures sur 24 ? Ou bien de restauration rapide dégageant de désagréables odeurs de friture ? Tentez de deviner toutes les nuisances possibles...

signaler une remarque typiquement Nicolasienne qui aurait pu nous coûter cher à ce moment précis.

– Je rêve ou il est en train de draguer ma meuf ? Qu'il se le garde son appart, on n'en veut pas.

Six paires de mains avaient muselé mon cousin.

Reprise de la retranscription de la conversation de Léa et du duplex :

Léa – Vraiment ? C'est gentil, ça me fait plaisir.

Le duplex – Tant mieux. On se voit demain à onze heures alors ?

Léa – OK. Demain onze heures ! Au revoir monsieur.

Le duplex – Au revoir mademoiselle Flavigny. Je vous attends avec impatience.

Et Léa avait raccroché aussitôt. Heureusement !

Le « je vous attends avec impatience » avait déclenché chez Nicolas une crise monstrueuse. J'aimerais beaucoup vous transmettre le contenu exact de la crise de mon cousin mais cela m'est absolument impossible. Pour des raisons évidentes de décence, je ne puis reproduire ses paroles par écrit. Il est certain qu'elles seraient censurées.

Les garçons et Ingrid coachés par Nicolas avaient jugé qu'effectivement le duplex n'était pas très clair et semblait vouloir rencontrer Léa pour de mauvaises raisons. Léa, Ambre, le pervers-écrivain (depuis sa fenêtre) et moi-même avions soutenu que l'homme était vraisemblablement honnête et qu'il ne fallait pas voir le mal partout. Bref, après une heure de discussion, il avait été décidé à l'unanimité qu'on irait tous le lendemain matin. Si le duplex voulait un rendez-vous yeux dans les yeux avec Léa, il serait déçu.

Voilà pourquoi en ce 14 juillet, jour férié pour tous, nous nous retrouvions en voiture pour visiter notre (peut-être) future maison.

Ambre – Ne regardez pas à gauche, les garçons viennent de nous doubler et font les idiots pour attirer notre attention.

Évidemment, on n'a pas su s'empêcher de tourner la tête du mauvais côté.

Justine – Mais ils ont quel âge ? Tu as vu Nicolas, il s'est complètement écrasé le visage contre la fenêtre. Il est monstrueux !

Ingrid – Et Jean-Baptiste, il fait quoi là ?

Léa – Je crois qu'il fait semblant d'embrasser Thibault sur la bouche.

Justine – Quoi ? Ils sont complètement débiles...

Ambre – Je vais ralentir pour les semer. Je n'ai pas l'intention de faire quatre-vingt-quinze kilomètres dans ces conditions.

Léa – Ils ralentissent pour rester à côté de nous.

Ambre – Regardez de l'autre côté...

On s'est aussitôt exécutées. Ingrid a murmuré comme si les garçons pouvaient l'entendre :

Ingrid – Et si Jean-Baptiste avait un vrai coup de foudre pour Thibault ? Ne rigolez pas ! J'ai lu une histoire comme ça dans le *Elle* de la semaine dernière. Une femme racontait qu'elle était partie en vacances avec son mari et un couple d'amis et que, durant le séjour, les deux hommes étaient tombés amoureux l'un de l'autre alors qu'ils n'avaient jamais eu d'expérience homosexuelle avant, ni l'ombre d'un désir pour une personne du même sexe.

J'ai tourné la tête un quart de seconde pour vérifier que Jean-Baptiste avait arrêté d'embrasser mon homme. Non seulement il fallait surveiller Ingrid, mais il fallait maintenant espionner son petit copain. Quel couple de boulets !

Léa m'a donné un coup de coude discret et m'a chuchoté :

Léa – Ne les regarde pas. Thibault ne peut pas tomber amoureux de Jean-Baptiste.

Je lui ai souri, rassurée. Si Léa le dit, c'est que c'est vrai. Elle n'aurait pas dû ajouter :

Léa – Il part pour un an, il ne va pas commencer une nouvelle histoire !

Très drôle.

J'ai gardé la tête droite, toutefois mes yeux ont effectué un mouvement latéral gauche discret. Les garçons (sauf Jim qui conduisait) avaient enlevé leur tee-shirt façon gogo danseurs et se trémoussaient derrière les fenêtres de la voiture.

Ingrid – N'importe quoi !

Léa – S'ils n'ont plus de spectateurs, ils arrêteront. Imite-nous, Ingrid, fixe la route.

Ingrid – Mais je n'y arrive pas. Ils sont torse nu et dansent comme des dingues.

Je ne suis pas souvent d'accord avec Ingrid seulement là, je dois reconnaître qu'il était impossible de détourner le regard. Léa a sorti son portable et a envoyé un message. Elle a déclaré en souriant :

Léa – Je compte jusqu'à dix et les garçons se rhabillent. 1... 2... 3... 4... 5... 6... 7... 8... 9...

Elle n'a pas eu besoin de prononcer dix. Nicolas, Thibault et Jean-Baptiste ont enfilé leur tee-shirt illico d'un air angoissé. On a applaudi la sorcière.

Justine – Comment tu as fait ?

Léa – J'ai envoyé à Nicolas un SMS dans lequel je lui disais qu'à dix, on enlevait le haut nous aussi.

Ambre – Bravo Léa ! Tu es décidément très forte.

Léa – Oui, je dois avouer que j'ai été plutôt bonne sur ce coup !

Justine – Excellente, tu veux dire.

Ambre – C'est vrai. Je ne sais pas comment tu te débrouilles, Léa. Tu trouves toujours comment régler les conflits en douceur.

Léa – Merci ! Mais tu as l'air de très bien te débrouiller toi aussi. On ne vous entend jamais vous disputer avec Jim.

Ambre – Ce n'est pas seulement grâce à moi. Jim est formidable. C'est un garçon doux, prévenant, attentif !

Bon ben ça va, il faut qu'elle se calme. On le connaît, Jim, on n'a pas besoin qu'elle nous fasse l'article.

Ambre – Si tu savais comme il est gentil avec moi. Je ne crois pas avoir rencontré quelqu'un d'aussi aimable de toute ma vie.

Aimable... C'est quoi cet adjectif bidon ? Est-ce que je dis que Thibault est « aimable », moi ?

Léa – Quel bonheur d'entendre ça... Je suis contente pour toi, et pour lui. Je n'aurais pas supporté que tu ne voies pas sa beauté. Et je ne parle pas seulement de ses biceps, je parle de son âme aussi.

Ambre – Ne t'inquiète pas, je réalise la chance que j'ai d'être avec lui. Puisque vous le connaissez bien, je peux vous poser une question à toutes les trois ?

Léa et Ingrid (ensemble) – Bien sûr.

Excusez-moi de ne pas répondre d'une seule voix avec mes camarades, je n'ai pas envie de parler. Non, je ne suis pas jalouse d'Ambre et de sa relation extraordinaire avec Jim. Pourquoi le serais-je ? Si Jim est heureux avec cette vieille, tant mieux pour lui.

Pardon ?

Non, je n'ai pas dit « avec cette vieille », j'ai dit « avec cette fille ».

Montrez-moi le texte. Ah oui, désolée, au temps pour moi. C'est une erreur !

Je reprends :

• Si Jim est heureux avec cette fille, tant mieux pour lui. Je leur souhaite tout le bonheur du monde.

Un peu plus loin si possible.

Évidemment, Ambre, encouragée par les deux groupies, a posé la question fatale :

Ambre – Est-ce que vous avez l'impression que Jim est vraiment amoureux de moi ?

Ingrid s'est empressée de répondre :

Ingrid – Oh oui ! Je ne l'ai jamais vu aussi amoureux.

Parfois, je regrette de ne pas posséder le vocabulaire de Nicolas. Il est ordurier certes mais tellement signifiant. Là, j'aurais bien un mot pour qualifier la peste, pourtant, encore une fois, la censure exercée par certains m'empêche de le prononcer.

J'ai attendu la réaction de Léa, une boule dans la gorge. Si elle le souhaitait, j'avais deux modèles de réponse à lui proposer :

Modèle de réponse de l'amie traîtresse

– Ingrid a raison, moi non plus je ne l'ai jamais vu aussi amoureux. Il a vécu d'autres histoires avant de te rencontrer, rien d'important. Rien qui lui donne envie de se dépasser. Depuis qu'il est avec toi, je le sens transformé, heureux, vivant.

Modèle de réponse de la véritable amie

– Je ne voudrais pas te peiner, Ambre, mais tu n'es dans sa vie qu'une fille gentille qui lui permet de patienter en attendant de retrouver son grand amour. Oui, Jim aime Justine depuis toujours et rien, ni personne, ne pourra jamais les séparer.

Léa a répondu calmement.

Léa – Je suis désolée, c'est une question à laquelle je suis incapable de répondre. Jim est un garçon secret qui ne se livre pas beaucoup. Quand on était ados, je suis si souvent passée à côté de ses émotions et de ses chagrins qu'aujourd'hui je suis très prudente quand je parle de lui. Ne crois pas que j'esquive la réponse, je suis sincère.

Ambre – Je te crois. Tu es quelqu'un de bien, Léa !

Mais c'est un coucou cette fille ! Vous savez, cet oiseau qui pique les nids des autres parce qu'il n'est pas fichu de s'en fabriquer un tout seul ! Elle veut Jim comme petit ami, Léa comme best friend et puis quoi encore ? Elle veut être moi aussi ?

Avant que qui que ce soit n'émette une remarque, je tiens à préciser que je n'ai pas de problèmes avec les filles en général. Certes, j'ai un peu critiqué Ingrid à propos de ses futurs seins siliconés et Ambre à cause de sa façon de parler de Jim, sinon je m'entends très bien avec toutes celles que je connais. Par exemple Léa et... et... et Léa !

Ambre a continué son entreprise de séduction.

Ambre – Et toi, ta relation avec Nicolas, tu la sens comment ?

Alors là, qu'elle ne s'attende pas à des confidences, plus secret que Jim, il y a Léa !

Léa – Ça reste compliqué pour moi. J'ai vécu une histoire d'amour étrange avec Peter, mon prof de théâtre. Et même si je sais pourquoi je l'ai quitté, je reste très attachée à lui et à ce qu'il représente. Plus comme avant bien sûr, parce que maintenant il y a Nicolas. Il est là, vraiment là, et il m'aime au quotidien de façon gauche mais réelle. Je n'ai pas l'habitude d'aimer dans la vraie vie. Après la mort de mon père, j'ai appris à aimer les absents. J'ai peur que ça ait modifié mon rapport aux hommes.

Les mots de Léa m'ont bouleversée.

Je ne m'attendais pas à ce qu'elle parle à cœur ouvert de sa relation avec Nicolas et ses peurs m'ont renvoyée aux miennes. Je me suis entendue confier :

Justine – Moi aussi, j'ai peur. Pour des raisons exactement inverses. Thibault va partir loin et je ne suis pas certaine de pouvoir l'aimer à distance. Je n'aime que les présents. Je suis peut-être primaire mais j'ai besoin de la chaleur physique de l'autre pour l'aimer. Sinon, il devient une abstraction et il finit par disparaître.

Léa m'a prise dans ses bras tandis qu'Ambre m'a souri gentiment dans le rétroviseur. Qui a écrit un jour : « C'est pas compliqué l'amour ! » ? Certainement une menteuse ou une fille génétiquement modifiée !

Alors qu'on était au bord des larmes, Ingrid est intervenue :

Ingrid – Et moi, personne ne me pose de questions sur ma relation avec Jean-Ba ?

C'est vrai, à l'occasion de leur « semaineversaire », on s'interroge toutes sur « comment a vieilli leur couple ? ».

Ingrid – Je suis super amoureuse de lui même s'il ne ressemble pas du tout aux autres garçons que j'ai connus.

Léa – Tant mieux. Avec lui tu te donneras peut-être la chance d'être différente.

Ingrid – Tu ne m'aimes pas comme je suis ?

Léa – Si, moi je t'aime comme tu es ! Et toi, est-ce que tu t'aimes comme tu es ?

Ingrid – Pas vraiment non.

Il y a eu un grand silence dans la voiture.

Ambre a sorti un paquet familial de Michoko de la boîte à gants et on l'a dévoré en moins de cinq minutes.

C'est rassurant de savoir qu'il y a des valeurs sûres dans la vie : l'Amitié et les Michoko.

On a tenté de parler de choses légères durant le reste du voyage, l'ombre de notre conversation intime a plané sur nos cœurs.

Je n'avais pas réalisé qu'on était arrivées quand Ambre a dit :

Ambre – Je me gare là, je ne peux pas aller plus loin. C'est le début de la rue piétonne.

J'ai regardé ce qui allait devenir très prochainement notre rue d'adoption. Ingrid a hurlé en sortant la tête par la fenêtre :

Ingrid – Eh, ce ne sont pas les garçons à la terrasse du café là-bas ?

Léa – Si !

Ambre – Génial ! Il est onze heures moins le quart, on a le temps de boire un Coca avec eux, ça vous dit ?

Oh que oui. Après cette discussion, je venais de réaliser que je n'avais qu'une envie : courir vers Thibault, me jeter dans ses bras et l'embrasser. Oui, la vie allait peut-être nous séparer mais pour l'instant, il était là et mon cœur faisait bang-bang.

Cap sur la maison rose

Jim – Bon, il faut y aller, il est onze heures moins trois... Ce n'est pas correct d'arriver en retard.

Nicolas – Alors on fait comme j'ai dit ? On laisse Léa devant et nous on se planque un peu plus loin ?

Léa – Non, c'est complètement puéril. Le mieux, c'est d'arriver ensemble, au moins les choses seront claires. Si le propriétaire semble surpris et déçu, on le verra tout de suite.

Ambre – Surpris, il le sera. Tu ne lui as pas annoncé que tu venais avec une équipe de foot.

Léa – Exact...

Jean-Baptiste – Franchement, être tous ensemble devant la porte, je ne trouve pas que ce soit une bonne idée. Je me mets à sa place : si je voulais louer un appart à une gentille fille que j'ai eue au téléphone et que je la voyais débarquer avec un gang, j'annulerais illico.

Thibault – C'est vrai que ce n'est pas la meilleure idée qui soit pour l'inciter à louer à des étudiants en coloc.

Justine – Alors c'est décidé, on poste Léa devant, et nous on attend juste en face. On est visibles mais on n'occupe pas le terrain.

Léa – C'est vendu !

Ingrid qui n'avait pas donné son avis a ajouté :

Ingrid – Si vous voulez, je patiente avec Léa. Si ce type vient pour autre chose que louer son appart, il dévoilera plus vite son jeu si j'y suis.

Jean-Baptiste a attrapé la peste par le bras et lui a chuchoté en souriant :

Jean-Baptiste – Toi, je te garde avec moi. Léa se débrouillera très bien toute seule.

Et voilà comment nous nous sommes retrouvés face au 17 rue du Clocher, à couver Léa et notre (peut-être) future maison du regard. L'immeuble était splendide. Un vieux bâtiment de cinq étages en pierre légèrement rosée, refait à neuf avec de grandes fenêtres à l'ancienne qui s'ouvraient sur le jardin. L'appartement du rez-de-chaussée n'était pas visible de l'extérieur. Il était masqué par une haie majestueuse. Une grande grille noire avec un code protégeait l'entrée.

Nicolas – Putain, c'est beau.

Thibault – C'est plus que beau ! À me faire regretter mon choix des States.

Justine – C'est vrai ?

Thibault – Non ! Mais presque...

Jean-Baptiste – En plus, on va bientôt manger des prunes.

Ingrid – Où ça ?

Jean-Baptiste – Dans le jardin. Regardez à droite, il y a un prunier qui croule sous les fruits.

Nicolas – Tu sais reconnaître un prunier, toi ?

Jean-Baptiste – Ben oui ! Pas toi ?

Nicolas – Non, je ne sais même pas reconnaître des prunes dans mon assiette.

Les cloches de l'église ont sonné onze heures. Quand je dis sonner, le terme est faible.

Nicolas – Ils ont ajouté des amplis ou quoi ?

Jim – C'est vrai qu'on les entend bien d'ici.

Ingrid – Je vous rappelle qu'on est rue du Clocher.

Mon cousin a demandé, inquiet :

Nicolas – Ça sonne toutes les heures les cloches d'une église ? Même le matin ?

Jim – Je ne sais pas.

Nicolas – Il est peut-être là le vice de l'appart. T'es réveillé toutes les heures.

J'ai tenté d'apaiser les angoisses de Nicolas avec des arguments de taille.

Justine – Tu as vu la boulangerie juste à côté ? Pense à ton petit-déjeuner quand tu te réveilleras...

L'odeur virtuelle des croissants a semblé l'emporter sur le son des cloches.

Nicolas – Ouais, ça c'est top !

Jim – Le petit café au début de la rue a l'air sympa aussi. Ils ont un immense écran plat. On ira voir le foot là-bas.

Thibault – Bande de veinards.

Ingrid était en train de nous dresser la liste des commerces aux alentours façon appli « around me » lorsque Jim a chuchoté :

Jim – Vingt-deux ! À gauche, il y a un grand brun qui arrive. Il ralentit le pas en s'approchant de Léa.

Mince, j'ai oublié mes lunettes. J'ai plissé les yeux façon vieille taupe.

Eh pas mal du tout, ce jeune trentenaire sexy.

Ingrid – Vous ne trouvez pas qu'il a des faux airs de Peter ?

Oups, elle n'aurait pas dû dire un truc pareil.

Nicolas a littéralement bondi et a traversé la rue, l'air mauvais. Jim lui a emboîté le pas, suivi de très près par Thibault. Jean-Baptiste s'est senti obligé de les suivre.

Si un jour je tourne un film sur la mafia, je commence par cette scène. On comprend très bien comment, en une fraction de seconde, un pauvre type peut perdre la vie bêtement. Léa a regardé les garçons, atterrée.

Le beau brun a continué sa route sans s'arrêter. Jim a crié :

Jim – Fausse alerte, demi-tour !

Et ils ont aussitôt regagné leur poste d'observation. Léa a traversé la rue pour nous rejoindre.

Léa – Non, mais ça ne va pas ? Vous vous êtes vus, les garçons ? Vous étiez complètement ridicules. Je vous préviens, vous ne bougez plus d'ici. Vous ne me rejoindrez que lorsque je vous ferai signe.

Léa est repartie furax et on a continué à l'entendre râler alors qu'elle était déjà de l'autre côté de la rue.

Léa – Mais où ils se croient ? Ils ont vu trop de mauvaises séries à la télé. J'ai cru mourir de honte, heureusement que ce n'était pas le propriétaire.

Ambre a chuchoté :

Ambre – Franchement, Léa a raison. Qu'est-ce qui vous a pris ?

Nicolas – Je n'aime pas les bruns qui se la pètent genre : « Je suis un intellectuel qui comprend le douzième sens caché de la life, viens chérie, je vais t'expliquer la vie. Avec moi, tu accéderas à la cent cinquantième dimension ! »

Ambre – Et tu as vu tout ça chez ce type en une fraction de seconde ?

Justine – Non, il a vu tout ça dans la remarque d'Ingrid : « Vous ne trouvez pas qu'il a des faux airs de Peter ? » Alors il a bondi comme un idiot décérébré, son meilleur ami l'a suivi pour l'empêcher de se battre, Thibault les a accompagnés pour tenter de trouver une solution à l'amiable. Quant à Jean-Baptiste, il s'est joint à eux par pure solidarité masculine.

Ambre – Ah on en est là. C'est assez consternant.

Ingrid – En effet, oui.

Moi qui connais mon cousin, je peux vous assurer qu'il se sentait un peu idiot. Je pense que ses acolytes aussi.

J'observais attentivement la rue et ses nombreux passants lorsqu'un homme d'une cinquantaine d'années, dégarni et bedonnant, s'est avancé en direction de Léa. Jim a murmuré façon film d'espionnage :

Jim – Attention, target en vue !

Effectivement, l'individu s'est approché de ma meilleure amie et lui a dit quelques mots. Léa lui a répondu sans un sourire.

Même si elle est toujours énervée contre les garçons, elle pourrait être plus aimable avec notre futur proprio. Le type continuant à lui parler, Léa lui a tourné le dos.

Nicolas – Mais qu'est-ce qu'elle fout ? Elle veut saboter la location de l'appart pour nous punir ou quoi ?

Cette fois-ci, c'est Jim qui a bondi et s'est retrouvé sur l'autre trottoir en un dixième de seconde.

Nicolas – Il va se faire massacrer par Léa !

Ambre – Oh non…

Nicolas – Elle a dit qu'on devait traverser seulement quand elle nous ferait signe.

Ambre – Là, elle va être contente que Jim soit à ses côtés.

Ingrid – Pourquoi ?

Ambre – Parce qu'elle n'a pas envie d'être importunée par ce sale type.

Ambre avait à peine prononcé ces mots que la voix de Jim est parvenue jusqu'à nous :

Jim – Monsieur, je crois que mademoiselle vous a demandé deux fois de passer votre chemin. Vous avez compris ou il faut que je vous l'explique moi-même autrement ?

Il est inutile que je vous raconte comment Thibault et Jean-Baptiste ont été obligés de ceinturer Nicolas pour lui éviter un homicide très volontaire. De toute façon, face aux arguments de Jim (plutôt visibles lorsqu'il porte un débardeur moulant), le vieux pervers s'est éclipsé.

Notre héros nous a rejoints.

Jim – Tout va bien, on se calme. Pas de scandale avant l'arrivée du propriétaire.

Nicolas, toujours maintenu par ses deux gorilles, a marmonné une bordée d'injures dont je vous laisse imaginer la teneur. Du trottoir en face, Léa a éclaté de rire.

Nicolas – C'est ça, marre-toi. Il n'empêche que madame « je gère tout » ne gère pas tout.

Jim – C'est bon Nicolas ! N'en fais pas un drame. Elle ne risquait rien.

Notre attente a continué. Une maman est passée avec ses deux adorables jumelles, un type a ramassé une crotte laissée par son horrible chien, un petit garçon a déboulé en vélo.

Ambre m'a demandé :

Ambre – Tu crois que c'est le propriétaire ?

Oups, j'avais complètement oublié de surveiller Léa.

J'ai plissé les yeux. Un papy, une demi-pastèque sous le bras, parlait gentiment à ma meilleure amie. C'est drôle, le propriétaire avait une voix hyper tonique au téléphone, je n'aurais pas imaginé qu'il était si âgé.

Léa a tapé le code d'entrée de la grille.

Ingrid – Pourquoi elle ne nous a pas dit qu'elle connaissait le code ? On serait entrés voir.

Léa a suivi le papy à l'intérieur de l'immeuble. Nicolas a râlé :

Nicolas – Je rêve ou elle nous a oubliés ?

Thibault – Je le crains.

Jim – Bon, ben on n'a qu'à traverser et attendre près de la grille. Elle se souviendra peut-être qu'on existe.

Ambre – Non ! Léa, qui est une fille intelligente et méthodique, doit avoir ses raisons de ne pas nous appeler.

Nicolas – Tu te fais un film ! Elle a été troublée par le connard qui l'a collée tout à l'heure et elle est entrée sans penser à rien.

Jean-Baptiste – Ou bien elle ne veut pas affoler le pépé en nous demandant de la rejoindre.

Justine – Oui, c'est peut-être ça.

Ingrid – Alors, on fait quoi ?

Jim – On attend qu'elle soit entrée dans l'immeuble, on se poste devant la grille et on l'appelle sur son portable. Si elle veut qu'on la rejoigne, on sera tout près.

On a traversé la rue. Dès que Léa a disparu de notre champ de vision, Nicolas l'a appelée.

Nicolas – Elle ne répond pas.

Justine – Laisse-lui le temps !

Nicolas – Elle ne répond toujours pas, elle laisse sonner. Putain, c'est la boîte vocale.

J'ai regardé mon cousin en dodelinant de la tête. Il m'a aboyé au visage :

Nicolas – Quoi ???

Justine – Tu devrais te calmer. Léa est entrée il y a moins d'une minute dans le hall d'un immeuble cossu de cinq étages, en plein centre-ville, avec un vieux monsieur qui tenait à peine sur ses jambes. Que peut-il se passer ?

Le sourire moqueur des autres a dû agacer mon cousin parce qu'il m'a asséné d'un air grave :

Nicolas – Et si ce vieux n'était qu'une couverture pour un réseau de prostitution ? Après tout, on ne sait rien de cette annonce. Elle a atterri dans ma boîte mail via mon école mais elle a pu être envoyée par n'importe qui. On a vu Léa entrer au bras d'un vieux mais on ne sait pas qui l'attend à l'intérieur.

Les fenêtres du deuxième étage se sont ouvertes et une mamie a crié avec un accent pied-noir très prononcé :

La mamie – Roger ? Roger ?

Et comme personne ne lui répondait, elle nous a demandé :

La mamie – Vous avez vu Roger ?

Jim a réagi aussitôt :

Jim – Il portait une chemise à rayures bleues et une pastèque sous le bras ?

La mamie – Oui ! Vous savez où il est ?

Jim – Il vient d'entrer dans l'immeuble.

La mamie – Impossible, il avait oublié ses lunettes, il n'a pas pu taper le code.

Jim – Léa, une de nos amies, est entrée avec lui.

La mamie – Dieu merci, il a pu rentrer. Vous savez, jeune homme, il faut toujours que je m'inquiète pour lui !

J'ai murmuré :

Justine – Oui, eh bien nous, on n'a plus besoin de s'angoisser pour Léa ! Je doute que Roger qui n'arrive pas à taper le code sans ses lunettes soit la couverture d'un gang mafieux.

Mon cousin m'a mitraillée du regard. La vieille dame a continué son monologue par la fenêtre.

La mamie – Si quand j'étais jeune fille j'avais su qu'il deviendrait comme ça, jamais je ne lui aurais donné quatre enfants.

Léa a réapparu dans le jardin. Elle nous a fixés, l'air agacée.

Léa – Qu'est-ce que vous faites là ? On n'avait pas convenu que vous m'attendiez ?

Nicolas – Si, mais on croyait que tu nous avais oubliés alors on s'est avancés.

Justine – On s'est méfiés de Roger, Nicolas a eu peur que...

Mon cousin, craignant que je raconte à Léa ses élucubrations à propos de réseau de prostitution, a tenté de me faire taire violemment.

Nicolas – C'est bon Justine, ta gueule !

Justine – Eh, tu ne me parles pas comme ça.

Jim – C'est vrai Nico, tu exagères là ! Excuse-toi.

Nicolas – Non, elle me cherche depuis tout à l'heure !

La vieille dame, trop contente de se plaindre à quelqu'un de Roger dit le mafieux, a continué sa confession.

La mamie – Pourtant, croyez-moi, ce ne sont pas les prétendants qui me manquaient. Tous les garçons de la Goulette me faisaient les yeux doux. Moi, je n'en regardais pas un !

Thibault est intervenu pour me défendre.

Thibault – Elle ne te cherche pas, c'est toi qui t'excites tout seul.

Nicolas – OK, c'est bon je m'excuse Justine. Léa, tu bouges ou tu restes derrière ta grille ?

Léa – J'agis comme je l'entends. Je suis libre, non ?

La mamie – Et moi, si j'avais voulu, j'aurais pu épouser le fils du pharmacien.

Le papy – Quel fils du pharmacien ? Le bigleux ?

On a levé les yeux vers les fenêtres du premier étage. La mamie était maintenant face à son mari et poursuivait son monologue sans se soucier de notre présence.

La mamie – Il n'était pas bigleux, il avait les yeux bleus.

Le papy – Il avait les yeux bleus qui biglent.

Remarque, côté étalage de la vie privée, nous n'avions rien à leur envier.

Nicolas – Bon Léa, tu te décides ?

Justine – Nicolas, tu vas arrêter de nous crier dessus ?

Ambre – Ton personnage de macho était parfois amusant mais là, tu deviens insupportable.

Nicolas – Toi, je ne t'ai rien demandé.

Jim – Eh Nicolas, tu veux qu'on se fâche ?

Nicolas – Non pourquoi ?

Jim – Alors tu parles autrement à Ambre.

Thibault – Et à Justine aussi !

– Bonjour tout le monde ! Laquelle d'entre vous est la Léa que j'ai eue au téléphone ?

On a tous sursauté. Enfin pas le premier étage trop occupé par sa consultation en ophtalmologie.

La mamie – Toi-même, tu bigles.

Le papy – Comment ça, je bigle ?

Juste derrière nous se tenait un homme d'environ quarante ans hyper souriant.

L'homme souriant – Je suis Paul Shankland, le propriétaire de l'appartement.

Oh non ! Il ne pouvait pas arriver à un pire moment.

Léa a poussé la grille et s'est avancée vers lui.

Léa – C'est moi. Désolée d'être déjà à l'intérieur, j'ai aidé un voisin à entrer.

Paul Shankland – Roger avait encore oublié ses lunettes ?

Léa – Oui !

Paul Shankland – Aïe ! Le fils du pharmacien a dû avoir les oreilles qui sifflent.

Léa – Exact.

Paul Shankland – Normalement, on devrait bientôt entendre parler de Camilia, la grande brune peu farouche.

Comme si le papy avait entendu cette dernière réplique, il a hurlé :

Le papy – Eh bien, il fallait l'épouser ton bigleux, moi je serais parti avec la Camilia.

La mamie – Alors il aurait fallu prendre ton ticket comme à la Sécu, Roger ! Tu n'étais pas le seul sur sa liste. Elle n'était pas farouche, la Camilia !

On a éclaté de rire.

Paul Shankland – Comme cela vous êtes prévenue que cet immeuble est parfois bruyant.

Léa – Ça NOUS ira très bien.

Paul Shankland nous a regardés, l'air toujours aussi bienveillant.

Paul Shankland – Nous ? C'est pour une coloc ?

Tous ensemble (un peu gênés) – Oui.

Paul Shankland – Très bien ! Vous allez me raconter ça à l'intérieur.

Dans la mesure où on ignorait si son « vous » s'adressait seulement à Léa ou s'il nous invitait tous, on n'a pas bougé.

Paul Shankland – Eh les colocs, un Coca ou un jus de fruit à l'intérieur, ça ne vous tente pas ?

Tous ensemble – Si !

Paul Shankland – Alors on y va !

Et tandis qu'on entrait dans l'immeuble, on a entendu le dernier argument de Roger.

Le papy – Tu veux que je te dise, Suzette, peut-être que je n'étais pas le seul sur sa liste, mais elle, elle ne m'aurait pas cassé la tête comme toi !

On a eu un choc quand on a pénétré dans le salon.

Il était grand, lumineux, haut de plafond, avec un joli parquet blond. Deux énormes canapés mous et confortables trônaient au milieu de la pièce. Sur la table basse, on avait posé un vase de pivoines et une tablette de chocolat noir. Des portes-fenêtres donnaient sur une terrasse en bois exotique. Là, sur une chaise longue, une femme lisait un magazine. Paul a frappé au carreau pour l'avertir de notre arrivée.

Paul Shankland – Sarah chérie, nous avons de la visite !

Sarah s'est retournée et nous a souri. Elle était assortie à son appartement. Belle, grande, lumineuse.

J'ai pensé : « Plus tard, je veux être elle. » Léa m'a chuchoté à l'oreille :

Léa – Tu es Justine et c'est aussi bien, crois-moi.

Sarah nous a rejoints dans le salon.

Sarah – Bonjour !

Tous ensemble (super gênés) – Bonjour madame.

Sarah – Appelez-moi Sarah ! Alors qui est la Léa qui se fie à ses intuitions ?

Léa – C'est moi.

Sarah – Parfait ! Vous vouliez absolument cet appartement, m'a dit Paul.

Léa – Oui, enfin je ne suis pas toute seule.

Son mari est intervenu pour lui annoncer que c'était pour une coloc et j'ai craint soudain que le charme ne se rompe. Que la belle et douce Sarah ne se transforme en ménagère acariâtre ne voulant pas louer son appartement à de jeunes étudiants.

Si le charme se rompait et que Sarah se transformait en ménagère acariâtre :

Sarah – Quoi ? Comment ça en colocation ? Tu m'avais simplement parlé d'une jeune femme qui cherchait un appartement pour elle.

Paul – Oui, c'est ce qu'elle a prétendu au téléphone.

Léa – Je n'ai jamais affirmé que je cherchais à louer un appartement pour moi seule.

Paul – Si, vous l'avez fait !

Sarah – Vous n'êtes qu'une petite menteuse hypocrite et lâche.

Nicolas – Eh, il faut vous calmer la bourgeoise. Je n'aime pas qu'on parle mal à ma petite amie.

Sarah – Vous avez raison, vous vous en chargez si bien tout seul. Bon maintenant, les jeunes, vous prenez vos cliques et vos claques et vous dégagez. Qu'est-ce que vous imaginiez ? Qu'on allait louer notre palais à des gens comme vous ?

Jim – Eh qu'est-ce que vous sous-entendez avec « des gens comme vous » ?

Sarah – Je suis certaine que tu comprends très bien ce que je veux dire.

Sarah – Une coloc tous ensemble ?

Léa – Pas tout à fait. Les deux garçons à droite ne seront pas là.

Sarah – Quel dommage ! Vous avez l'air d'une si joyeuse équipe. Allez Paul, sers-leur à boire qu'ils nous racontent leurs projets pour l'année prochaine.

Et voilà comment nous nous sommes retrouvés sur la terrasse à discuter avec les propriétaires, les personnes les plus délicieuses de la terre. Ils nous ont posé plein de questions sur nos vies, nos familles, nos études, la façon dont on s'était rencontrés. Pas comme des gens qui se renseignent pour savoir à qui ils ont affaire, non, comme des êtres humains qui viennent à la rencontre de leurs semblables.

Paul – Donc, si je récapitule vos choix pour l'année prochaine : Léa sera en lettres, Justine en médecine, Jim en droit, Ingrid dans une école de com, Nicolas en info, Jean-Baptiste en Sup, Thibault aux States et Ambre en stage dans un cabinet d'avocats.

Ambre – Seulement si je trouve un cabinet qui m'accepte.

Paul – Vous allez trouver, j'en suis certain. Faites confiance à la vie.

On a entendu hurler depuis le deuxième étage :

– Roger, tu es sourd ou quoi ? Pour l'amour du ciel, mets la télé moins fort, je vais devenir folle.

Sarah est intervenue.

Sarah – Ne vous inquiétez pas, le calme va revenir. Ils vont manger et après ce sera la sieste de Roger. Suzette continue à lui parler quand il dort mais moins fort. Vous verrez, ce sont des voisins adorables. Avec eux, la vie est tellement plus colorée !

Paul, qui avait pianoté sur son portable, l'a tendu à Ambre.

Léa

Puisque je suis partie sur les *Dix Commandements*, je vous en propose aussi pour la vie en coloc, ce sera fait !!!

1. Tes colocs avec intelligence tu choisiras.
2. Le territoire personnel de chacun tu respecteras.
3. À l'entretien des espaces communs tu contribueras.
4. Aucune modification ni changement sans l'avis des autres tu feras.
5. À toutes les dépenses tu participeras.
6. À toutes les corvées aussi tu participeras.
7. Aux affaires des autres tu ne toucheras pas.
8. Dans les chambres de tes colocs tu n'entreras pas.
9. La vie de tes colocs tu ne jugeras pas.
10. Ta mauvaise humeur et tes idées noires pour toi tu garderas.

Aujourd'hui, 11h59 · J'aime · Commenter

Nicolas Il manque le onzième commandement, je complète : À ton mec son petit-déjeuner tu feras.

Aujourd'hui, 15h14 · J'aime

Léa Je te réponds par le douzième : La déclaration des droits de la femme d'Olympe de Gouges tu liras !

Aujourd'hui, 16h32 · J'aime

Justine Moi j'en ajoute un juste destiné à mon cousin : Et un œuf, aller te faire cuire tu pourras !!!

Aujourd'hui, 19h13 · 1 personne aime ça

Paul – Tenez, jeune fille, notez ce numéro et appelez demain de ma part ! Manuel a le plus gros cabinet de la ville, il pourra peut-être vous trouver un stage.

Ambre – Je ne sais pas comment vous remercier.

Paul – Ce n'est pas nécessaire ! Bien, si on visitait le reste de votre futur appartement ?

Je n'ai pas pu m'empêcher de m'exclamer :

Justine – Vous allez vraiment nous le louer ?

Sarah – Oui, pourquoi ?

Justine – Ça ne vous fait pas peur de le louer à des étudiants ?

Léa m'a regardée, consternée.

Oui, je sais, ce n'est pas la meilleure façon de forcer le destin que d'inquiéter inutilement des propriétaires.

Sarah – Non, Justine, nous n'avons pas peur. Nous savons à qui nous avons affaire.

Justine – Vous nous connaissez seulement depuis une heure.

Est-ce que quelqu'un peut me bâillonner ? Je n'arrête pas de dire ce qu'il ne faut pas. Je suis la nouvelle Ingrid !

Ma meilleure amie est intervenue :

Léa – Une heure durant laquelle nous avons beaucoup parlé de nous. Ce serait impoli de vous demander pourquoi vous quittez un endroit aussi sublime que celui-ci ?

Paul – Nous partons quatre ans travailler à l'université de Denver. Nous avons obtenu une bourse pour nos recherches.

Léa – Waouh ! Et sur quoi portent-elles ?

Sarah – Les techniques de méditation à l'épreuve des neurosciences. Nous travaillons sur les modifications du cerveau sous l'effet des pensées, des efforts répétés et des apprentissages.

C'est confirmé, je veux être Sarah quand je serai grande.

Comme on restait sans voix, Paul a ajouté :

Paul – Sarah est une neurologue réputée, quant à moi je suis neuropsychologue et professeur de yoga. Notre travail porte sur la plasticité du cerveau et sur les possibilités d'identifier les modifications grâce aux techniques d'imagerie.

Ingrid – Et comment s'intéresse-t-on en couple à un sujet pareil ???

Sarah – En tombant amoureux lors d'un congrès intitulé *Neurosciences et sagesse contemplative.* C'est toujours l'amour qui guide les hommes !

Ingrid – C'est beau, ce que vous venez de dire !

Sarah – Ce qui est beau, c'est que c'est vrai.

– Roger ! Pourquoi tu n'as pas mis la pastèque au frigo ? Regarde dans quel état elle est maintenant. Mais qu'est-ce que j'ai fait au bon Dieu pour mériter un mari pareil...

Sarah – Ça aussi, c'est de l'amour ! Si cinquante ans après leur mariage, elle continue à le rendre jaloux avec le fils du pharmacien et à le houspiller pour une pastèque chaude, c'est qu'elle l'aime !

On a entendu Nicolas grommeler dans son coin :

Nicolas – À ce tarif-là, je préfère rester célibataire.

Paul – Ça m'étonnerait ! Surtout avec Léa dans les parages !

Mais comment sait-il pour Léa et Nicolas ?

Paul – Pas besoin de savoir, Justine, il suffit de sentir.

Oh non, comme si une sorcière dans mon entourage ne suffisait pas !

Sarah – Bien, si vous n'avez plus de questions je vous propose de visiter le reste de l'appartement. Ne soyez pas effrayés par le bazar, on est en train de terminer les cartons.

On a suivi la maîtresse de maison à l'étage. Il y avait quatre belles pièces : deux aménagées en bureau, deux en chambre à coucher (dont une avec une douche !).

Paul a précisé en ouvrant la seconde :

Paul – Voilà quelques années qu'on attend Junior mais il tarde à venir.

Devant ce chagrin si simplement exprimé, on est restés silencieux sauf Léa :

Léa – Il devrait bientôt arriver. Il voulait un passeport américain, c'est pour ça qu'il vous a fait attendre !

PLEURER, ÇA FAIT DU BIEN !!!

Larmes de bonheur, de joie, de fou rire ou de chagrin… Le fait de pleurer nous soulage et pour cause. Les larmes sont une véritable pharmacie ambulante. Les pleurs d'émotion contiennent des protéines et des hormones, qui agissent sur la douleur. Le message nerveux qui provoque les larmes entraîne également la production d'antalgiques naturels. Celle ou celui qui pleure sera soulagé après, sa tension psychique sera retombée, sa colère apaisée, sa tristesse diminuée.

Ne refoulez donc plus vos sanglots : « Pleurez à chaudes larmes », « pleurez comme une madeleine », quitte à « verser des larmes de crocodile », et à vos mouchoirs ;)

Sarah a souri à Léa. On a continué la visite.

Paul – Bien, avec les quatre pièces du haut, vous avez assez de place pour vous installer tous les six. Il y a une chambre de service au cinquième étage. Elle est dans un piteux état. Je m'étais toujours juré de la repeindre et de refaire l'électricité mais je n'ai jamais trouvé le temps. Si ça vous intéresse, je vous laisse les clefs. Ça fera un bureau supplémentaire pour ceux qui veulent travailler leurs exams dans le silence.

Sarah – Tu auras besoin d'un lieu calme, Justine, pour préparer ton concours.

Justine – Elle est si terrible que ça, cette première année ?

Sarah – Assez, je dois le reconnaître. C'est un tel rythme de travail ! Mais je suis certaine que tu comprendras vite les enjeux. Trouve-toi un binôme avec lequel travailler. Quelqu'un de sérieux qui te motive quand tu flanches et que tu dynamises quand il doute ! C'est la clef du succès. Allez, on redescend voir la cuisine et la salle de bains.

La cuisine était immense et lumineuse comme le salon. Une longue table ovale en bois brut occupait le centre. Le réfrigérateur, le four, le lave-vaisselle, la machine à laver, tout était hyper high-tech.

Paul – Je vous présente ma pièce préférée. C'est ici que nous passons le plus clair de notre temps. C'est un lieu parfait pour manger, travailler, s'amuser, recevoir ses amis.

Jim – C'est super !

Nicolas – Trop cool.

Thibault – Formidable.

Justine – Je m'y vois déjà !

Léa – Quel rêve.

Thibault – Je n'ai plus envie de partir aux States.

Ambre – Dans ma future maison, je veux la même.

Sur la question de la cuisine, on venait de voter « pour » à l'unanimité ! Ah non, il manquait la voix d'Ingrid.

Ingrid – Et la salle de bains, on peut la voir ?

C'est vrai que si l'on compare le temps qu'elle passe dans la cuisine à manger ses deux feuilles de laitue quotidiennes et celui passé dans la salle de bains à se pomponner, on saisit mieux la question.

– Waouh !

Je pense que ce waouh devrait suffire pour que vous compreniez notre émerveillement lorsqu'on est entrés dans la salle de bains. Un rêve de fille. Une baignoire extra large, une cabine de douche à jets, deux lavabos surmontés de miroirs éclairés façon loge de star. Bref, un cadeau de la vie !

Je donne un quart de seconde à Ingrid pour hurler de joie.

Rien... Comment se fait-il qu'elle ne dise rien ? On s'est tournés vers elle, inquiets.

Léa – Ingrid, ça va ?

Ingrid, yeux écarquillés et bouche ouverte, était dans un état de sidération totale. Si je n'avais pas su que la maîtresse de maison était médecin, je crois que j'aurais appelé le 15.

Sarah et Paul ont éclaté de rire.

Paul – Ça fait plaisir de laisser notre maison à des personnes qui l'apprécient ! On retourne dans le salon pour parler des modalités ?

Tous ensemble (sauf Ingrid) – OK.

Jean-Baptiste a attrapé discrètement Ingrid par le bras et l'a traînée jusqu'au canapé. Elle a continué à garder les yeux tournés vers la salle de bains, une fois assise.

Jim

Eh lisez ce que j'ai trouvé sur Wikipédia, le *Paradisio* n'a rien inventé, il a tout pompé sur les thermes antiques ! Inventés par les Grecs et adoptés par les Romains, les thermes, qu'ils soient privés ou publics, gratuits ou payants, célébraient l'hygiène corporelle et les soins complets. On y prenait des bains, froids, tièdes et chauds, et on s'y faisait masser. Hommes et femmes y ont été longtemps séparés, sauf à la fin de l'Empire romain. Ce lieu avait aussi une fonction sociale importante : il faisait partie intégrante de la vie urbaine. On s'y lavait, mais on y rencontrait aussi ses relations et ses amis, on faisait du sport dans le gymnase, on jouait aux dés, on se cultivait dans les bibliothèques, on pouvait y traiter des affaires, se restaurer ou écouter un orateur.

Aujourd'hui, 12h00 · J'aime · Commenter

Thibault *Mens sana in corpore sano,* « Un esprit sain dans un corps sain », je me tue à vous le dire !

Aujourd'hui, 16h15 · J'aime

Léa Il y a une bibliothèque au *Paradisio* ?

Aujourd'hui, 16h22 · J'aime

Jim Euh… non !

Aujourd'hui, 17h19 · J'aime

Nicolas Normal, les livres, ça sert à rien :) Y avait la WiFi dans les thermes ?

Aujourd'hui, 17h19 · J'aime

Jim Bien sûr et des écrans 3D aussi…

Aujourd'hui, 17h20 · J'aime

Paul – Bien. Nous partons pour Denver dans deux semaines mais nous déménageons ce jeudi. Nous allons mettre nos meubles chez mes parents à une trentaine de kilomètres d'ici et rester avec eux jusqu'à notre départ. Évidemment, on vous laisse la table et l'électroménager dans la cuisine. Nous sommes certains que vous en prendrez soin.

Sarah – Ce qui signifie que si vous voulez commencer à emménager début août, vous pouvez.

Jim – Quoi, déjà ?

Paul – C'est trop tôt pour vous ?

Nicolas – Non, c'est juste qu'on ne s'attendait pas à ce que ça aille si vite et puis...

Paul – Et puis quoi ? Parlez sans crainte ! Il n'y a pas de problème sans solution.

– Oh la baignoire comme elle est grande...

Ingrid, le regard toujours tourné vers la salle de bains comme un croyant vers La Mecque lorsqu'il prie, parlait toute seule.

Ingrid – Ça sera chaque jour un problème de savoir si je prends un bain dans cette baignoire merveilleuse ou une douche dans cette cabine sublime.

Paul – Alors Nicolas, quel est le problème ?

Nicolas – Je ne suis pas certain que mon père accepte de payer le loyer du mois d'août. Il était OK pour commencer à partir de septembre.

Paul (souriant) – C'est ça le problème ?

Nicolas – Ben oui.

Paul – Et les autres ?

Justine – Moi, ma mère va râler mais en emballant bien le truc ça devrait passer.

Léa – Pareil pour moi.

Ambre – Ça m'ennuie moi aussi.

Jim – Moi, j'ai un peu d'argent pour...

Sarah a interrompu nos comptes d'apothicaires.

Sarah – On ne va pas s'angoisser pour un mois de loyer. Si Paul est d'accord, je vous propose une chose : tout à l'heure, nous vous avons parlé de la chambre de service à rafraîchir. Comme Justine en aura besoin pour étudier, vous ferez les travaux. Ce sera votre façon de payer le loyer du mois d'août. Qu'en pensez-vous ?

Paul s'est approché de sa femme et l'a embrassée dans le cou.

Paul – Elle est formidable, vous ne trouvez pas ?

Oh oui... Je l'ai peut-être déjà dit mais plus tard, je veux être elle. D'ailleurs à partir de maintenant, je souhaiterais que vous m'appeliez Justine-Sarah pour vous habituer progressivement au changement.

Léa – Oui, elle est formidable ! Enfin, vous êtes tous les deux formidables. Nous avons eu une chance exceptionnelle de recevoir votre annonce via l'école de Nicolas.

Paul – Ah bon, vous avez eu l'information comme ça ? C'est étrange, nous n'avons pas mis d'annonce dans les écoles ni dans les agences d'ailleurs. On en a juste parlé autour de nous. Nous savions que la vie nous enverrait les bonnes personnes.

Sarah – Et vous voilà !

Ingrid – Avec du bain moussant à la pêche, ce sera topissime.

Sarah a tendu à Léa les papiers pour la location.

Sarah – Vous donnez ça à vos parents et vous voyez comment ils veulent procéder pour le règlement du loyer. Ce serait plus simple pour nous s'il n'y avait qu'un seul garant et un seul virement. Vous avez le numéro de Paul, vous nous appelez afin qu'on fixe un rendez-vous pour signer le bail.

Ingrid – Ou des sels parfumés au patchouli.

– Roger, il va falloir aller acheter une autre pastèque. Celle-là est fichue !

Paul a de nouveau souri et a murmuré :

Paul – Chacun poursuit ses rêves ! Goût fruit d'été ou senteur orientale.

Sarah a regardé sa montre et a rappelé à son mari :

Sarah – Chéri, ma sœur va nous attendre, on lui avait promis d'être là avant 13 heures.

Paul – On est partis ! Les colocs, on est obligés de vous mettre à la porte de chez vous, désolé !

On s'est tous levés, même Ingrid. Enfin, quand elle a compris qu'on partait et qu'on ne repasserait pas par la salle de bains, elle a poussé des cris de souris. Jean-Baptiste a demandé à nos hôtes :

Jean-Baptiste – Vous permettez que je me lave les mains ?

Sarah – Bien sûr.

Il nous a confié Ingrid qui continuait à couiner. Dans le jardin de l'immeuble, tandis qu'on s'apprêtait à pousser la grande grille noire, la voix de Suzette est parvenue une dernière fois à nos oreilles.

La mamie – Tu sais quoi Roger, je préfère que tu achètes du melon, je n'aime pas la pastèque. Roger, tu m'écoutes ?

Cinq minutes plus tard, attablés au café face à nos sandwichs camembert-beurre, on débriefait comme des dingues.

Nicolas – Putain, la chougne qu'on a ! C'est pas un appart, c'est une merveille !

Ambre – Je n'en reviens pas.

Léa – Qu'est-ce qu'ils sont sympas tous les deux.

Justine – Elle surtout, je l'adore !

Ambre – C'est surprenant cette façon de nous faire confiance sans aucune garantie, vous ne trouvez pas ?

Nicolas – Tu crois qu'ils nous cachent un truc ?

Ambre – Non. Mais quand même...

Jim a balayé les craintes de sa chérie.

Jim – Arrête ! Tu es déformée par ton métier. À force de lire des dossiers tordus, tu imagines le mal partout. Pense à cette cuisine de rêve, plutôt... Vous avez vu cette merveille ?

Thibault – C'est le top !

Jean-Baptiste – Et les pièces là-haut ? Elles ont toutes d'immenses fenêtres.

Léa – On aurait dû prendre les mesures.

Justine – Oui, tu as raison. On n'a rien à montrer à nos parents. Ma mère va avoir beau jeu de me dire que je suis une écervelée, que je n'ai pas agi de façon responsable.

Léa – Tu n'as qu'à la brancher sur la chambre de service qui va te permettre de réussir ton concours de médecine.

Nicolas – La chambre de service, on va en faire un grenier bis. Un lieu pour les mecs qui veulent décompresser. Bière, poker...

Léa – N'y pense même pas. Cette chambre est pour Justine, point ! Toi, tu auras assez d'espace en bas pour t'amuser.

Nicolas – C'est ce qu'on verra !

Léa – C'est tout vu, mon chéri.

Mon cousin a souri.

Nicolas – J'adore quand tu m'appelles mon chéri !

Léa – Si tu veux que ça se reproduise, tiens-toi à carreau.

On a tous éclaté de rire sauf Ingrid.

La demoiselle se repassait en boucle les photos de la salle de bains prises par Jean-Baptiste avec son portable, au moment où il était allé se « laver les mains ».

Jim – Mais comment tu as eu l'idée de prendre ces photos ?

Jean-Baptiste – Je sentais qu'Ingrid en aurait besoin !

Qu'est-ce qu'il est gentil avec elle. Il la connaît depuis peu pourtant il s'occupe d'elle, la protège, l'entoure d'attentions. Il est allé jusqu'à modifier la date de son départ au Burkina pour elle.

Quand je pense que moi, je vais me retrouver seule d'ici peu. Thibault m'oubliera, je serai une vraie pauvrette.

Et tandis que Nicolas levait son verre à notre super futur lieu de rêve, j'ai eu un gros coup de blues. Léa m'a murmuré à l'oreille :

Léa – Lève ton verre ma Justine ! On ne pleure pas pour un garçon. La vie est devant nous... Tu connais mon nouveau proverbe ?

Justine (tout bas) – Non.

Léa (encore plus bas) – Un Thibault de perdu, un Thomas Lagrange de retrouvé ! Je lève mon verre à ton binôme avec lequel tu vas travailler comme une folle dans la chambre de service.

Le ciel était bleu, le Coca bien frais et le proverbe assez tentant. J'ai pris mon verre et j'ai crié :

Justine – À notre super lieu de rêve et à sa chambre de service !

Crise de nerfs et conte de fées

Justine – Mais maman, hier, tu étais d'accord pour qu'Eugénie se porte garante et signe les papiers avec les Shankland.

La mère – Oui, eh bien hier c'était hier. Tu es rentrée complètement excitée de votre visite, tu as parlé à toute allure de ce contrat de location et tu ne m'as pas laissé le temps de réfléchir.

Mon père est courageusement intervenu :

Le père – NOUS.

La mère – Quoi nous ?

Le père – Tu ne NOUS as pas laissé le temps de réfléchir. Je te rappelle que Justine est NOTRE fille et que j'ai mon mot à dire.

Maman a regardé papa comme s'il était un ado boutonneux réclamant un ordi portable alors que le conseil de classe avait décidé d'un redoublement pour absence de travail, manque d'assiduité et indiscipline. Il n'a plus moufté.

Justine – Enfin, c'est ridicule, de quoi va-t-on avoir l'air ?

La mère – D'ados qui ont des parents responsables. Il est quand même normal de vérifier où son enfant va vivre. Je te rappelle qu'à part une annonce sur un mail et trois photos de salle de bains, nous ne savons rien de cet appartement.

Justine – Mais je t'ai tout raconté.

La mère – Il est là le problème. Tu m'as décrit cet appartement comme la première merveille du monde. Tu n'y as vu aucun défaut.

Justine – C'est parce qu'il n'en a pas.

La mère – Ou alors ils sont bien cachés. Voilà pourquoi je veux le voir.

Justine – Ce n'est pas la peine que tous les parents visitent cet appartement ! Vous seriez douze !

La mère – Eugénie et moi, ça fait seulement deux.

Justine – Eh ben, il y en a une de trop ! Et moi, je vois bien laquelle.

Oh, je n'aurais pas dû. Ma remarque peu diplomatique a déclenché le plan parental de « suppression des fonds ». Vous connaissez sans doute cet argument qu'utilisent nos géniteurs quand ils veulent nous imposer quelque chose et que leur seul pouvoir sur nous, c'est l'argent.

Exemple de plan parental de « suppression de fonds »

Mère – Enfin, tu ne vas pas acheter ce manteau, il n'est pas doublé. Tu vas mourir de froid en hiver.

Fille – Maman, il me plaît... C'est lui que je veux !

Mère – Réfléchis un peu, un manteau doit tenir chaud.

Fille – Il est suffisamment chaud.

Mère – Non, il est léger comme une veste.

Fille – Ça m'ira très bien. Et puis c'est moi qui vais le porter donc c'est moi qui aurai froid, pas toi. C'est mon corps, pas le tien !

Mère – Eh bien, puisque c'est ton corps et que tu portes ce que tu veux, tu payeras ce manteau avec tes économies. Moi, je ne l'achète pas.

Ça vous rappelle des souvenirs ? Pas étonnant.

Eh bien là, pareil. Ma mère, vexée que je lui affirme qu'elle n'avait rien à faire à ce rendez-vous, a immédiatement sorti l'argument carte bleue.

La mère – Parfait. Puisque je ne suis pas utile voire gênante, je n'irai pas. Mais dans ces conditions, tu trouveras normal que je ne vire pas le loyer chaque mois.

Mon père a tenté à nouveau d'intervenir.

Le père – Que NOUS ne virions pas le loyer chaque mois.

Ma mère a aussitôt déclenché le plan « je ne m'occupe plus de rien ».

Vous savez cet argument fatal qui consiste à signaler à son mari que s'il compte mettre son grain de sel dans une affaire gérée par elle, il va en endosser l'entière responsabilité.

La mère – Écoute, Olivier, puisque tu veux absolument t'en mêler, je te laisse régler les problèmes avec ta chère fille. Moi, je ne m'en occupe plus. Tu te débrouilleras aussi pour le reste : assurance de son appartement, demande d'allocation logement, changement de centre de Sécu.

Très efficace. Papa n'a plus moufté jusqu'à la fin de la discussion. Il m'a laissée aux mains de la méchante reine.

Justine – Mais pourquoi tu veux venir ?

La mère – D'abord, pour rencontrer les propriétaires...

Justine – Quel intérêt ? Ils partent dans deux semaines aux États-Unis. On n'aura plus affaire à eux.

La mère – C'est faux. S'il y a le moindre problème dans l'appartement, on devra les appeler. J'ai donc besoin de savoir à quoi ils ressemblent.

J'ai tenté la carte humour.

Justine – Je peux les prendre en photo quand on ira avec Eugénie si tu veux !

La mère – Ça suffit Justine ! Cette discussion est close, je viendrai jeudi, un point c'est tout. Je veux voir cet appartement. Vous vous êtes emballés, et il y a peut-être un vice caché dont vous ne soupçonnez pas l'existence.

Justine – Et que tu vas découvrir bien sûr ?

La mère – Oui. Tu crois certainement que ta très vieille mère ne comprend plus rien au monde qui l'entoure mais je t'informe qu'à quarante-quatre ans, je distingue ce qu'une jeune fille de dix-sept ans ne voit pas encore.

Ah ça oui ! Ma mère est la spécialiste des choses que je ne vois pas ! Elle se prend pour Nostradamus. Sauf que ses prédictions n'annoncent pas l'avenir, elles révèlent seulement ses angoisses.

Exemples de fausses prédictions de ma mère

– Tu auras des notes catastrophiques d'ici peu si tu ne travailles pas le week-end (ça, j'y ai eu droit tous les ans, depuis la 6e).

– Tu seras dans une classe faible si tu ne choisis pas l'option latin.

– Tu auras une très mauvaise réputation au lycée si tu continues à traîner avec Lucie, elle a un drôle de genre.

– Tu finiras au lit avec une bronchite carabinée si tu sors habillée si légèrement en plein hiver.

– Tu attraperas une insolation si tu ne restes pas sous le parasol.

J'en passe et des plus ridicules...

La mère – Désolée de froisser ton amour-propre, ma petite chérie, mais on ne compte plus les fois où tu as fini par admettre que j'avais raison. Tu te souviens de ton départ en colonie quand tu as râlé parce que j'avais mis une lampe de poche dans ta valise ? Tu t'en es servie toutes les nuits pour t'endormir, il me semble ?

Justine – Un peu...

Connaissez-vous la prédiction la plus réputée de Nostradamus ?

Né en 1503 à Saint-Rémy-de-Provence, Michel de Nostre-Dame est médecin et perd sa famille d'une épidémie de peste. Il se tourne peu à peu vers l'astrologie, rédige un almanach de prédictions puis, en 1555, *Les Centuries* qui rencontrent un succès inestimable. L'un des plus célèbres de ses quatrains réputés prophétiques (*Centurie I*, quatrain 35) annonce :

> **« Le Lyon jeune le vieux surmontera,**
> **En champ bellique par singulier duelle,**
> **Dans cage d'or les yeux lui crévera,**
> **Deux classes une, puis mourir, mort cruelle. »**

Certains y ont lu l'annonce de la mort de Henri II. Quelques années plus tard en juin 1559, le roi Henri II affronta le comte de Montgomery au cours d'un tournoi de chevalerie. Tous deux auraient porté un lion comme insigne. Le souverain reçut la lance de son adversaire par la visière mal fermée de son casque (selon certains, en or) et aurait eu l'œil transpercé. Il mourut dix jours plus tard.

La mère – Et la fois où je suis venue vous chercher, Léa et toi, chez votre fameux copain Ben ? Tu te la rappelles ?

Justine – À peine.

La mère – Tu semblais pourtant ravie de me voir quand je suis arrivée et que vous attendiez comme des cruches sous une pluie glaciale ! Pourtant, le matin même, tu m'avais dit : « C'est bon maman, pas la peine de venir, j'ai tout organisé, je ne suis plus un bébé. » Et la fois où je t'ai obligée à emporter les papiers remplis pour l'orientation de fin de seconde, tu t'en souviens ?

Ça me rappelle vaguement quelque chose...

La mère – Est-ce que le proviseur n'a pas renvoyé durant deux jours les élèves qui n'avaient pas les documents pour les inscriptions post-bac ?

Oui, bon ben ça va. D'accord, elle a vu deux trois trucs dans ma vie, ça ne signifie pas qu'elle est une mère à l'intuition infaillible.

Forte de ce rappel brillant de son palmarès prédictionnel, ma mère a conclu :

La mère – Voilà pourquoi j'irai jeudi, pour te protéger de toi-même !

Je ne suis pas une spécialiste de la tragédie racinienne mais on se croirait arrivés à la scène de dénouement, vous ne trouvez pas ?

J'ai regardé mon père qui lisait son magazine *01 Informatique* sur le canapé. Il avait complètement renoncé à intervenir. Un jour où j'étais partie en guerre contre le passage d'aspirateur le dimanche matin quand je dors, il m'avait dit avec beaucoup de sagesse : « Ma fille, dans la vie il faut choisir ses batailles, sinon tu t'épuiseras pour rien. »

A priori il avait abandonné la bataille « aller ou non chez les Shankland ».

Théo – Vous me devez un Magnum Infinity, c'est le prix de la consultation de Tobbie !

On a éclaté de rire. Ouf ! Le détective Tobbie et la glace au chocolat lui rendaient ses sept ans.

Le portable de Nicolas a sonné. Il a décroché.

Nicolas – Ouais Jim ! Chez Justine... Et toi ? Pourquoi ? Qu'est-ce qu'il t'a balancé encore ? Putain... Bon ben, arrive... Tu veux que je vienne te chercher avec le scooter de Thibault ? Bon, je t'attends ici alors. À tout de suite !

J'ai demandé une fois qu'il a raccroché :

Justine – Jim a un problème ?

Nicolas – Toujours le même : son père. Je n'en sais pas plus. Mais pourquoi sommes-nous obligés de supporter nos parents passé un certain âge ?

Justine – C'est la loi qui nous y oblige.

– Non, pire que ça, quelque chose de beaucoup plus fort que la loi !

Léa, ma bouée de sauvetage, ma réponse à toutes les questions existentielles, venait de faire son entrée dans mon hall de gare, euh pardon, dans ma chambre.

Nicolas l'a prise dans ses bras et l'a embrassée. Longtemps. Très longtemps.

Si je ne me trompe pas, cela fait deux minutes trente sans respirer. Trois minutes...

Y aurait-il un vendeur de chandelles dans le coin ? Je crois que j'en aurai besoin cette après-midi. S'il existe des livraisons en semi-remorque de douze tonnes, je pense qu'il serait raisonnable d'en prévoir quelques-unes pour l'année à venir.

Ils ont fini par s'arrêter. Un ordre du cerveau pour éviter l'asphyxie, je pense. J'ai pu poser ma question en toute sérénité.

À faire lire à Nicolas et Léa, la prochaine fois qu'ils s'embrassent devant moi !

Tenir la chandelle

À l'époque où les lampes de chevet et la notion d'intimité n'existaient pas, valets et soubrettes devaient tenir le chandelier à leurs maîtres durant leurs ébats en leur tournant le dos.
L'expression a traversé les siècles. Aujourd'hui on dit qu'une personne « *tient la chandelle* » lorsqu'elle est seule avec un couple ou, plus largement, lorsqu'elle se trouve dans une situation inconfortable.

Justine – Alors qu'est-ce qui est plus fort que la loi et nous oblige à supporter nos parents passé un âge raisonnable ?

Léa – L'Amour.

Comme on la regardait, sceptiques, ma meilleure amie a continué :

Léa – Eh oui, les amis, il va falloir nous rendre à l'évidence. Nous aimons nos parents.

Mon cousin a ricané ironiquement. Léa a aussitôt réagi.

Léa – Si, mon Nicolas, tu aimes ton papounet mais il est parfois lourd, insupportable et irritant.

Nicolas – Il ne l'est pas parfois, il l'est tout le temps.

Léa – Même quand vous jouez aux cartes tous les deux ? Même quand vous regardez de vieux westerns en mangeant ses fameux spaghettis à la sauce bolognaise ? Même quand il sort sa lunette astronomique et qu'il te raconte les étoiles ?

J'ai senti que Nicolas se ramollissait.

Léa – En ce qui me concerne, il se passe une chose bizarre...

Nicolas – Quoi ?

Léa – Aucune demande particulière de ma mère pour l'appartement. Elle a dit OK à tout.

Justine – Et tu trouves ça bizarre ?

Léa – Oui. On croirait qu'elle est contente de me voir partir.

Justine – C'est normal ! Elle est heureuse que tu vives ta vie. Elle respecte ton désir d'indépendance.

Léa – Peut-être.

Mon père m'a appelée.

Le père – Justine, tu peux venir deux secondes, s'il te plaît ?

Justine – J'arrive...

J'ai confié à Léa :

Justine – Je sens que daddy a été coaché par la méchante reine et que je vais devoir manger la pomme empoisonnée jusqu'au trognon.

Mon père avait l'air très ennuyé quand je l'ai rejoint dans le salon. Il m'a demandé :

Le père – Ça va ?

Justine – Oui, pourquoi ?

Le père – Comme ça.

Quel dialogue ! D'une richesse, d'une profondeur...

Le père – Justine, tu veux bien aller voir ta mère dans sa chambre ?

Justine – Pourquoi ? Elle veut encore m'expliquer les raisons pour lesquelles elle doit se rendre chez les Shankland jeudi ?

Le père – Oh vous me cassez les pieds toutes les deux avec ce bail à signer et ces gens à rencontrer. On ne parle que de ça depuis ce matin. Va voir ta mère, c'est un ordre.

Justine – J'y vais.

J'ai frappé à la porte de la chambre. Rien. Ma mère ne m'a pas proposé d'entrer. J'ai retoqué. Toujours rien...

Elle exagère vraiment, là. Elle me convoque et après elle fait comme si elle ne m'entendait pas. Je suis entrée énervée.

Ma mère, roulée en boule sur son lit, reniflait, la tête sous l'oreiller.

Mon cœur a fait des bonds. Qu'est-ce qui se passait ? Pourquoi pleurait-elle ? Je me suis approchée tout près.

Justine – Qu'est-ce qui se passe, mamounette ?

Ma voix a déclenché une crise de larmes assez mal maîtrisée.

Je lui ai caressé le bras pour qu'elle se calme.

Justine – Pourquoi tu pleures ? C'est à cause de notre petite discussion ?

Elle a tenté de me répondre mais, entre ses reniflements et l'oreiller qui était toujours sur sa tête, je n'ai rien compris.

Justine – Quoi ? Qu'est-ce que tu dis ?

Cette fois-ci, elle a pris soin d'enlever l'oreiller et elle a gémi avec le nez qui coulait :

La mère – Je ne veux pas que tu partes de la maison. Ni pour tes vacances à l'autre bout du monde ni pour la fac. Comment je vais faire sans toi ? Tu es peut-être grande mais moi je ne suis pas prête... Et puis, à quoi je vais servir si tu t'en vas ?

Je ne m'attendais pas à voir ma mère si affectée par mon départ. Pour moi, elle était forcément heureuse que j'aie mon bac, que je voyage et que je commence mes études de médecine. J'ai tenté de la réconforter.

Justine – Les vacances passeront vite et puis, pendant l'année, je reviendrai tous les week-ends, mamounette chérie.

La mère – Au début oui, après tu resteras là-bas pour faire la fête et voir tes amis.

Justine – Non, pourquoi tu penses ça ?

La mère – Parce que moi, j'ai fait comme ça avec mamie et je ne me rendais pas compte du chagrin que je lui infligeais quand j'appelais pour la prévenir au dernier moment que je ne rentrais pas[1].

Elle m'a fendu le cœur. Je lui ai chuchoté comme si je ne voulais pas entendre la confidence que je lui faisais :

Justine – Pour moi aussi, tu sais, c'est angoissant. J'ai peur de ce qui m'attend dans cette nouvelle vie.

Les larmes doivent être contagieuses parce que je me suis mise à pleurer comme elle. Elle m'a prise dans ses bras et on a éclaté en sanglots.

À cet instant, Théo, qu'on n'avait pas entendu entrer, s'est collé à nous et a murmuré :

Théo – J'ai peur quand vous pleurez. J'ai l'impression qu'on va tous mourir.

Maman, voulant reprendre le contrôle de ses émotions devant mon petit frère effrayé, a tenté une phrase rassurante :

La mère – Mais non, chéri, on ne va pas tous mourir !

1. La dernière phrase que vous venez de lire a été entièrement traduite par l'éditeur parce qu'elle était quasi incompréhensible, dans la mesure où chaque syllabe était entrecoupée d'un gros soupir et d'un long reniflement.

Seulement comme elle l'a prononcée en pleurant, cela a provoqué un effet sinistre. On se serait crus à la dernière scène d'un film quand la mère couvre les yeux de ses enfants au moment où leur avion va se crasher.

Face au visage catastrophé de Théo, j'ai tenté de jouer le rôle de la grande sœur. Ma voix apaisante, entrecoupée de reniflements quand j'ai prononcé la désormais célèbre phrase familiale « Ne t'inquiète pas Théo, on ne va pas tous mourir », a stressé davantage mon frère. Il s'est mis à trembler comme une feuille.

J'ai hurlé :

Justine – Papa, tu peux venir très vite s'il te plaît !

Mon père a rappliqué à la vitesse de la lumière. Il a pâli en voyant sa petite famille rassemblée sur le lit comme les ultimes survivants du radeau de la Méduse. Il a crié :

Le père – Qu'est-ce qui se passe ?

Justine – Rien. Est-ce que tu pourrais expliquer à Théo qu'on ne va pas tous mourir ?

Papa nous a regardés, perplexe, puis il a déclaré avec l'aplomb d'un Socrate des temps modernes :

Le père – Ah si, nous allons tous mourir, cela fait partie de notre condition d'être humain.

Maman lui a shooté discrètement mais férocement dans le tibia.

Il s'est donc senti obligé d'ajouter :

Le père – Mais pas tout de suite. En ce qui me concerne, vu mon âge, mon excellent taux de cholestérol et ma vie plutôt raisonnable, on peut tabler sur trente-cinq ou quarante ans d'espérance de vie. En ce qui te concerne, Sophie...

Maman l'a arrêté net dans ses calculs.

La mère – On te demandait juste de rassurer Théo.

Le père – C'est ce que j'ai fait, non ?

J'ai regardé mon petit frère, il avait arrêté de trembler. Je rêve ou les arguments scientifiques de papa ont eu raison de sa peur ?

C'est peut-être une leçon à retenir : pour convaincre quelqu'un, il ne faut pas chercher de bons arguments dans l'absolu, il faut trouver les arguments qui lui parlent. Mon frère, qui n'aime que les explications rationnelles, a été rassuré par l'analyse de mon père (alors qu'elle m'a fichu un bourdon monstre).

Théo – Donc je peux dormir sur mes deux oreilles jusqu'à mes quarante-deux ans.

Le père – Raisonnablement oui. Bien sûr, il faudrait moduler cette projection avec les risques d'accident de la route mais cela reste...

Ma mère a cherché de nouveau à museler papa.

La mère – Olivier, la seule chose à retenir c'est qu'on ne mourra pas avant très longtemps.

Le père – Ne sois pas si catégorique, chérie. Le risque de...

La mère – Stooooop !

Face à la menace d'un nouveau désastre, maman a retrouvé illico son ton d'adjudant-chef qui gère la maisonnée. Cela n'a pas échappé à mon père.

Le père – Alors vous m'appelez quand c'est la crise mais tu me fais taire dès que j'ai réussi à stabiliser la situation ?

La mère – Tu parles d'une stabilisation...

Et baissant la voix, elle a dit discrètement à mon père :

La mère – Je crains qu'il faille recourir à SOS pédopsychiatres si tu continues à lui expliquer que ses parents risquent de mourir dans un horrible accident de voiture.

Théo, qui était resté assis sur le lit avec le doigt sur la bouche comme lorsqu'il réfléchit intensément, a fourni à mon père de quoi faire taire maman pour les cinquante années à venir.

Théo – Eh ben moi, je préfère rester avec papa. Lui, au moins, il est clair et il ne chouine pas pour rien.

Sur ce, il est sorti en prenant ostensiblement son grand et fort papa par la main.

On est restées sans voix.

Après un bref moment de digestion d'ego malmené, ma mère a balbutié :

La mère – Tel père, tel fils !

Comme j'essuyais alternativement nos rimmels qui avaient coulé façon panda, je lui ai murmuré :

Justine – Telle mère, telle fille !

La mère – Tant mieux !

Justine – Tu sais mamounette, tu peux venir jeudi. Comme ça, tu verras la maison et les Shankland.

La mère – Tu es sûre ? Parce que si ça t'ennuie tant que ça, je viendrai après quand vous aurez les clefs.

Justine – Ça ne m'ennuie pas. Au contraire, tu inspecteras tout et tu me diras s'il y a un Crocolou caché quelque part.

À l'évocation du Crocolou, le monstre imaginaire de mon enfance qu'elle traquait avec sa balayette tous les soirs sous mon lit pour que je m'endorme en paix, ma mère a versé une larme. Je l'ai attrapée par les épaules et je lui ai ordonné :

Justine – Mais attention, je ne veux pas d'une pleurnicheuse à ce rendez-vous.

Ma mère a essuyé ses yeux. Elle est restée un moment sans parler. J'ai craint qu'elle reste enfermée dans son chagrin. Erreur. Il ne lui a pas fallu plus de deux minutes pour reprendre du poil de la bête.

La mère – Alors, jeudi, il faudra qu'on aie un mètre-ruban pour mesurer les pièces et un appareil photo. Rappelle-moi de vérifier la robinetterie, le chauffage, le...

Je l'ai laissée seule dresser son plan d'attaque.

Léa et Nicolas avaient trouvé comment s'occuper durant mon absence. Il a donc fallu que je tousse comme si j'étais atteinte de tuberculose aiguë pour qu'ils s'aperçoivent de mon retour. Ma meilleure amie a réajusté le haut de sa robe qui avait un peu valsé sous les mains de mon cousin.

Léa – Ah Justine, te voilà ! On s'inquiétait.

Je ne voudrais pas paraître aigrie, ils ont l'inquiétude joyeuse.

Léa – Alors, que s'est-il passé ? On vous a entendus crier, d'abord toi, puis ton père.

Justine – C'est un peu long à expliquer mais une chose est certaine, on ne s'est pas autant amusés que vous !

Ma meilleure amie m'a souri.

Léa – À voir les traces noires sous tes yeux, j'en ai bien l'impression.

Nicolas – Ils t'ont encore pris la tête pour le rendez-vous de jeudi ?

Justine – Non, ça c'est réglé.

On a frappé à ma porte.

Il y a donc quelqu'un dans mon entourage qui considère que ma chambre n'est pas un moulin ? Jim, l'air aussi ravagé que ma mère, est entré.

Jim – Salut tout le monde !

Tous ensemble – Salut Jim !

Je me suis avancée pour l'embrasser.

Justine – Ça va ?

Jim – Pas vraiment. Mon père m'avait à peine félicité pour mon bac et j'avais digéré comme j'avais pu son manque d'enthousiasme mais là, c'est le pompon ! Il vient de me balancer que les études de droit sont faites pour les ânes et que si je persiste dans ce choix, il faudra que je me débrouille seul pour les financer.

Justine – Il est vraiment nul.

Léa – Tu as essayé d'en discuter avec lui ?

Pour tout commentaire, Nicolas a émis un grognement d'ours et, s'approchant de Jim, il lui a donné un coup d'épaule.

Mais il est fou ou quoi ? Ce n'est vraiment pas le moment de se livrer à un combat de sumos.

Jim a souri.

Alors là, je ne comprends plus rien. Moi, si Léa me démontait l'épaule en poussant des grognements de grizzli pour me réconforter, cela me rendrait encore plus mélancolique.

Nicolas – Bon, ben salut les filles !

C'est après cette phrase courte et efficace qu'ils nous ont plantées là un quart de seconde plus tard.

Justine – Tu peux m'expliquer ?

Léa – Quoi ?

Justine – Pourquoi ils sont partis ?

Léa – Parce qu'on aurait tenté de les faire parler et que les garçons préfèrent se retirer sans un mot dans leur grotte pour digérer ce qui ne va pas.

Justine – C'est étrange.

Léa – Disons que c'est une autre façon d'être. Nous les filles, on parle et on pleure jusqu'à ce que le problème soit dissous, eux ils se taisent en attendant que ça passe.

Justine – Je préfère être une fille !

Léa – Moi aussi. Alors, qu'est-ce qu'il s'est passé avec tes parents tout à l'heure ?

Je lui ai tout raconté.

On a regardé des épisodes de *Modern Family* le reste de l'après-midi. Il est rassurant de savoir qu'on n'est pas les seuls à avoir une famille bizarre.

D'ailleurs, est-ce que ce n'est pas un pléonasme « une famille bizarre » ? Vous savez, cette erreur qui consiste à répéter deux fois une même information comme « monter en haut » ou « descendre en bas ».

Une famille est toujours bizarre. C'est la nature même de la famille que d'être bizarre. Ce que nous vendent les publicitaires et les mauvaises séries télé avec le modèle de la famille « normale », c'est du vent !

Le couple marié, beau, riche, heureux, sportif, vivant dans sa grande maison, qui pousse sur la balançoire ses deux enfants habillés tout de blanc immaculé alors qu'ils mangent du chocolat, n'existe pas. Dans la réalité, les choses peuvent être très différentes.

EXEMPLES DE CHOSES QUI PEUVENT ARRIVER DANS LA RÉALITÉ

Le couple n'est pas marié et l'homme n'est pas le père des enfants. Il aime bien ses beaux-enfants mais il préférerait que ce soit le week-end du père pour rester tranquille avec sa nouvelle copine.

La maison n'est pas à eux. En fait, ils sont chez la sœur de monsieur, une vraie peste, qui les reçoit pour l'après-midi. Eux habitent un appartement exigu en centre-ville.

Ils ne sont pas riches. Ils se débrouillent avec leurs deux salaires comme tout le monde.

Ils ne sont pas sportifs. Madame s'est bien inscrite dans un club de sport mais, depuis le début de l'année, elle n'y est allée que cinq fois. Quant à monsieur, voilà longtemps qu'il ne fait plus son jogging.

Les enfants ne sont pas habillés de blanc immaculé. Hormis au mariage de sa tante où la fille a été demoiselle d'honneur, aucun des deux enfants n'a de vêtements blancs. Ils portent des jeans et des tee-shirts de couleur. De plus, comme tous les enfants qui mangent du chocolat, ils sont couverts de taches.

Bref, la vie a beaucoup plus d'imagination que tous les scénaristes du monde !

Les garçons ont fini par revenir, en compagnie de Thibault qui les avait rejoints directement au grenier. Sans passer par ma chambre, sans venir m'embrasser. Bref sans me calculer !

Vérité à retenir une bonne fois pour toutes afin d'éviter de prendre les choses trop personnellement : il existe une différence fondamentale entre les filles et les garçons. Si vous donnez aux demoiselles le choix entre passer une heure avec des copines ou rester une heure avec leur amoureux, elles privilégieront l'amour à l'amitié. Les garçons feront exactement le contraire.

Jim, attentionné comme toujours, nous a demandé de l'excuser pour sa mauvaise humeur de début d'après-midi. Thibault en a profité pour nous raconter la réaction de son père à l'annonce de son année sabbatique.

Thibault – Je lui ai dit, père, ma décision est prise. Je souhaite partir durant une année aux États-Unis avant de commencer ma prépa.

Nicolas – Tu l'appelles père ?

Thibault – Oui, mais je le tutoie.

Nicolas – Encore heureux... C'est pas un étranger !

Thibault – C'est pire qu'un étranger.

Justine – Et alors, comment a-t-il réagi ?

Jim – Il s'est fâché ?

Thibault – Non.

Léa a tenté une réponse.

Léa – Il t'a dit qu'il n'en était pas question et qu'il te sommait de rester à la maison bleue.

Thibault – Non plus.

Justine – Il t'a raccroché au nez après t'avoir insulté.

Thibault – Pas davantage.

Tous ensemble – Quoi alors ?

Thibault – Il m'a simplement dit : « Jeune homme, je vous souhaite une bonne soirée. Au plaisir de vous entendre. » Et il a raccroché.

Nicolas a répété comme s'il était un faux marquis dans une mauvaise reconstitution historique :

Nicolas – « Jeune homme, je vous souhaite une bonne soirée. Au plaisir de vous entendre. »

Jim s'est amusé lui aussi à imiter le père sur un ton ridicule :

Jim – Une bonne soirée, je vous souhaite jeune homme ! Au plaisir de vous entendre.

Comme je faisais écho aux deux marquis, on a tous éclaté de rire. Enfin pas longtemps... Léa a cassé l'ambiance.

Léa – Il n'a pas dit son dernier mot ! Mon cher Thibault, tu peux t'attendre à une réponse musclée d'ici peu.

Thibault – Je sais mais je n'ai pas envie d'y penser. Pour l'instant, je propose qu'on aille dans le jardin et qu'on commande des pizzas.

J'aurais préféré qu'il m'organise une soirée en tête à tête avec lui, a priori, ça ne l'a pas effleuré. Très certainement à cause de la vérité citée plus haut.

La seule vraie bonne nouvelle de la soirée c'est qu'Ambre, Ingrid et Jean-Baptiste n'étaient pas libres. On la passerait donc entre nous. Enfin, pas tout à fait. J'avais accepté de garder Théo et Oscar à condition qu'ils dînent en bas et qu'ils montent ensuite regarder un DVD. Mon frère avait trouvé l'idée géniale mais avait exigé que je porte un talkie-walkie en permanence sur moi.

Va pour le talkie-walkie ! Tobbie le détective était un grand froussard.

À 20 heures, un type en scooter nous a livré nos quatre saisons extra larges. Nicolas a battu le rappel.

Nicolas – Je les découpe et on les mange direct dans le carton, d'accord ?

Thibault – Ah non, je déteste ça. Je vais chercher des assiettes.

Nicolas – Ça ne sert à rien !

Thibault – Si, j'adore les jolies tables avec des sets de couleur, des assiettes en porcelaine et des verres en cristal.

Nicolas – T'es vraiment un bourge.

Thibault – Non, un esthète. À la limite, je me moque de ce que je mange mais j'ai besoin que ce soit beau.

Nicolas – Eh ben moi, je me fous de la beauté, en revanche j'aime ce qui est chaud alors je bouffe ma quatre saisons tout de suite dans le carton.

Léa s'est approchée de Nicolas et, lui bloquant les bras pour qu'il n'attaque pas sa pizza à mains nues, elle lui a dit très gentiment :

Léa – On va attendre que Thibault mette la table, mon ours mal léché.

Nicolas a aussitôt obéi, trop content d'être collé contre Léa. Il s'est senti obligé de râler pour la forme. Personne n'y a cru.

J'ai appelé les petits pour qu'ils viennent dîner. Ils étaient au fond du jardin, derrière les rosiers.

Justine – Théo, Oscar, à table !

Théo – Deux secondes, on arrive !

Justine – Qu'est-ce que vous fabriquez là-bas ?

Théo – On reconstitue une famille.

Je me suis tournée vers Léa :

Justine – Ça veut dire quoi ça ?

Léa – Aucune idée.

J'ai de nouveau crié :

Justine – Venez ici tout de suite sinon on mange votre pizza.

Théo – Attends, Justine, il nous manque juste la sœur. Ah ça y est, la voilà !

Cette fois-ci, je me suis déplacée pour comprendre le nouveau délire de mon petit frère. Je n'ai pas été déçue. À quatre pattes, Théo barbouillé de terre tenait un escargot tout baveux, tandis qu'Oscar portait religieusement une vieille boîte à chaussures dans laquelle se trouvaient déjà trois autres gallinacés.

Justine – C'est quoi cette horreur ?

Théo – Je te présente la famille Perrin au grand complet : papa, maman, Théo et Justine.

Justine – Quoi, c'est moi ce vieux truc gluant ?

Théo – Oui !

Justine – Certainement pas. Je refuse d'avoir les yeux au bout des cornes et une coquille sale.

Léa qui nous avait rejoints m'a chuchoté :

Léa – C'est un jeu d'enfant, Justine ! Tu n'es pas cet escargot dans la réalité.

Justine – D'accord mais il aurait pu choisir une coccinelle ou un joli papillon pour me représenter.

Léa – Dans la famille escargots, la sœur est aussi un escargot ! Si elle est un papillon, elle ne fait plus partie de la famille.

Sur ces considérations animalières, nous sommes allés nous mettre à table. J'ai exigé que Théo et Oscar abandonnent leurs nouveaux amis et se lavent les mains.

Lorsqu'ils sont revenus de la salle de bains, il était clair que le savonnage express n'avait concerné que les premières phalanges de leurs doigts. Le reste était encore noir de crasse.

Justine – Vous vous moquez du monde là ? Vous avez vu vos mains ? Elles sont super sales.

Nicolas et Jim se sont penchés pour regarder.

Jim – C'est vrai, elles ne sont pas très propres.

Nicolas – Ah ouais les mecs, vous êtes crades. Allez vous relaver les mains.

Théo – Mais on l'a déjà fait.

Oscar a répété façon Dupont et Dupond :

Oscar – Mais on l'a déjà fait…

Nicolas – Je vous donne deux secondes.

Théo, jeune coq, a tenté de s'opposer au vieux coq.

Théo – On fait ce qu'on veut. D'abord, t'es pas notre père.

Oscar – Ouais, t'es pas notre père.

Nicolas, tentant de dissimuler son envie de rire, a hurlé :

Nicolas – C'est à moi que vous dites ça, les morveux ? Vous savez ce qui est arrivé au dernier mec qui a osé me parler sur ce ton ?

Théo et Oscar – Non.

Nicolas – Il lui est arrivé ceci...

Et se levant d'un bond, mon cousin a attrapé le tuyau d'arrosage que Thibault avait laissé ouvert au pied des fleurs et il a arrosé les garçons. J'ai hurlé :

Justine – Ah non Nicolas, pas les fringues !

En moins d'une minute, Théo et son copain étaient trempés, chaussures comprises. Ils riaient comme des fous. J'ai râlé :

Justine – C'est malin, il va falloir monter les changer.

Nicolas – Tu voulais qu'ils aient les mains propres ? Ils ont les mains propres.

Théo qui souhaitait sa vengeance s'est jeté sur le tuyau dès que Nicolas a eu le dos tourné et l'a arrosé façon plante verte desséchée en criant :

Théo – Ultreïa !!! Ultreïa !!!

Évidemment son jumeau cosmique a joué à l'écho.

Oscar – Ultreïa !!! Ultreïa !!!

Jim, voyant son meilleur copain attaqué par les deux enfants, est arrivé en renfort.

Jim – À l'attaque ! Tiens bon, Nicolas, j'arrive !

Il a chatouillé Théo jusqu'à ce que celui-ci lâche le tuyau. Nicolas, libéré de la force ennemie, a foncé sur eux et les a maintenus au sol.

Pour ceux qui se sont moqués d'Oscar et moi, voilà ce que vous auriez pu trouver tout seuls sur Wikipédia !

Ultreïa (du latin ultra – au-delà – et eia, interjection évoquant un déplacement) est une expression de joie du Moyen Âge, principalement liée au pèlerinage de Saint-Jacques-de-Compostelle. Ce salut de ralliement des pèlerins signifie « aller plus loin, plus haut ». C'est l'expression du dépassement physique et spirituel.

Comme quoi on peut être grands et incultes :((

Théo

Nicolas – Ah, vous faites moins les malins maintenant. Vous allez salement regretter de m'avoir attaqué, bande de petits crétins. Attendez-vous à vivre vos derniers instants. Une mort atroce et lente vous attend au poteau de torture. Faites votre prière, vous ne reverrez jamais vos parents.

Mais il est fou de dire un truc pareil à des gamins de sept ans avec cette voix d'outre-tombe. Théo va encore trembler comme une feuille.

Des éclats de rire ont accueilli la malédiction de Nicolas-le-diable.

Oscar a déclaré en zozotant :

Oscar – C'est trop bien cette bataille, on se croirait dans un film.

Alors que je les observais, assez perplexe, Léa qui était juste à côté de moi m'a murmuré en me prenant par le bras :

Léa – On devrait vite rentrer dans l'appart.

Justine – Pourquoi ?

Léa – Dépêche-toi, je le sens mal.

Justine – Qu'est-ce qui peut arriver ?

Je n'aurais jamais dû perdre ces précieuses secondes à pinailler. À peine avais-je fini ma phrase que Nicolas a crié en nous regardant bizarrement :

Nicolas – Chevalier Jim, voyez-vous comme moi les deux traîtresses qui complotent derrière notre dos ?

Jim – Oui.

Nicolas – Il faut se débarrasser d'elles rapidement !

Jim – Par le saint Graal, vous avez raison chevalier Nicolas.

Je n'ai pas eu le temps de prononcer jusqu'au bout mon « Non Jim ! Ne m'arrose pas ». Je me suis retrouvée entièrement trempée. Léa a tenté de fuir pour sauver sa robe de dentelle noire de la noyade. Peine perdue... Elle a été rattrapée à mi-chemin par Jim, Nicolas et leurs deux nouveaux acolytes : Théo et Oscar. Comme quoi les ennemis d'hier sont les amis d'aujourd'hui.

J'allais avoir droit à une seconde tournée d'arrosage quand Thibault, surgissant de nulle part, une épée en plastique à la main, s'est placé entre le tuyau et moi. Il a hurlé :

Thibault – En garde, mauvaises gens ! Vous venez d'attaquer ma femme, la princesse Justine, et sa sœur la princesse Léa. Vous allez le regretter très vite. Je suis le vrai prince Thibault et je jure sur mon blason que ce soir vous serez tous morts transpercés par ma lame.

Mon cœur s'est mis à battre la chamade.

J'étais donc une princesse et Thibault, mon mari, me défendait contre des ennemis féroces qui en voulaient à ma vie. Il allait me sauver et me ramener en notre royaume avec ma sœur, la princesse Léa. Je n'aurais plus rien à craindre jusqu'à la fin de mon existence.

À cette simple pensée, mon jean trempé est devenu une robe à crinoline et mes Converse de petites bottines lacées. Mes cheveux châtains en pagaille se sont ramassés comme par magie en un chignon natté et un diadème incrusté de saphirs et d'émeraudes a brillé de mille feux sur mon front blanc. Alors je me suis écriée :

Justine – Dieu merci mon prince, vous m'avez retrouvée. Nous sommes déjà mariés, donc ce n'est pas la peine de le préciser à la fin de cette histoire, mais nous allons vivre heureux et avoir beaucoup d'enfants.

Fin

Changement de plan en vue

Justine – Tu veux encore du thé ?

Léa – Non, sinon je vais avoir envie de faire pipi dans la voiture.

Justine – Depuis quand les princesses font-elles pipi ? Je te rappelle qu'elles sont au-dessus de ces considérations matérielles.

Léa – Tu as raison, princesse Justine, où avais-je la tête ?

Justine – Tu sais Léa, la soirée d'hier restera un de mes plus beaux souvenirs.

Ma meilleure amie m'a souri.

Justine – Peut-être que certains jugeront qu'à notre âge cette bataille d'eau avec épée en plastique et robe imaginaire de princesse était stupide et puérile, moi, je l'ai trouvée super.

Léa – Moi aussi j'ai adoré ! Surtout quand le chevalier Nicolas, osant affronter le vrai prince Thibault, m'a enlevée et emmenée dans sa forêt de brigands où je suis devenue la princesse des pauvres.

Justine – C'était trop bien. Même si j'ai moyennement apprécié le vocabulaire peu châtié de ton chevalier à l'égard de mon prince. Était-il obligé de le traiter de « prince de mes deux » ou de lui dire « Rentre chez ta mère, trouduc ! » ?

Léa – Oui, j'en suis désolée, mais tu connais comme moi le chevalier Nicolas et son vocabulaire de charretier. Il ne pense pas vraiment ce qu'il dit. Les mots sont des boucliers qui lui servent à protéger un cœur trop grand.

Justine – Oui, je sais.

Quiz sur les Chevaliers de la Table ronde

1. À quelle cour se trouvait la Table ronde ?

2. Quand cette table mythique a-t-elle été créée ?

3. Que devaient retrouver les chevaliers ?

4. Quel nom donnait-on au siège vacant ?

5. Combien compte-t-on de chevaliers dans le livre *Les blasons des Chevaliers de la Table ronde* ?

Réponses (pour connaître les réponses, place le livre devant un miroir)

1. La Table Ronde se trouvait à la cour de Camelot du roi Arthur.
2. La Table ronde avait été créée après que Merlin l'enchanteur eut révélé à Arthur la nécessité de fonder une assemblée des chevaliers les plus preux afin de se mettre en quête du Graal.
3. Les chevaliers devaient retrouver le Graal.
4. Le siège vacant de cette Table était appelé le siège Périlleux car quiconque s'asseyait dans le siège vacant sans avoir été élu était englouti par la terre.
5. Leur nombre et leurs noms varient selon les ouvrages. Dans Les blasons des Chevaliers de la Table Ronde, 170 chevaliers sont recensés. Parmi eux, Sagramor, Tristan, Bohort.

Le portable de Léa a bipé, l'avertissant qu'elle avait un SMS. Elle a regardé son écran et a aussitôt effacé le message. Elle n'a pas eu besoin de me préciser le nom de l'expéditeur. Je savais pertinemment qu'il s'agissait de l'homme en noir.

Justine – Peter continue à te harceler ?

Léa – Non, il ne me téléphone plus. Il me l'avait promis lors de notre dernière discussion et il a respecté sa parole. En revanche, il m'envoie un message tous les jours.

Justine – Et ça ne s'appelle pas du harcèlement de t'écrire quotidiennement ?

Léa – Non. De toute façon, je ne suis pas obligée de lire ses messages, tu vois bien que je les efface.

J'ai fixé Léa droit dans les yeux, elle a réagi au quart de tour.

Léa – Pourquoi tu me regardes comme ça ?

Justine – Parce que je te prends en flagrant délit de mensonge et que ça ne te ressemble pas.

Léa – Je ne comprends pas.

Justine – Ah bon ? Alors je vais t'expliquer ! Tout d'abord, en t'écrivant chaque jour, Peter t'empêche de l'oublier et de poursuivre ta vie : il installe une alarme quotidienne pour se rappeler à ton bon souvenir. Et puis, lorsque son message s'affiche, tu as le temps de le lire même si tu l'effaces très vite.

Léa – Pas du tout.

J'ai soupiré. Puisqu'il fallait affronter Léa pour son bien, j'allais le faire. Mais ça ne m'amusait pas.

Justine – Tu sais qu'il existe une fonction qui te permet d'afficher seulement le nom de l'expéditeur sur ton téléphone ? Si tu n'avais pas envie de lire ses messages, tu l'aurais utilisée. De plus, s'il est si respectueux de tes demandes, pourquoi ne pas exiger qu'il cesse de t'écrire ? Ça réglerait le problème, non ? À moins que cette piqûre de rappel te rassure sur les sentiments de Peter et que tu continues à l'aimer dans l'absence.

Si ma meilleure amie ne m'a pas répondu, j'ai senti à son regard que mes mots avaient fait mouche. Je me suis resservi une tasse de thé et je l'ai bue en silence.

Est-ce que c'est vraiment ça être une amie ? Dire des choses qui font mal mais qui permettent d'avancer ? Ou bien faut-il se taire et accepter les petits mensonges pour accompagner ceux qu'on aime sur le chemin, même au bord du gouffre ? Après tout, qui nous fait juge de ce qui est bon ou mauvais pour les autres ? Sommes-nous capables d'évaluer objectivement leurs choix ? Peut-être ne projetons-nous sur eux que nos erreurs.

J'avais envie de ravaler mes mots et de demander pardon à Léa pour cette intrusion dans sa vie très privée quand elle m'a demandé :

Léa – Comment fait-on pour afficher seulement le nom de l'expéditeur ?

Je lui ai montré la manip sur mon téléphone. Elle l'a exécutée sur le sien.

Léa – Tu me laisses jusqu'à ce soir pour lui envoyer le SMS lui interdisant de m'écrire ?

Justine – Léa, je suis désolée si je t'ai fait de la peine.

Léa – Pour répondre à ta question : oui, une vraie amie est celle qui a le courage de dire les choses désagréables quand c'est nécessaire. Et tu sais à quoi on reconnaît qu'elle est vraiment une vraie amie ?

Justine – Non.

Léa – Quand en plus elle est sincèrement désolée d'avoir eu à le faire.

Je lui ai souri.

Léa – Et sers-moi du thé ! Tant pis s'il faut s'arrêter à cause de moi... Je suis une princesse qui pisse et je l'assume !

Justine – Tu devrais arrêter de fréquenter Nicolas, tu te mets à parler comme lui.

Léa – Peter, Nicolas, tu veux que je me débarrasse de tout le monde, toi.

Justine – Oh non, garde Nicolas ! Il est si mignon.

Léa – Mignon ? C'est tout ce que tu as trouvé pour le définir ?

Justine – Il est vrai que cet adjectif lui sied assez mal. Que pourrait-on proposer ?

Léa – Chou ?

Justine – Euh, non...

Léa – Adorable petit chou !

Justine – Encore moins.

Le légendaire panier à clochette de mon cousin s'est agité derrière les vitres de la cuisine.

Léa – Quand on parle du chou, on en voit le panier !

Justine – Et maintenant, un proverbe à la Ingrid !

Léa s'est levée, a ouvert doucement les fenêtres et a placé dans le panier ses grosses créoles en argent. Elle a tiré sur la corde, signe que Nicolas pouvait remonter ses victuailles.

Au poids du panier, mon cousin a tout de suite compris qu'il y avait maldonne. Il a hurlé :

Nicolas – Théo, si c'est toi, fais gaffe ! Cette fois-ci, je ne me contenterai pas de t'arroser, je te ferai avaler les 25 mètres du tuyau d'arrosage ! Alors, es-tu certain de ne rien vouloir ajouter dans mon panier pour éviter les représailles ? Je te conseille d'y mettre tout de suite du pain, du beurre et de la confiture. S'il reste de la confiture de pêche de vigne, je pourrais même envisager de te payer une glace tout à l'heure.

Léa n'a pas bougé. Nicolas a remonté son panier.

J'ai chuchoté :

Justine – Je sens qu'il va falloir censurer la prochaine réplique ou l'écrire comme dans les bandes dessinées avec des têtes de mort et des éclairs pour remplacer des gros mots.

Dans la vie, les gens ne sont pas toujours là où on les attend...

Contrairement aux mauvaises séries télé où les méchants sont méchants sans une lueur d'humanité et où les gentils sont de vrais saints, les êtres humains normaux sont à la fois gentils et méchants. Ce sont juste les proportions qui changent. Et les ingrédients... Si on pouvait lister la composition d'un individu comme on établit la liste des ingrédients d'un gâteau sec, on obtiendrait :

Untel : 40 % de gentillesse
20 % de méchanceté
10 % de coquetterie
7 % de mauvaise foi
6 % d'anxiété permanente
5 % d'humour
5 % de créativité
4 % de maladresse
3 % d'agressivité

Évidemment, il faudrait ajouter une bonne dose de colorant : blanc, jaune, noir, cuivré, histoire d'avoir toutes les nationalités !

Essayez de le faire pour vous, c'est un exercice très amusant...

Alors qu'on s'attendait à mon cousin dans le rôle du garçon qui ne sait pas aligner trois mots sans proférer une insulte (plus de 50 % de grossièreté dans sa composition), il a crié :

Nicolas – Léa, ma belle, ma douce amie, je t'en supplie,

Pour l'amour du ciel, nourris ton homme qui t'aime à la folie.

J'ai chuchoté :

Justine – Je rêve ou ça rime ?

Léa – Ça rime.

Justine – Et donc ?

Léa – Et donc je suis obligée de le fournir en pain, beurre et confiture de pêche de vigne.

Justine – Je comprends.

Léa s'est exécutée. Le panier est remonté en sens inverse. On a attendu la suite du poème.

Or les gens ne sont jamais là où on les attend (bis).

Nicolas – Putain, ce qu'il faut pas faire pour un quignon de pain ! Le baratin avec « ma douce », « mon amour », marche à tous les coups. Les filles sont tellement crédules quand il s'agit de sentiments !

Je modifie les proportions de mon cousin, j'augmente la grossièreté à plus de 60 %.

J'ai demandé à Léa :

Justine – Tu comptes laisser cette remarque impunie ?

Léa – Oui. Je ne vois aucune offense dans cette dernière réplique... Juste le signe que Nicolas a du mal à assumer l'amour qu'il me porte.

Sur cette phrase que je vous invite à méditer pour mieux aborder votre vie amoureuse, nous nous sommes resservi une tasse de thé.

Léa – Finalement, qu'est-ce que Jim t'a dit au téléphone ? On part à quelle heure ?

Justine – 12 h 30... Il a réussi à changer ses horaires au *Paradisio*.

Léa – Génial ! On arrivera bien avant le début du concert.

Ah mais vous ne savez pas où on va aujourd'hui ! Il faut dire qu'on s'est décidés hier soir assez tard. Je vous raconte...

Après notre remake des Chevaliers de la Table ronde, nous n'avions qu'un désir, nous débarrasser de Théo et d'Oscar pour profiter de la fin de la soirée. Ambre, malgré ce qu'elle avait annoncé, nous avait rejoints et chacun était avec sa chacune. Nous avions mangé les pizzas et, après avoir vérifié que les deux petits monstres étaient en pyjama devant *Pirate des Caraïbes*, j'étais redescendue à toute allure.

L'ambiance était torride... Nicolas et Léa s'embrassaient sur le canapé et Jim chuchotait je ne sais quoi à l'oreille de son avocate préférée. Mon prince m'avait accueillie avec un sourire charmant.

Thibault – Tu en as mis du temps !

Écrit comme ça, ça ne donne rien... Il faudrait vraiment que le lecteur y mette du sien pour donner à cette scène tout le glamour qu'elle mérite. Ou alors que l'éditeur accepte d'engager un bon scénariste, juste sur ce passage.

INTÉRIEUR NUIT SALON REZ-DE-JARDIN

Lumière tamisée fond sonore *I am your man* de Michael Bublé.

Sur le canapé, un couple s'embrasse. Leurs silhouettes ne font qu'une, on pourra même les flouter un peu pour exagérer l'effet.

Près de la chaîne stéréo un jeune homme chuchote à l'oreille d'une jeune femme brune à la bouche rouge cerise. Elle rit, la tête en arrière. Gros plan sur son cou blanc et fin. Sur la table, une bougie parfumée aux essences lourdes et capiteuses se consume.

Debout près de la porte-fenêtre, Thibault, un jeune homme de dix-huit ans, grand, mince, élégant, cheveux châtains, vêtu d'un treillis beige et d'un tee-shirt de la même couleur, guette l'arrivée de quelqu'un. Il a l'air impatient.

Soudain, elle arrive.

Elle : une jeune femme (fille ?) encore adolescente. Grande, mince, vêtue d'un jean troué et d'un tee-shirt bleu turquoise. Ses cheveux semblent mouillés. Elle les a noués à la va-vite avec un élastique. Elle est pieds nus. Elle fronce les yeux pour distinguer ce qui se passe dans le salon (elle est certainement myope et n'a pas mis ses lunettes).

Elle paraît agacée quand elle observe le couple avec la fille à la bouche rouge. Au moment où elle voit Thibault, elle adopte un air assuré. Elle trébuche contre la barre de sol de la porte-fenêtre. Elle manque de tomber mais réussit à rester debout. Elle devient rouge comme une pivoine, ce qui conforte son personnage de fille gauche et maladroite.

Bon, vous pouvez renvoyer le scénariste, il n'a aucun talent. Il ajoute des informations totalement inutiles et gâche complètement ma scène d'amour. Je préfère la raconter moi-même.

L'ambiance était torride... Nicolas et Léa s'embrassaient sur le canapé et Jim chuchotait à l'oreille de son avocate préférée. Mon prince m'avait accueillie avec un sourire charmant.

Thibault – Tu t'es fait mal ?

Justine – Non, je me suis à peine cogné le pied.

Thibault – Tu te souviens de la fois où tu t'es presque assommée[1] ?

Là, je zappe une partie du dialogue, il ne présente aucun intérêt.

Thibault – Tu en as mis du temps.

Justine – Je vérifiais que tout était OK pour les petits.

Thibault – Et c'est le cas ?

Justine – Oui.

Thibault – Alors on a au moins une heure devant nous avant que tu sois obligée de remonter les voir ?

Justine – Exact.

Thibault – Et si on allait dans ma chambre ?

Justine – Avec les autres dans le salon.

Thibault – Oui, mais on restera sages.

Justine – Tu en es certain ?

Thibault – Parole de chevalier, princesse.

On avait traversé le salon à la vitesse de la lumière. Une fois assise sur le lit de Thibault, le souvenir de la première fois où je m'étais réveillée ici était remonté à la surface : moi complètement nue avec des roses dans les cheveux et l'impossibilité de me rappeler ce qui s'était passé la veille[2].

La honte m'était soudain montée aux joues. Thibault s'était mépris sur ma rougeur soudaine.

Thibault – Ça t'ennuie qu'on soit là ?

1. Si cela amuse certains de me revoir dans une scène ridicule, relisez l'épisode où j'ai foncé dans la porte vitrée et où je me suis retrouvée totalement sonnée. Cela doit être dans le tome 1 ou 2, je ne sais plus. Mais franchement, ce n'est pas très drôle.

2. Je pense que je n'ai pas besoin de rappeler au lecteur cet incident minable durant lequel après avoir bu deux rhums Coca en boîte de nuit pour jouer les filles libérées, j'avais été atrocement malade. À tel point que Thibault pour notre « première nuit d'amour » avait été obligé de passer mes vêtements à la machine et de me coucher comme un énorme bébé.

Justine – Non, pas du tout.

Je m'étais concentrée pour penser à autre chose. Je n'allais pas laisser un souvenir, quel qu'il soit, gâcher ce merveilleux moment d'intimité. Thibault allait partir aux États-Unis pour un an, nous devions chérir l'instant présent. Alors que je m'étais approchée pour unir mes lèvres à celles de mon prince, un grésillement affreux nous avait fait sursauter. Puis une voix...

– All is correct. Je répète : all is correct... Jack Sparrow gère parfaitement la situation.

Mon prince m'avait regardée avec agacement. La voix provenait du talkie-walkie que Théo avait placé à la ceinture de mon jean. Je devais me débarrasser de mon frère avant qu'il ne me pourrisse complètement la soirée.

Info Globe

Avis aux globe-trotters en partance pour les États-Unis !

Depuis janvier 2009, les voyageurs, qu'ils soient majeurs ou mineurs, doivent aussi être en possession d'une autorisation électronique de voyage ESTA, à remplir en ligne sur le site Internet https://esta.cbp.dhs.gov/, avant leur départ. Attention, il s'agit du seul site officiel du gouvernement des États-Unis. Tous les autres sites sont des intermédiaires, non agréés, et exigent une contrepartie financière alors que l'obtention de l'ESTA est gratuite (hors frais de gestion par le gouvernement américain). Ce site internet ESTA existe en version française.

La demande d'autorisation peut être faite au plus tard soixante-douze heures avant le départ, mais le plus tôt est, bien sûr, le mieux. La réponse est généralement immédiate.

Justine – Désolée, il faut que je lui réponde sinon il va s'inquiéter.

Thibault – OK.

Je m'étais éloignée pour que Thibault ne m'entende pas chuchoter :

Justine – Bien reçu Tobbie ! Je savais qu'on pouvait compter sur Jack. Continue à le surveiller attentivement. Mauvaises nouvelles de mon côté, je suis encerclée par un groupe de rebelles et je vais devoir couper la transmission. Je te rappelle dans une heure très exactement. En attendant, pas un seul mouvement, je répète, pas un seul mouvement.

Théo – Bien reçu aigle du désert. Opération momie déclenchée.

Justine – Bonne chance !

Théo – À vous aussi.

J'avais éteint le talkie-walkie, hyper contente de moi. Thibault m'avait souri.

Thibault – C'est moi le groupe de rebelles ?

Justine – Sorry. Il fallait au moins ça pour l'obliger à rester là-haut.

Thibault – Et tu crois que l'opération momie va durer une heure ?

Justine – Je l'espère.

On avait repris nos activités exactement là où on les avait arrêtées. C'est-à-dire juste avant le premier baiser. Et là, miracle, personne n'était venu nous interrompre : ni pirate ni rebelle !

Il aurait mieux valu.

Thibault, animé par un désir brûlant, avait complètement oublié sa promesse de chevalier et j'avais eu beaucoup de mal à l'empêcher de franchir l'étape « On ne fait que s'embrasser ! ».

Comme la situation commençait à m'échapper (je suis raisonnable mais je ne suis pas de marbre), je lui avais proposé, la mort dans l'âme, de retourner dans le salon avec les autres. Il avait accepté, l'air contrarié.

La discussion était animée lorsque nous avions fait notre come-back.

Jim – Cette fille a une voix d'enfer. Et quand elle chante des airs sud-américains, elle te donne des frissons. Allez, vous ne le regretterez pas !

Nicolas – C'est quand même à cent bornes d'ici. On rentrerait après le concert ?

Jim – Non ! Il y a un camping juste à côté, on pourrait dormir là-bas.

Nicolas – Mais tu ne bosses pas lundi et mardi ?

Jim – Seulement lundi, et jusqu'à 15 heures. Si je m'arrange avec Thomas, je peux finir un peu plus tôt.

Comme je m'étais assise près de Léa sur le canapé, elle m'avait donné les informations nécessaires pour que je puisse suivre la conversation.

Léa – Jim veut qu'on aille écouter une chanteuse mexicaine.

Jim – Pas juste une chanteuse ! Lila Downs, une voix de légende. Un concert en plein air ! Ça va être génial. Vous en pensez quoi ?

Ambre – Désolée Jim, pour moi ce n'est pas possible. Tous les lundis à 16 heures, on a réunion avec le boss. Elle se termine tard et il ne tolère aucune absence.

Jim – Oh non, quel dommage. Et pour toi, Léa ?

Léa – Ça me tente mais ce n'est pas raisonnable. On part samedi six semaines avec Justine et on doit signer jeudi pour la coloc. Ça nous laisse trop peu de temps pour nos derniers préparatifs.

Au rappel de notre voyage à l'autre bout du monde, Nicolas avait marmonné :

Nicolas – On avait promis qu'on ne parlait pas de ça.

Effectivement, on avait passé un accord. Pour éviter les coups de blues à la pensée de nos séparations prochaines, nous avions décidé d'éviter le sujet « avenir proche ». Parfois, un détail nous échappait quand même...

Comme je sens que certains s'interrogent, je vous livre un mémento pour que vous soyez au courant de nos vies.

Mémento

Ambre : sa recherche de stage est en stand-by. Elle a téléphoné à l'ami avocat des Shankland. Il doit la recevoir la semaine prochaine. De toute façon elle hésite à s'installer en coloc avec nous d'autant qu'elle ne gagne pas beaucoup en tant que stagiaire et que chez ses parents, elle ne paie rien. En réalité, même si elle ne l'a pas clairement exprimé, je crois qu'elle préférerait s'installer avec Jim.

Thibault : il a prévenu son père qu'il partait aux States. Aucune réaction depuis. Finalement, mon ambassadeur de beau-père n'est pas si terrible ! Thibault a appelé sa tante qui tient un resto à New York et elle accepterait de l'héberger et de le faire travailler un peu. L'avenir a l'air de s'organiser pour lui.

Ingrid : Jean-Baptiste a modifié la date de son départ pour attendre Ingrid. Les parents de cette dernière ne sont guère favorables à un départ précipité en Afrique avec un inconnu. En ce qui concerne son opération de relookage, elle a annulé son rendez-vous chez le chirurgien. Elle a dit qu'elle verrait à son retour (si jamais elle part...).

Jim et Nicolas : ils vont être les monos d'une colonie dans le Limousin au mois d'août. Jim n'a pas reparlé avec son père de ses études de droit. Nicolas a de nouveau eu une discussion avec son père à propos de son projet de quitter la maison bleue et de vivre en coloc. Mon oncle semble avoir admis cette idée même s'il n'a pas encore accepté de payer l'école d'informatique (qui est privée) et le loyer. La mère de Nicolas, en revanche, a donné son accord.

Léa et moi : nous n'avons pas commencé nos bagages mais tout est prêt. On est même allées chez le médecin ensemble pour faire les vaccins nécessaires. Je n'arrive pas à croire que, dans quelques jours, nous serons loin d'ici.

La coloc : on signe jeudi chez les Shankland avec la tribu au grand complet. Ça me fait rire maintenant qu'on débarque tous là-bas pour le bail. Finalement avec Suzette et Roger à la fenêtre, ça ne paraîtra pas fou !!!

Le pervers : depuis sa fenêtre, il nous a posé beaucoup de questions sur notre nouvel appartement. Il nous a dit au revoir. Lui aussi, il déménage à la fin de l'été. On lui a souhaité de tomber sur des voisins aussi inspirants que nous ! Il a ri et nous a affirmé que nous étions uniques. :-)

Jim, qui n'avait pas abandonné son idée de nous entraîner à son concert, avait insisté :

Jim – Je vous propose de vivre un truc tous ensemble... Une petite virée en voiture, une soirée musique, une nuit sous la tente... Un moyen de se retrouver sans penser à demain.

Présenté ainsi, le projet donnait envie.

Jim – Allez, un effort ! Au nom de notre amitié qui ne craint ni les frontières ni l'éloignement !

Grâce à cette dernière phrase prononcée d'une voix vibrante, Jim avait réussi à nous convaincre. Même Ambre avait commencé à se demander si elle ne viendrait pas seule en voiture après sa réunion et si elle ne repartirait pas mardi matin à l'aube.

Jim – J'envoie un SMS à Ingrid et un à Jean-Baptiste pour qu'ils se joignent à nous.

Et voilà !

Vous comprenez maintenant pourquoi nous étions, Léa et moi, en cette fin de matinée, dans la cuisine à attendre le top départ.

Justine – On s'occupera de nos sacs à dos pour notre tour du monde après le concert ?

Léa – Oui ! Ne t'inquiète pas, le plus important est fait : les passeports, les visas, les formulaires ESTA, ton autorisation de sortie de territoire. Nos mères ont été sympas de s'occuper de tous les papiers pendant qu'on passait notre bac ! Il ne nous reste plus qu'à aller à la pharmacie. J'ai trouvé une liste sur Internet des médicaments d'urgence à avoir sur soi quand on voyage. Quant à nos sacs à dos, un seul mot d'ordre : légers !

– Salut les filles !

Tiens, il y avait longtemps qu'on ne l'avait pas vue, elle ! Elle est beaucoup plus discrète depuis qu'elle est amoureuse.

Léa – Bonjour Ingrid ! Ça va ?

Ingrid – Yes ! Qu'est-ce que vous pensez de mon style hippie Woodstock pour le concert de ce soir ?

J'ai plissé les yeux pour mieux voir. No comment ! Léa a répondu d'un air enjoué :

Léa – Parfait ! On dirait une réincarnation de Janis Joplin.

Je ne sais pas qui est cette Janis Joplin, en revanche je peux vous décrire le déguisement de la demoiselle au cas où vous n'auriez pas d'idée pour le prochain Halloween.

D'où vient le mot "hippie" ?

Le mouvement hippie est né dans les années soixante aux États-Unis. Il a réuni toutes sortes de personnes rejetant les valeurs traditionnelles, le mode de vie de la génération de leurs parents et globalement la société de consommation. Ce mouvement a eu beaucoup d'influence sur les mœurs et la culture. Il a aboli les frontières et lancé de nouvelles modes, vestimentaires et musicales notamment.

Certains lexicographes prétendent que le mot « hippie » viendrait du vocable africain hip, dérivé du wolof hipi qui signifie « ouvrir les yeux ». D'autres affirment qu'il serait né du jeu de mots avec *hype*, « décontracté, branché ». Mais ne s'agit-il pas plutôt d'une allusion au célèbre quartier de San Francisco, le *Haight-Ashbury Independant Property*, occupé par les hippies ?

Bref ! On ne sait pas vraiment...

H I P P I E

La tenue Woodstock

Longue tunique violette sur pantalon pattes d'eph.
Bandeau dans les cheveux.
Lunettes rondes avec verres fumés.
Longue chaîne en argent avec le sigle peace and love.
Grosses bagues en provenance de Katmandou.
Sandales de moine.
Panier en osier avec des affaires de rechange.

Ingrid – La réincarnation de Janis Joplin ? Oh merci Léa ! Tu trouves toujours les mots qui font plaisir.

Moi aussi, je peux trouver une comparaison parlante : Ingrid ressemble à la fille qui vend des fromages de chèvre sur le marché bio. C'est moins tendance, peut-être ?

Ingrid – Alors, on part bientôt ?

Léa – Dans moins de trente minutes si Jim est à l'heure...

Ingrid – Yes !!!

Léa – Jean-Baptiste n'est pas avec toi ?

Ingrid – Si, il est monté voir Nicolas, il veut lui demander un renseignement pour son site. On a vu Thibault en bas, il était au téléphone. Son sac est prêt, il arrive.

Léa – Super !

Ingrid – Il reste du thé ?

Léa – Non, mais Justine allait en refaire. Hein ma Justine ?

Justine – Bien sûr.

Ingrid – Alors dépêche-toi, parce qu'après j'ai un truc à vous annoncer !

Oh non, quoi encore ?

Elle s'est fait une french manucure ? Jean-Baptiste aime le Burkina parce qu'en fait il est le fils d'un chef de tribu ?

Ingrid n'a pas attendu que l'eau arrive à 90 °C pour révéler l'info du siècle.

Ingrid – Je présente Jean-Ba à mes parents jeudi soir.

Justine – Déjà ?

Ingrid – Oui, ils l'ont invité à dîner ! Mais ce n'est pas tout. Sa mère vient avec lui.

Léa – Carrément. C'est une présentation officielle ou je ne m'y connais pas. Ce n'est pas un peu tôt ?

Ingrid – Il n'est jamais trop tôt pour les gens qui s'aiment. Et puis, maintenant que j'ai trouvé le grand amour, je ne vais pas le laisser filer à l'autre bout du monde sans moi !

Est-ce qu'elle sous-entend que je laisserais Thibault filer aux États-Unis sans moi ?

Cela dérange quelqu'un si je sers le thé directement sur les genoux d'Ingrid ?

Je n'ai pas écouté le reste de son monologue. Je peux juste vous assurer que la fréquence de « Jean-Baptiste et moi » comme sujet des verbes « s'aimer » et « s'adorer » était anormalement élevée.

J'ai profité d'un blanc dans la conversation pour lancer d'un air innocent :

Justine – Mince, j'ai oublié de prendre un tee-shirt pour dormir ! Il faut que je le mette tout de suite dans mon sac. Je reviens.

Et je me suis précipitée dans ma chambre. Ce n'était pas très sympa d'abandonner Léa aux mains de mademoiselle « Ego-moi-je » mais je n'en pouvais plus. J'ai ouvert un tiroir de ma commode et j'ai fait semblant de farfouiller dedans, au cas où les filles me rejoindraient.

Tiens, et si je commençais à préparer mon sac à dos ? Je pourrais choisir ce que je veux emporter. Remarque, ça va être vite réglé… Je n'ai que des jeans et des tee-shirts ! J'ai bien une robe mais je me sens tellement déguisée quand je la porte qu'elle reste toujours dans l'armoire. En revanche, mon paréo à fleurs, je le prends. Il est hyper pratique pour la plage.

Oh, ce débardeur vert, je l'avais complètement oublié… Ultra tendance… Pourquoi je ne le portais plus déjà ? Je l'essaie tout de suite avec ce short kaki.

Pas mal…

Et mon maillot bleu, est-ce qu'il me va encore ? Voyons voir… Bon, côté haut, tout rentre. Quant à la culotte, elle bâille un peu. Allez je mets mon bob, mes lunettes mouche, mon paréo et mes tongues jaunes pour un total look plage. Il faut que je prenne des pulls aussi pour notre séjour à Melbourne. C'est l'hiver là-bas.

– Justiiiiiiiiiiiiiiiine !!!!!

Le cri strident de Léa m'a fait sursauter. Je me suis précipitée dans la cuisine. Les garçons étaient là avec une tête d'enterrement.

Justine – Qu'est-ce qu'il y a ?

Léa – Tu ne m'entends pas quand je t'appelle ? On a un problème…

Justine – Lequel ?

Léa – Thibault, tu lui expliques ?

Thibault, blanc comme un Kiri, m'a regardée d'un air las.

Thibault – Justine, tu peux enlever tes lunettes et ton chapeau, s'il te plaît ?

Oups ! Je suis en mode plage.

Justine – Bien sûr. Alors que se passe-t-il ?

Thibault – Je ne peux pas venir avec vous au concert.

Justine – Pourquoi ?

Thibault – Je suis convoqué à Paris ce soir et une voiture avec chauffeur viendra me chercher à 14 heures. Mon père veut être certain que je ne serai pas en retard au dîner.

Justine – Quel dîner ?

Thibault – Monsieur est de passage à Paris et exige de me voir à 20 heures sonnantes. Il a réfléchi à mon désir de partir aux États-Unis et me l'interdit sous peine de me couper les vivres.

Justine – Et qu'est-ce que tu comptes faire ?

Thibault – Me rendre à son « invitation-kidnapping » et lui tenir tête.

Justine – Tout seul ?

Thibault – Oui, tout seul ! Je n'ai pas le temps de lever une armée.

Thibault a prononcé cette dernière phrase avec une telle tristesse que je suis restée sans voix. Jim, lui, a réagi au quart de tour.

Jim – Inutile de constituer une armée, tu l'as ! Moi, en tout cas, je t'accompagne.

La réaction de Jim nous a galvanisés. On a hurlé l'un après l'autre :

Nicolas – Moi aussi !

Jean-Baptiste – S'il y a de la place, je suis ton homme !

Léa – Général Léa, prête pour le combat.

Justine – Capitaine Justine, à tes ordres !

Ingrid – Le temps d'enfiler un treillis, des rangers, et j'arrive !

Thibault nous a regardés, ennuyé.

Thibault – Merci, je suis vraiment touché. Vous êtes mes amis et je n'oublierai pas cette proposition. Malheureusement, je ne peux pas vous emmener avec moi, le chauffeur aura reçu des ordres. Et vous ne vous rendez pas compte de ce que ça vous coûterait de m'accompagner à Paris : l'aller-retour péage-essence, les repas, les chambres d'hôtel... Je ne vois pas l'intérêt de dépenser autant pour une soirée à laquelle vous n'assisterez pas. Je vais assurer, ne vous inquiétez pas...

Un long silence a suivi cette dernière réplique. Thibault avait raison. Nous avions réagi avec le cœur mais nous étions rattrapés par des considérations matérielles.

Trois coups brefs donnés à la porte de la cuisine nous ont fait sursauter. On s'est retournés.

Eugénie en robe couleur pêche nous a souri.

Eugénie – Bonjour tout le monde, désolée de vous déranger ! Vous en faites une tête, dites donc...

Léa – On a un petit problème.

Eugénie – Ah oui ? Rien de grave, j'en suis certaine. Les jeunes, j'ai besoin que vous me rendiez un service...

Eugénie exagère, là, elle pourrait au moins nous demander quelles difficultés on rencontre avant de réclamer de l'aide. Léa n'a pas semblé choquée par le sans-gêne de sa grand-mère.

Léa – Qu'est-ce qu'on peut faire pour toi ?

Eugénie – Seriez-vous d'accord pour m'accompagner à Paris ? J'ai rendez-vous avec un ami et je n'ai pas envie d'y aller seule. Il a un grand appartement, avec de nombreuses chambres.

Ma meilleure amie a souri.

Léa – Évidemment, ta voiture est en bas et tes affaires sont prêtes.

Eugénie – Exact. J'ai aussi des sandwichs au saumon, une tarte aux mirabelles et une citronnade bien fraîche. Je pense que si nous ne traînons pas pour le déjeuner, nous serons à Paris avant Thibault. Jim, tu m'excuseras, j'ai fait emprunter ta voiture il y a quelques minutes.

Jim – Ah bon ? Mais c'est moi qui ai les clefs.

Eugénie – Ne t'inquiète pas pour ça, le garagiste de la mairie est vraiment très débrouillard. Il a remarqué que tu avais un feu cassé à l'arrière, il a décidé de le réparer. Il faut dire que grâce à moi il a gagné un procès il y a quelque temps. Depuis, il me rend des petits services, c'est notre arrangement. Ta voiture sera en bas dans trente minutes avec les pneus gonflés, l'huile vérifiée et le plein d'essence fait.

Jim – Je ne sais pas quoi dire...

Eugénie – Alors ne dis rien ! On y va les filles ?

On l'a regardée, totalement éberlués. Ce n'était quand même pas le fruit du hasard si elle nous proposait de l'accompagner à Paris aujourd'hui ? Non. Surtout qu'elle avait précisé qu'on arriverait avant Thibault, c'est donc qu'elle savait !

Mais comment ?

Eugénie – Justine, au lieu de te poser des questions inutiles, si tu enfilais une tenue plus adéquate ? Je doute de pouvoir vous emmener dîner au Grand Véfour ce soir si tu restes habillée de la sorte.

Léa – Et pourquoi va-t-on aller dîner au Grand Véfour ?

Eugénie – Le patron, qui est un de mes anciens... enfin un homme que j'ai bien connu, m'a appelée pour m'avertir que monsieur et madame de l'Amétrine avaient prévu d'y être à 20 h 30.

Léa – Parfois, Eugénie, je me dis que tu aurais pu être agent secret.

Eugénie – Que j'aurais pu seulement ? Tu me déçois ma petite-fille... Allez, je vous attends en bas ! À ce soir, les garçons.

Et sortant de la cuisine, elle a ajouté :

Eugénie – Au fait les garçons, votre repas est déjà dans le coffre. Comme je n'avais plus assez de mirabelles, votre tarte est aux fraises.

Eugénie partie, on s'est tous mis à parler en même temps et à livrer nos pensées.

Thibault – Je n'en reviens pas...

Ingrid – Vous ne trouvez pas qu'Eugénie ressemble à la marraine des contes de fées, celle qui apparaît au moment le plus critique et résout les problèmes d'un coup de baguette ?

Jim – Comment le garagiste a-t-il démarré ma voiture sans les clefs ? Avec les fils comme un malfrat ?

Nicolas – Putain, elle est cool la grand-mère !

Léa – J'ai encore du travail avant de devenir une sorcière aussi efficace !

Justine – Bon, j'enfile un jean et j'appelle ma mère pour la prévenir qu'on part à Paris avec Eugénie.

Mon portable a bipé. J'ai poussé un cri de souris en lisant le SMS.

Léa – Qu'est-ce qu'il y a ?

Justine – C'est un message d'Eugénie : « Va plutôt t'habiller, j'ai déjà prévenu ta mère ! » Elle a posé des micros partout ou quoi ?

Jean-Baptiste – Elle est incroyable. En Afrique, on la vénérerait pour ses dons.

Nicolas – Il n'y a pas qu'en Afrique, à la maison bleue aussi !

Léa – Allez, Justine et Ingrid, on y va !

Le temps de prendre nos sacs et on a rejoint notre sorcière bien-aimée. Elle était au téléphone et riait comme une gamine. Elle nous a fait signe de monter à l'arrière de la voiture. Elle a continué à parler à son interlocuteur tandis qu'on s'installait.

Eugénie – Dis donc jeune grigou, tu sais comment ça s'appelle d'exiger d'une femme qu'elle dîne avec toi parce que tu lui rends un petit service ? Tu veux que je te rappelle mon âge en plus ? Mais c'est d'accord, je viendrai dîner vendredi... De toute façon, on devait se voir pour le procès Cuvier. Je crois que j'ai trouvé une belle astuce pour sortir ta cliente de la mélasse dans laquelle elle s'est fourrée. Bon, je dois raccrocher ! Tu me libères la petite, je passe la prendre tout de suite… Merci Michel et à vendredi.

Et nous regardant dans le rétro, elle nous a demandé :

Eugénie – Les ceintures sont mises ?

Toutes ensemble – Yes !

Eugénie – En avant toute !

Comme elle démarrait, Léa l'a questionnée.

Léa – C'est qui la petite que tu dois passer prendre ?

Eugénie – La fiancée de Jim.

Léa – Ambre ?

Eugénie – Oui ! On n'allait pas l'abandonner ici alors qu'on va tous à Paris.

Léa – Mais elle a une réunion avec son boss à 16 heures, elle ne peut pas la manquer.

Eugénie – Eh bien, elle vient juste d'avoir une permission spéciale !

Léa – C'est avec son patron que tu étais au téléphone ?

Eugénie – Oui. Michel est un jeune avocat que je conseille pour certains dossiers. Il est très sexy. Si j'avais trente ans de moins, je le croquerais pour mon goûter…

Léa – Eugénie, je te rappelle que tu parles à ta petite-fille !

Eugénie – Oui, et alors ? Ce que tu peux être vieux jeu, parfois !

Avec Ingrid, on a éclaté de rire. Quelle grand-mère de rêve !

Ce n'est pas avec la mienne que je pourrais avoir ce genre d'échanges. Mamie est mariée depuis cinquante ans avec papy qu'elle a rencontré quand elle était toute jeune et elle n'a jamais connu d'autres hommes.

Eugénie – Sa vie n'est pas forcément aussi linéaire que tu le penses, ma petite Justine.

Justine – Quoi ? Qui ?

Eugénie m'a adressé un clin d'œil dans le rétro et a ajouté :

Eugénie – Grand-mother freedom !

Vous comprenez la même chose que moi ? Eugénie aurait des infos très spéciales... Ma mamie ne serait pas l'épouse irréprochable qu'elle paraît être ? Elle tromperait papy. Non ! Impossible. J'ai chassé loin de moi la pensée de ma grand-mère dans les bras d'un autre homme. Enfin, j'ai essayé...

Liste possible des lovers de ma grand-mère

- Robert (bridge),
- Edmond (prof de tai chi),
- Yvan (ténor dans sa chorale),
- Gérard (le type qu'elle a rencontré dans une manif contre le génocide en Syrie),
- Jacques (voisin de leur appart à La Rochelle),
- Alexandre (son kiné dont elle parle beaucoup),
- Clément (un ancien collègue qui l'appelle parfois).

Un coup de klaxon assorti d'un « Ah la voilà ! » m'a tirée de mes rêveries. Le mot « cauchemarderies » serait plus juste mais je crains de ne pas le trouver dans le dictionnaire.

Ambre nous a souri. Eugénie lui a fait signe de monter rapidement dans la voiture. Elle s'est exécutée avec grâce tandis que le conducteur de la voiture qui patientait derrière vociférait des insultes à l'intention des femmes au volant qui freinent au beau milieu de la rue.

Ambre – Bonjour tout le monde !

Toutes ensemble – Bonjour Ambre.

Ambre – Merci d'être passée me prendre.

Eugénie – Tout le plaisir est pour moi !

Ambre – Alors Eugénie, vous allez peut-être enfin m'expliquer pourquoi j'ai dû préparer un sac de voyage à sept heures ce matin et pourquoi mon patron m'a offert deux jours de congé.

Eugénie – Des explications ! Des explications ! Vous voulez toujours tout comprendre, vous les jeunes. Quelle génération... Laissez-vous porter par la magie de la vie !

Ambre a regardé Eugénie, l'air légèrement agacée, elle a ouvert la bouche pour parler puis, se ravisant, elle s'est enfoncée dans son siège, a attaché sa ceinture, a mis la radio et elle a dit :

Ambre – OK mamie, let's go !

Et tandis que la route défilait avec les Beatles qui chantaient à tue-tête *All you need is love*, je pensais :

- Dimitri (son ancien dentiste),
- Roland (le frère de sa copine Mireille),
- Gaétan (le copain d'enfance de son frère),
- ...
- ...
- ...
- ...
- ...
- ...
- ...
- ...

Révélations au Palais-Royal

Eugénie – Formidable, j'en ai trouvé une !

Léa – Une quoi ?

Eugénie – Une place pour me garer. Dans certains quartiers, on peut tourner une heure sans succès. Et c'est le cas ici. Il m'arrive de pleurer de rage certaines fois.

Léa – Pourquoi, tu viens souvent ?

Eugénie a jeté un coup d'œil discret à Léa dans le rétro et elle lui a répondu un peu gênée :

Eugénie – Assez oui.

Léa – Mais quand ? Je sais que, depuis quatre ans, tu pars deux jours par semaine pour ton associa...

Léa s'est interrompue brusquement.

Eugénie, cette fois-ci, a semblé absorbée par son créneau. Durant cinq longues minutes, il n'y a plus eu aucun bruit dans la voiture.

Quoi ? Quel est le problème ? Eugénie a le droit de venir à Paris sans rendre de comptes à sa famille. Elle est majeure depuis bien longtemps.

Oui mais pourquoi ne l'a-t-elle pas dit ? Serait-elle vraiment un agent secret ?

Une fois la voiture garée, Eugénie nous a proposé de boire un thé dans un endroit charmant avant de gagner nos appartements. Ingrid est aussitôt intervenue :

Ingrid – Il y a des stars dans ce café ?

Eugénie – Non, ce n'est pas vraiment le lieu. C'est un endroit cosy et discret dans un des plus beaux jardins de Paris : celui du Palais-Royal. Mais le plus important, c'est que la propriétaire de *Muscade* fait des gâteaux merveilleux et du vrai thé à la menthe. Cela vous tente ?

On a toutes crié un « oui » tonitruant.

Enfin pas toutes… Léa est restée silencieuse. Comme on sortait de la voiture, Eugénie a pris ma meilleure amie par l'épaule et lui a chuchoté quelques mots à l'oreille. Léa lui a souri pourtant j'ai bien vu qu'elle restait comme recroquevillée à l'intérieur d'elle-même. Je suis restée près pour qu'elle sache que même si je ne comprenais pas son problème, j'étais dans son camp.

Eugénie, façon guide touristique pour cars japonais, nous a décrit le quartier.

Eugénie – Sur votre gauche, la Comédie-Française. Appelée aussi « le Français ». Elle a été fondée en 1680 et se trouve depuis 1799 au cœur du Palais-Royal. C'est le seul théâtre d'État en France disposant d'une troupe permanente.

Ingrid – On va en voir ?

Eugénie – Quoi ?

Ingrid – Des comédiens !

Eugénie – Tu peux parfois en croiser dans ce café là-bas sous les arcades. C'est un vivier d'artistes.

Ingrid – On peut y aller ?

Eugénie – Vous irez ensemble demain si vous voulez. C'est trop bruyant pour moi et les gâteaux ne sont pas aussi bons que chez *Muscade*.

Eugénie a laissé passer quelques secondes puis elle a ajouté :

Eugénie – Et surtout, j'ai des choses importantes à vous dire. J'ai besoin de calme…

Léa et sa grand-mère se sont regardées sans un mot. On a toutes pressé le pas.

Nous avons passé de lourdes grilles noires et la cour d'honneur nous est apparue. Des bâtiments en pierre blanche plusieurs fois centenaires se dressaient vers le ciel bleu de la capitale.

Ambre – Qu'est-ce que c'est beau ! Je n'étais jamais venue dans ce quartier.

Eugénie – Oui et vous n'avez pas tout vu !

Ingrid – C'est quoi ces cylindres en pierre rayés blanc et noir ?

Léa – Ce sont les colonnes de Buren.

Ingrid – Ça sert à quoi ?

Eugénie – Ça ne sert à rien. C'est une œuvre d'art !

Ingrid – Ça, une œuvre d'art ?

Eugénie – Oui, ma petite fille ! Et j'ai trop envie de boire un thé pour t'expliquer la démarche de ce merveilleux artiste. Tu regarderas sur Internet. Parfois, il faut aller au-delà de ses premières impressions et s'ouvrir à une autre forme de regard.

Plus fort que les finalistes de Master chef !!

Antonin Carême

Né en 1784, Marie-Antoine dit Antonin est abandonné à huit ans par ses parents à l'une des barrières de Paris avec un baluchon et quelques pièces. Débrouillard, il trouve un travail de cuistot et un foyer dans un restaurant bon marché.

Repéré pour ses talents à treize ans, il entre comme apprenti chez Sylvain Bailly, le célèbre pâtissier. C'est la première marche vers la gloire. Il se tourne vers les herbes et les légumes frais, simplifie les sauces. Ses tourtes, ses pièces montées, ses friandises spectaculaires, sont très recherchées. Chef et pâtissier de génie, il cuisine notamment pour Talleyrand, Napoléon, le futur George IV. On le surnomme « le roi des chefs et le chef des rois ». Inventif, précurseur, il meurt à quarante-huit ans.

On a continué à marcher. Je n'ai pas voulu jouer ma bêcheuse et prétendre que j'avais aimé tout de suite Buren. Certes, l'ensemble paraissait étrange dans cet environnement classique mais ces colonnes de tailles différentes ultramodernes, disposées de façon régulière, en jetaient un maximum !

Léa (discrètement) – Je suis contente que ça te plaise.

Je lui ai répondu en souriant :

Justine – Tant mieux ! Tu sais ce que j'aimerais, Léa ?

Léa – Non ?

Justine – J'adorerais savoir lire dans tes pensées.

Léa – Qu'est-ce que tu voudrais savoir ?

Justine – Par exemple, pourquoi tu as buggé dans la voiture à propos d'Eugénie ? En quoi est-ce gênant qu'elle vienne à Paris sans vous le dire ?

Léa a inspiré profondément puis, me prenant par le bras, elle m'a chuchoté :

Léa – Voilà quatre ans qu'Eugénie nous affirme qu'elle travaille bénévolement en faveur d'une association qui s'occupe de femmes battues et, pour cela, elle part de la maison deux jours par semaine. Elle ne nous a jamais dit exactement où elle allait. Il est vrai que je ne lui ai jamais posé la question. Dans mon esprit, elle partait plaider ici ou là en fonction des affaires. Or, tout à l'heure, elle a annoncé qu'elle venait régulièrement à Paris.

Justine – Peut-être que les plaidoiries ont lieu à Paris...

Léa – Et elle se garerait toujours dans ce quartier ?

Justine – Pourquoi pas ? Il y a peut-être un tribunal par ici, ou les bureaux de son association.

Léa – Et donc aussi l'appartement de l'ami qui nous reçoit aujourd'hui.

Justine – Ben oui. C'est pratique.

Léa m'a lâché le bras brusquement.

Justine – Qu'est-ce que j'ai dit encore ?

Léa – Rien. Mais réfléchis un peu... Eugénie a un ami qu'elle connaît assez pour lui imposer sept personnes du jour au lendemain, cet ami habite un endroit où elle vient fréquemment sans jamais nous en parler à ma mère et à moi. À ton avis, de quelle nature est le lien qui unit Eugénie à cet homme ?

Il ne m'a pas fallu deux secondes pour trouver. Oh le scoop ! Eugénie a un amant.

Léa – Ferme la bouche.

Justine – Tu crois que c'est son...

Léa – Oui !

Justine – Et elle le cache depuis quatre ans ?

Léa – Oui.

Justine – Pourquoi ?

Léa – Je ne sais pas.

Justine – J'ai une idée ! C'est un ancien prisonnier dont elle a été l'avocate.

Léa – C'est possible.

Justine – Ou un homme d'affaires véreux de trente-cinq ans son cadet.

Léa – Pourquoi pas ? Avec Eugénie, on peut s'attendre à tout.

Justine – On est sûres que c'est un homme ?

Léa – Je crois que là, tu vas trop loin !

– Pourquoi, elle va où Justine ?

J'ai sursauté. J'avais complètement oublié que nous étions dans la cour d'honneur du Palais-Royal et qu'Ingrid était là. J'étais dans la cent cinquantième dimension, celle où les grands-mères brûlent la vie par les deux bouts au lieu de jardiner ou de faire de l'aquagym avec leurs copines.

Ingrid – Alors, tu vas où ?

Justine – Nulle part.

Ingrid – Tu parles, je suis certaine que vous vous préparez à vous éclipser discrètement. Vous cherchez toujours à vous débarrasser de moi.

Léa – Mais non.

Eugénie, qui était juste derrière, a commenté :

Eugénie – Rassure-toi Ingrid, tu n'es pas la seule à te monter la tête à propos de rien ! J'en connais d'autres.

Eugénie parle de nous là ?

Elle pourrait faire profil bas. Elle est quand même soupçonnée d'entretenir une relation depuis quatre ans avec un ancien taulard marseillais de trente-cinq ans son cadet.

Léa – Tu as oublié de préciser que l'ancien taulard en question a été incarcéré pour des braquages de banques et que seule Eugénie savait à l'époque où l'argent était planqué.

Justine – Ah bon ? Tu es au courant depuis quand ?

Ma meilleure amie a éclaté de rire. Ah d'accord, c'était de l'humour. Désolée mais je ne trouve pas cela drôle.

Eugénie – Regardez en face de vous, les filles. Voilà les jardins du Palais-Royal. À gauche, sous les arcades, la galerie Montpensier, à droite la galerie Valois.

Ambre – C'est magnifique. Quel équilibre entre les bâtiments, les arcades et le jardin. Tout est merveilleusement dessiné. C'est quoi là-bas ?

Eugénie – Un petit bassin avec une fontaine. Le vrai bonheur, c'est lorsque tu arrives au moment où une chaise se libère. Tu peux alors rester des heures à admirer le ciel en plein Paris sans être dérangée par l'agitation de la capitale.

Ambre – J'adore !

Léa – Colette aussi adorait.

Ambre – Colette l'écrivain ? Elle venait là ?

Léa – Mieux que ça, elle habitait ici. D'abord dans son « tunnel » comme elle l'appelait, un sombre entresol aux fenêtres en demi-lune. Puis, de 1938 à sa mort, dans la « seigneurie retrouvée », un premier étage dont les hautes fenêtres donnent sur le jardin.

Ambre – Comment tu sais tout ça ?

Léa – Il fut un temps où Eugénie m'emmenait ici à Noël et me racontait durant des heures la vie tumultueuse de Colette. A priori, ma grand-mère a trouvé depuis une meilleure compagnie pour s'y promener. Je ne sais pas qui est l'heureux élu, je n'ai pas eu l'honneur d'être présentée. Pourtant, en quatre ans, les occasions n'ont pas manqué.

Eugénie a dévisagé Léa en plissant légèrement les paupières puis elle a souri bizarrement façon lynx préparant son attaque. Ma meilleure amie a soutenu son regard de fauve.

Bataille de sorcières, tout le monde aux abris !

Évidemment, Ingrid, qui n'était préoccupée que d'elle-même, n'a pas semblé remarquer la guerre quasi invisible qui se livrait sous ses yeux.

Ingrid – Et les magasins sous les arcades, on peut y aller ?

Silence...

Léa et Eugénie ont continué à se dévisager sans un mot. Je pense que si une mouche avait voulu voler entre elles à ce moment précis, elle aurait été obligée de faire un détour.

Chacune a attendu que l'autre se manifeste mais aucune n'a voulu prononcer le premier mot.

J'ai craint un instant que la situation soit insoluble et qu'on passe le reste de notre vie, dans ces jardins, à espérer le règlement du conflit. C'était mal connaître notre Ingrid nationale. Dans les périodes d'extrême tension, on peut toujours compter sur elle. Son imperméabilité aux problèmes des autres lui donne une force incroyable.

Ingrid – Personne ne veut faire du shopping avec moi ?

Ambre lui a dit tout bas d'un ton agacé :

Ambre – Je crois que ce n'est pas le moment.

Ingrid – C'est toujours le moment de craquer pour une robe ou un sac. Bon, puisque vous jouez les rabat-joie, j'irai toute seule demain matin. On va le boire ce thé à la menthe ?

L'insistance de la peste a eu raison de la crise qui gangrenait notre escapade.

Eugénie – Oui, tu as raison, on y va. Je meurs de soif ! Et puis il est vraiment temps de clarifier la situation.

Ingrid – Enfin une réaction ! Je sens un manque d'enthousiasme pour mes propositions depuis tout à l'heure, c'est vexant à la fin.

Léa a calmé le jeu.

Léa – Ne le prends pas mal, Ingrid. Je te promets que demain, à la première heure, on shoppera dans les magasins les plus branchés de Paris.

Et tandis que nous suivions Eugénie qui avançait sous les arcades pour rejoindre le salon de thé, Ingrid m'a chuchoté à l'oreille :

Ingrid – Il a fallu que je mette le paquet pour les obliger à cesser leur guéguerre de witches. J'ai cru qu'elles allaient s'entretuer.

Quoi ? Elle a joué la fille égocentrée exprès ? Elle a réussi à manipuler tout le monde, l'air de rien ? Je n'en reviens pas.

Comme je regardais Ingrid avec étonnement, elle m'a fait un clin d'œil.

Ingrid – Eh oui, ma Justine, il faut se méfier de l'eau qui mord.

Ah si, je la connais ! C'est la princesse des proverbes tordus !

Le salon de thé était effectivement charmant. Des chaises à haut dossier, des miroirs, des tables rondes cuivrées. Il ressemblait davantage au boudoir d'une comtesse dans un film d'époque qu'à un café traditionnel.

Eugénie – Vous préférez vous installer à l'extérieur ? Il y a des tables au soleil.

Ingrid – Oh non, on reste là ! J'adore l'endroit, il est si cute.

On a voté à l'unanimité pour l'intérieur. La patronne, une jeune brune toute mince, qui remontait de sa cuisine avec une pyramide de macarons à la pistache a souri en voyant Eugénie.

La patronne – Ah c'est toi qui viens chercher les macarons ?

Eugénie – Quels macarons ?

La patronne – Mince, j'ai gaffé.

Eugénie – Quoi, il en a encore commandé ?

La patronne – Je ne t'ai rien dit.

Puis nous observant, elle a demandé :

La patronne – Laquelle de ces jolies filles est ta Léa chérie ?

Eugénie – À ton avis ?

Sans nous observer une seule seconde, elle a pointé du doigt ma meilleure amie.

La patronne – Celle-ci !

Léa – Bravo ! C'est bien moi.

Nicolas

Ma Léa en sucre, comme tu aimes les mots et les macarons, je t'offre cette très belle définition du mot macaron et ces quelques infos trouvées sur Wikipédia.

1. Petite pâtisserie ronde dérivée de la meringue, principalement composée d'amandes pilées, de blanc d'œuf et de sucre. Le macaron naît en Europe au Moyen Âge et l'Italie l'exporte en France à la Renaissance. Les cours en raffolent. Les coques de macaron sont collées deux à deux à partir des années 1830. De nos jours, le macaron peut avoir deux parfums, l'un pour son corps, l'autre pour son cœur : rose-litchi, chocolat-noisette, banane-passion par exemple.
2. Insigne de forme arrondie.
3. (Architecture) Ornement rond, rosette, badge.

Aujourd'hui, 17h38 · J'aime · Commenter

Léa Pourquoi le mot rond et ses dérivés ont-ils été soulignés ? Dois-je y voir une allusion à peine voilée à mes formes généreuses ? Non, ne réponds pas à cette question, je préfère ignorer la réponse.

Aujourd'hui, 18h22 · J'aime

Nicolas ILY.

Aujourd'hui, 20h40 · J'aime

La patronne – Oh je ne mérite aucun compliment. Votre grand-mère me parle tellement de vous que j'ai l'impression de vous connaître depuis toujours. Et assise à côté de vous, c'est votre meilleure amie, la fameuse Justine, n'est-ce pas ?

Je lui ai aussitôt répondu :

Justine – Exact.

La patronne – J'en étais sûre. Vous ressemblez fidèlement au portrait que m'a fait de vous Eugénie. Alors finalement, qui avez-vous choisi comme petit ami ? Thibault ou Jim ?

Il y a eu un grand froid. J'ai évité soigneusement le regard d'Ambre. C'est sûr, cette question allait transformer l'après-midi en guerre de tranchées.

Par bonheur, l'entrée d'un bel homme élégant aux longs cheveux blancs a fait diversion.

La patronne – Ah voilà Édouard !

Vous vous souvenez de ces scènes, dans les films, où une adolescente voit le garçon de ses rêves apparaître, que soudain le monde entier devient flou tandis que des violons jouent la sérénade ? C'est exactement ce qu'il s'est passé lorsque Eugénie a vu Édouard arriver.

Alors c'est lui, son beau truand en cavale !

Elle lui a souri béatement, il lui a adressé un clin d'œil charmant et j'ai eu la sensation qu'ils avaient dix-sept ans et qu'ils étaient seuls sur une île déserte. Ce grand moment « pur love » n'a pas échappé à ma meilleure amie. Elle a d'ailleurs semblé bouleversée par la scène. Remarque, je la comprends, si je voyais ma grand-mère dans cet état, je me sentirais mal moi aussi.

L'homme élégant nous a lancé d'une voix grave et sans aucun accent marseillais :

Édouard – Mesdemoiselles, bonjour !

On a répondu d'une seule voix :

Toutes ensemble – Bonjour...

Et s'adressant à Eugénie :

Édouard – Est-ce que j'arrive trop tôt ?

Eugénie – Un petit peu trop tôt oui. Je m'apprêtais à leur parler.

Édouard – Aïe ! Que dois-je faire alors ?

Il y a eu un moment de flottement. C'est vrai ça, que devait-il faire ? Rester ? Repartir ? Nous dire qui il était vraiment ? Attendre que sa dulcinée s'en charge ? Je m'imaginais qu'Eugénie ferait des présentations officielles quand Léa est intervenue.

Léa – Je pense que vous devriez vous asseoir à notre table et nous aider à déguster les macarons. Sans pièce à conviction, plus de preuve de votre crime.

Édouard a souri.

Édouard – Voilà une proposition bien agréable qui a le mérite de régler la situation délicate dans laquelle je me trouve.

Je me suis demandé si les termes de « crime », « pièce à conviction » et « situation délicate » concernaient vraiment les macarons ou si les personnes présentes ne parlaient pas plutôt à mots couverts de la relation cachée des deux vieux amants. Il vaut parfois mieux écouter ce qui se passe dans les coulisses des mots que de se contenter de ce qu'ils jouent sur scène.

Édouard a pris une chaise et s'est joint à nous très simplement.

Édouard – Avez-vous fait bon voyage ?

Eugénie – Excellent, merci.

Sa voix était enjouée mais un léger tremblement a indiqué clairement que notre grand-mère de choc était mal à l'aise.

Eugénie – Édouard, je crois qu'il est temps de te présenter Léa, ma petite-fille.

Édouard – Il est temps en effet.

Édouard n'a pas eu besoin qu'on lui précise laquelle d'entre nous était Léa. Il a regardé ma meilleure amie avec bienveillance.

Édouard – Léa, je suis ravi de vous rencontrer enfin. Eugénie m'a tellement parlé de vous.

Léa – Je suis ravie aussi, monsieur, bien que votre existence m'ait été cachée par ma grand-mère. C'est étrange parce que je pensais que nous n'avions pas de secret l'une pour l'autre.

Léa exagère. Elle aurait pu attendre avant de régler ses comptes. D'autant qu'il n'y est pour rien si Eugénie a choisi de se taire.

Édouard n'a pas été déstabilisé par la réaction de Léa. Il lui a répondu avec calme.

Édouard – Il faudra lui demander les raisons de son choix. Peut-être serez-vous étonnée d'apprendre à quel point son amour pour vous surpasse tous les autres et combien vous êtes au cœur de cette décision.

Pour la première fois de ma vie, j'ai vu Léa baisser les yeux. Édouard, sentant son trouble, n'a pas insisté. Au contraire, il a créé une diversion pour lui laisser le temps de se reprendre.

Édouard – Alors mesdemoiselles, que désirez-vous boire ?

Ingrid – Eugénie nous a parlé d'un très bon thé à la menthe.

Édouard – Excellent choix, Ingrid.

Ingrid – Vous connaissez mon prénom ?

Édouard – Oui.

Ingrid – Et que savez-vous d'autre ? Comment Eugénie m'a-t-elle décrite ?

Aïe, c'est vraiment l'après-midi de tous les dangers.

Édouard – Comme une jeune fille vive, intelligente, parfois fragile, qui masque ses doutes et ses craintes derrière des masques. Une personne pleine d'avenir qui trouvera sa voie lorsqu'elle acceptera d'être enfin elle-même.

Waouh, Édouard ne fait pas semblant de répondre quand on lui pose une question.

Édouard – Et vous, Justine, que voulez-vous boire ?

Justine – Un thé à la menthe, s'il vous plaît, sans ma description par Eugénie !

Ma réponse prononcée de façon un peu précipitée a provoqué un fou rire général.

Quoi ? Ce n'est pas drôle. Je n'ai pas envie d'entendre que je suis une grande bringue maladroite et gaffeuse ne sachant pas ce qu'elle veut en matière de garçons.

Édouard – Très bien, juste un thé. Et vous Ambre ?

Ambre – Va pour le thé aussi !

Se tournant vers Eugénie, il lui a demandé avec beaucoup de tendresse :

Édouard – Et toi ma chérie ?

Léa a dégluti avec difficulté. Le beau gosse du troisième âge a passé la commande. À peine a-t-il eu fini qu'Eugénie a pris la parole.

Eugénie – Bien, les filles, puisque nous sommes réunies autour de macarons à la pistache, j'en profite pour vous présenter Édouard. Mon mari.

Ingrid a laissé échapper un petit cri. Léa, elle, a dit d'une voix blanche :

Léa – Ton mari ? Rien que ça ?

Après une révélation comme celle-ci, dans les séries américaines il y a une coupure publicitaire. C'est le moment où le scénariste peut interrompre son histoire avec la certitude que les spectateurs resteront devant la télé bien qu'ils aient une terrible envie de manger du chocolat ou d'aller faire pipi.

Même si ces coupures sont la plupart du temps agaçantes, elles ont l'avantage de nous permettre de reprendre notre souffle lorsque l'héroïne poursuivie par des terroristes échappe de justesse au camionneur alcoolique et suicidaire qui vient d'apprendre que sa femme le trompe avec son meilleur ami.

Mais dans la vie, il n'y a pas de coupure pub. On ne peut pas reprendre son souffle ni aller chercher du Crunch dans la cuisine, on est obligé de supporter les révélations et leurs conséquences en live.

Eugénie – Je ne chercherai pas à me justifier auprès de toi, ma Léa. Je suis une femme libre et j'ai passé l'âge de demander une autorisation pour vivre ma vie. Toutefois, je ne voudrais pas que tu te sentes blessée par mon silence. Si j'ai choisi de ne pas te dire que je m'étais mariée, c'est parce que...

Mon portable a sonné. « EncoreMum » s'est affiché. D'accord, j'avais promis de lui envoyer un texto aussitôt arrivée à Paris mais là, ma mère dérange tout le monde.

Eugénie – Tu ne réponds pas, Justine ?

Justine – Je rappellerai plus tard. Continue ta phrase, tu en étais à : « Si j'ai choisi de ne pas te dire que je m'étais mariée, c'est parce que... »

Alors qu'Eugénie ouvrait la bouche pour reprendre ses révélations où elle les avait arrêtées, Léa s'est levée, toute pâle.

Eugénie – Tu vas où ?

Léa – J'ai besoin de prendre l'air, je ne me sens pas très bien.

Et essayant de sourire, elle a ajouté :

Léa – Je reviens dans deux minutes. Commencez les macarons sans moi, je saurai vous rattraper.

Et elle est sortie à la vitesse de la lumière.

Le silence s'est de nouveau installé. Franchement, cette balade à Paris commence très mal : Léa est fâchée avec sa grand-mère, Ambre va certainement faire une crise de jalousie à Jim, ma mère me reprocher de ne pas l'avoir appelée aussitôt arrivée... Je crains le pire pour le dîner de Thibault ce soir au Grand Véfour.

Ingrid – Très bien, puisque personne ne se sert, je m'occupe du service ! Justine, va voir si Léa a repris ses esprits. Mais ne tardez pas à revenir, on a beau vous aimer, je ne suis pas certaine qu'on vous garde des macarons très longtemps. N'est-ce pas Édouard ?

Édouard – Absolument.

Comme je regardais Ingrid, totalement perdue, elle m'a fait signe de me lever. J'ai obéi.

Léa était assise un peu plus loin sur un banc en face d'un bac à sable où jouaient des enfants. Elle semblait absorbée par une petite brune volontaire qui défendait bec et ongles son râteau rouge. Elle m'a murmuré :

Léa – Tu crois que je suis comme cette petite fille égoïste qui ne veut pas partager ?

Justine – Toi, égoïste ? Tu es l'être le plus généreux que je connaisse.

Léa – Pas tant que ça. Si je l'étais, je serais heureuse de savoir qu'Eugénie a trouvé l'amour.

Justine – Mais tu l'es. Tu as juste été un peu secouée de l'apprendre de cette façon. Ta grand-mère a fait beaucoup de cachotteries sur une longue période. Il y a de quoi se poser des questions.

Léa – On devrait pouvoir faire aveuglément confiance aux gens qu'on aime.

Justine – Je ne suis pas d'accord. Les gens qu'on aime sont aussi capables de commettre des erreurs. Avoir confiance en l'autre, c'est bien mais il est fondamental de garder toujours en soi une part qui veille.

Léa a lâché des yeux la petite brunette qui attaquait maintenant son voisin à coups de seau en plastique et elle m'a dit en souriant :

Léa – Tu es devenu un vieux sage tibétain, toi...

Justine – Moque-toi de moi ! Je veux juste que tu saches que même si Eugénie a eu de bonnes raisons d'agir ainsi, ta réaction est normale. Elle prouve que tu es une fille intelligente et sensée.

Léa – C'est parce que tu m'aimes que tu me trouves intelligente et sensée.

Justine – Faux ! Quand tu étais sous l'emprise de Peter, je ne me suis pas gênée pour te dire à quel point je te jugeais parfois stupide. Idem quand tu as voulu arrêter de passer le bac parce que tu avais raté la philo. Mon amitié pour toi ne me rend pas complètement idiote.

Mon portable a sonné.

« EncoreMum » s'est de nouveau affiché. Elle a vraiment le chic pour appeler au mauvais moment ! Enfin, il faut avouer qu'aujourd'hui il n'y a que des mauvais moments. J'ai décroché pour éviter une troisième guerre mondiale.

Justine – Allô...

Je vous passe le monologue maternel qui a suivi. Vous devez avoir en mémoire les crises de madame votre mère. C'est fou comme les mères font preuve de très peu de créativité en matière de reproches à leurs enfants. On dirait qu'elles ont trois modèles en stock.

Premier modèle de reproches : la culpabilisation (je laisse des pointillés pour que vous ajoutiez votre prénom)

Je suis très déçue .... J'avais confiance en toi et tu as trahi cette confiance. Comment veux-tu qu'à l'avenir je te laisse sortir sans penser que tu ne manqueras pas à ta parole ? Nous avions un contrat et tu ne l'as pas respecté. Tu me fais beaucoup de peine .... Vraiment beaucoup de peine.

Ce premier modèle n'occupe que quelques lignes mais, dans la réalité, les reproches peuvent s'éterniser parce que les mères parlent lentement pour leur donner plus de poids. Elles ajoutent aussi des temps morts histoire de vous laisser mariner, des regards tristes pour vous culpabiliser, elles répètent les mêmes phrases en boucle pour s'assurer que vous avez compris... Bien mis en scène, ce modèle peut être très efficace.

Deuxième modèle de reproches : la prédiction d'une vie pourrie

Tu sais ce que tu es en train de faire .... ? Tu es en train de faire n'importe quoi de ta vie. Et tu sais où ça va te conduire ? Nulle part. Tu crois que c'est pour moi que je te demande de respecter quelques règles élémentaires ? Pas du tout. Moi, ma vie, je l'ai faite mais toi, elle est à venir. Et je peux t'assurer dès à présent .... que vu la façon dont tu te conduis, ce sera une véritable catastrophe.

Pour ce modèle-là, votre mère hausse légèrement le ton et prend l'air consterné de la voyante qui lit dans le marc de café à quel point votre karma est catastrophique. Si elle pouvait, elle ajouterait en post-synchro des coups de tonnerre, afin de vous terroriser.

Troisième modèle de reproches : la menace de représailles monstrueuses

Très bien. Je vois que tu n'as pas respecté ce qui avait été convenu entre nous .... Tu vas donc assumer les conséquences de tes actes et tu ne pourras t'en prendre qu'à toi. À partir de ce soir, ton ordinateur est confisqué, tu n'auras accès à celui du salon que pour ton travail scolaire, ton téléphone portable devra m'être remis après 21 heures tous les soirs, ton argent de poche ainsi que les sorties prévues dans les trois prochains mois sont supprimés. Je ne veux entendre aucune plainte, rien n'est négociable.

Dans ce cas, observez l'air satisfait de votre mère qui a profité d'une petite erreur de votre part (un retard, une mauvaise note, une promesse non tenue) pour régler des problèmes sans rapport avec la situation : trop de temps passé sur Facebook, discussions au téléphone avec vos copines à n'importe quelle heure du jour et de la nuit, soirées qu'elle ne savait pas comment vous refuser. Ce troisième modèle est une escroquerie parentale à dénoncer haut et fort.

Bref, j'ai laissé ma mère commencer son *Premier modèle de reproches* et après le « Tu as trahi cette confiance » j'ai lancé une phrase que j'avais préparée avec soin :

Justine – Maman, tu sais quoi ? On vient d'apprendre qu'Eugénie s'était mariée avec un inconnu dans le plus grand secret.

Ma révélation façon une de *Closer* a stoppé net le flux de récriminations. J'étais certaine qu'après un gossip de cette taille, elle oublierait les motifs de son appel.

La mère – Quoi ?

Justine – Tu m'as bien entendue : Eugénie s'est mariée avec un inconnu ! Quand tu m'as appelée tout à l'heure, elle était en train de nous présenter son mari qui venait de débarquer sans prévenir dans le salon de thé. Une vraie scène de film... Non, Léa ne se doutait de rien. Elle a eu un malaise quand elle l'a appris. Là, je suis avec elle dehors pour la soutenir, elle pleure à gros sanglots.

Ma meilleure amie a chuchoté en dodelinant de la tête :

Léa – Tu ne crois pas que tu en rajoutes un peu là ?

J'ai posé ma main sur le combiné pour que ma mère ne m'entende pas.

Justine – Il faut au moins ça pour justifier que je ne l'aie pas appelée en arrivant à Paris. Elle était super en colère quand j'ai décroché. Elle m'a menacée de ne pas me laisser partir avec toi pour notre tour du monde sous prétexte que je n'étais pas une fille responsable. Elle est à deux doigts du *Troisième modèle de reproches*.

Léa – OK, on sort l'artillerie lourde. Dis-lui que je suis effondrée, que je ne veux plus voir Eugénie, que tu ne sais pas quoi faire et qu'elle seule peut m'aider.

Justine – Vraiment ?

Léa – Vas-y.

J'ai répété la phrase de Léa en insistant sur le « toi seule peux l'aider ». Ma mère m'a immédiatement demandé de lui passer ma meilleure amie. Elles ont parlé près de dix minutes. Je n'ai pas entendu leur échange parce que Léa s'était éloignée mais lorsqu'elle est revenue, ma sorcière bien-aimée m'a confié avec des larmes plein les yeux :

Léa – Tu sais quoi ? Ta mère est une belle personne. Elle comprend tout sans qu'on ait besoin de lui donner la moindre explication.

Je suis restée sans voix. Comme quoi on n'est jamais prophète en son pays. Moi, ma mère ne comprend rien, même quand je lui fournis des explications.

Léa – Tu ne le penses pas vraiment.

Justine – Quoi ?

Léa – Ce qui t'est venu à l'esprit.

Vous ne trouvez pas que les dialogues avec les sorcières sont parfois surréalistes ?

Léa – Allez, on bouge... On retourne au salon de thé observer Édouard d'un peu plus près. Il faut que je m'habitue à avoir un papy maintenant. Tu crois qu'il va m'emmener à la pêche et m'apprendre le nom des champignons ?

Justine – Pourquoi il ferait ça ?

Léa – Je ne sais pas. C'est l'image que j'ai d'un bon grand-père...

Justine – Est-ce qu'Eugénie te fait des confitures et te tricote des pulls ?

Léa – Non, elle préfère jouer au bowling avec sa copine juge et se marier en secret avec un inconnu.

Justine – Alors voilà, tu as ta réponse ! Édouard et Eugénie ne sont pas des images d'Épinal, ce sont des personnes vivantes avec une vie bien à elles.

Léa – Tu sais que tu deviens pénible toi ?

Justine – Pourquoi ?

Léa – Parce que tu deviens responsable et de bon conseil. Finie la follette toujours d'accord pour me soutenir quand je fais n'importe quoi.

Le compliment de Léa m'est allé droit au cœur. J'ai pris ma meilleure amie par le bras et on a marché sans ajouter un mot jusqu'au salon de thé. Lorsque nous sommes entrées, Ingrid parlait de son futur voyage au Burkina. J'ai bien senti que notre peste préférée faisait tout ce qui était en son pouvoir pour animer la rencontre. Ça n'avait pas l'air facile. Quatre regards inquiets se sont tournés vers nous. Léa a immédiatement détendu l'atmosphère en s'adressant à Édouard.

Léa – Eh papy, j'espère que tu m'as laissé des macarons ?

Il n'a pas semblé désarçonné par sa familiarité. Il a répondu du tac au tac :

Édouard – Mieux que ça, ma chérie, je t'en ai commandé une caisse. Ceux à la framboise, tes préférés depuis que tu es petite, n'est-ce pas ?

Léa – Oui ! Pour fêter notre rencontre, je vais en manger un certain nombre.

Et joignant le geste à la parole, elle a piqué un macaron dans le plat et l'a enfourné d'un seul coup.

Eugénie, visiblement émue, a baissé les yeux. Ambre nous a servi du thé dans de très jolis verres colorés posés sur un plateau en argent martelé. Léa a immédiatement levé le sien en regardant les tourtereaux.

Léa – À Eugénie et à Édouard qui nous donnent sans le savoir l'autorisation de vivre nos amours sans nous soucier du temps qui passe. Merci et désolée pour ma réaction mesquine. Un problème d'ego vite réglé. Que vous puissiez fêter vos noces de platine, heureux et entourés des gens qui vous aiment. C'est-à-dire d'abord moi ! Mais avant, une petite faveur, Édouard...

Édouard – Accordée, mademoiselle !

Léa – Tu acceptes sans savoir de quoi il s'agit ?

Édouard – Avec ta grand-mère, je suis habitué aux exigences bizarres.

Léa – Très bien. Alors se marier en secret et l'annoncer brutalement quatre ans plus tard, c'était votre droit. Toutefois, vous m'avez privée d'une fête à laquelle j'aurais adoré assister et à laquelle j'avais droit en tant que petite-fille préférée de la mariée. Aussi, je souhaiterais qu'une nouvelle célébration ait lieu. Même s'il faut engager un intermittent du spectacle pour jouer le rôle du maire.

Édouard – Banco ! Eugénie et moi, nous nous remarions pour de faux, où tu veux, quand tu veux, Léa !

Léa – Je n'ai pas fini. Je veux être votre demoiselle d'honneur, porter une robe blanche et une couronne de fleurs sur la tête. J'en ai toujours rêvé.

Édouard – Très bien, même si, en temps normal, les demoiselles d'honneur n'ont pas plus de huit ans !

Eugénie – Tu peux me rappeler l'âge du marié avant de faire une remarque à ma petite-fille, toi ?

Yes ! Eugénie venait de retrouver sa joie de vivre et son impertinence légendaire. On a toutes éclaté de rire. Pauvre Édouard !

La patronne qui disposait des madeleines maison sur son comptoir a crié :

La patronne – Moi aussi j'ai une requête !

Édouard – Au point où j'en suis, n'hésite surtout pas.

La patronne – Est-ce que la fête peut avoir lieu ici ? Je vous l'offre avec mes vœux de bonheur.

Édouard s'est penché vers sa femme.

Édouard – Tu en penses quoi chérie ?

Eugénie – Du moment que j'ai tous mes amours avec moi, je vote pour !

Ingrid

Léa, j'ai trouvé pour toi un article passionnant sur Internet. « Que faire si votre meilleure amie vous annonce son mariage et vous demande d'être sa demoiselle d'honneur ? En quoi consiste ce rôle ?

Malgré les séries américaines et le film *Quatre mariages et un enterrement*, cette tradition des demoiselles d'honneur n'est pas anglo-saxonne. Dès l'Antiquité romaine, les mariés étaient entourés d'un cortège de jeunes gens de leur âge, portant les mêmes vêtements, afin de tromper les mauvais esprits susceptibles de se manifester. La coutume s'est perpétuée au XVIIIe siècle dans les pays anglo-saxons : on mettait ainsi en valeur les jeunes filles en âge de se marier.

Soyez avant tout flattée du choix de votre amie, c'est la preuve qu'elle vous adore. Votre rôle sera de l'aider à choisir sa robe de mariée, à préparer toutes les étapes de son union puis de veiller sur elle en permanence le jour J, sans oublier de la déstresser… »

Aujourd'hui, 11h59 · J'aime · Commenter

Léa, Justine et Jim aiment ça.

Nicolas Euh… Il est écrit que les jeunes gens d'honneur ont le même âge que les mariés. Quelqu'un peut me rappeler l'âge d'Eugénie et d'Édouard ? À moins que Léa ne fasse pas ses soixante ans et plus !!!

Aujourd'hui, 17h19 · J'aime

Édouard – Alors, il ne reste plus qu'à trouver la date.

Eugénie – Pourquoi pas demain midi si Claire peut venir avec Fred...

Léa – Fred ?

Oh non, qui est-ce lui encore ??? Eugénie a blêmi d'un seul coup.

Eugénie – Claire ne t'a pas parlé de sa rencontre avec Fred ?

Claire s'est mariée sans le dire elle aussi ? Il y a un maire qui a fait une promo sur les mariages tardifs ou quoi ?

Léa – Maman m'a confié qu'elle avait rencontré quelqu'un mais elle ne m'avait pas encore révélé son prénom.

Eugénie – Je suis désolée d'avoir été indiscrète.

Léa – Ne le sois pas. Tout à l'heure, en parlant avec Sophie au téléphone, j'ai compris à quel point vous m'aimiez maman et toi, et que si vous avez mis votre vie entre parenthèses toutes ces années, c'était pour me laisser la possibilité de grandir. Il est temps que des hommes entrent dans notre maison. Les sorcières ne sont pas faites pour vivre trop longtemps entre elles. Leurs dons s'affaiblissent. Je serai heureuse de rencontrer Fred demain à ton mariage.

Eugénie a essuyé discrètement la larme qui coulait sur sa joue. Elle a été suivie de très près par Léa, Ingrid, Ambre, la patronne... et moi !

Édouard – Alors le mariage aura lieu ici demain midi si Claire et Fred peuvent être présents.

Et se levant, il a ajouté d'une voix grave :

Édouard – Si quelqu'un veut s'opposer à ce mariage, qu'il le dise maintenant ou qu'il se taise à jamais.

Un long silence entrecoupé par nos reniflements a suivi la phrase solennelle du marié.

Puis une voix a retenti.

Inutile de vous préciser à qui elle appartient, vous allez deviner sans peine !

– Oh oui, il y a un gros problème ! Est-ce qu'on aura le temps de trouver une robe et des chaussures d'ici demain midi ? Parce que moi, je n'ai rien emporté de bien à me mettre...

Ensemble,
un point
c'est tout !

Nicolas – C'est quoi encore cette histoire ? Tu te fous de moi, c'est ça ?

Justine – Non, je te jure que c'est vrai.

Nicolas – Mais s'ils sont déjà mariés, c'est quoi l'intérêt de faire un faux mariage demain ?

Justine – Léa veut porter une robe blanche et une couronne de fleurs.

Nicolas – Elle veut se marier pour de faux, elle aussi ?

Justine – Non, elle veut être demoiselle d'honneur.

Nicolas – C'est quoi ça, demoiselle d'honneur ?

Justine – Tu sais, les petites filles très jolies qui tiennent la traîne de la mariée.

Nicolas a marmonné :

Nicolas – Et Léa veut être une petite fille très jolie qui tient la traîne d'une vieille mariée ? C'est bien ce que je dis : tu te fous de moi.

Justine – Non ! Je suis juste en train de t'expliquer la situation. Je peux savoir pourquoi tu t'énerves comme ça ?

Mon cousin a soufflé dans le téléphone façon buffle qui a bu douze canettes de Red Bull.

Nicolas – Pour rien, laisse tomber. Et pourquoi elle ne me répond pas quand je l'appelle sur son portable, la demoiselle d'honneur ?

Justine – Elle ne doit pas l'entendre.

Nicolas – Pourquoi, elle est où, là ?

Justine – Juste en face de moi.

Nicolas – Et tu ne pourrais pas la prévenir que je cherche à la joindre ? À moins qu'elle soit déjà au téléphone et que tu ne saches pas comment me le dire.

Justine – Ben si, je te le dis : elle est au téléphone. Je ne vois pas pourquoi je serais ennuyée à l'idée de te l'annoncer.

Nicolas – Il ne la lâche pas, c'est ça ?

Justine – Mais de qui tu parles ?

J'avais à peine fini de poser ma question que j'ai compris ce qui angoissait mon cousin. Dès qu'il était loin de Léa, il craignait toujours de voir Peter réapparaître. J'ai vite rétabli la vérité.

Justine – Elle est en phase avec sa mère ! Claire est d'accord pour venir demain au mariage avec Fred, son nouvel amoureux.

Nicolas – Mais elles les sortent d'où, tous ces nouveaux mecs ?

Justine – Je t'explique : Édouard, c'est...

Nicolas – Laisse tomber, tu m'expliqueras plus tard ta foire aux maris ! Je veux juste savoir une chose : on fait quoi, NOUS ? Parce que là, on poireaute depuis une demi-heure devant l'adresse qu'Eugénie nous a donnée.

Justine – Attends deux secondes, je demande...

J'ai crié pour qu'Édouard, qui discutait un peu plus loin du menu des noces avec la patronne de *Muscade*, m'entende :

Justine – Édouard, les garçons sont devant ton immeuble, ils demandent ce qu'ils doivent faire.

Édouard – Ils ne bougent pas, on arrive dans cinq minutes montre en main.

Justine – OK, merci... Tu as entendu, Nicolas ?

Nicolas – Ouais...

Mon cousin a raccroché aussi sec. Qu'est-ce qu'il est peu aimable. Bon d'accord, je lui ai annoncé le mariage d'Eugénie demain, sans trop de précautions, mais ce n'est pas sa grand-mère non plus !

Léa – C'était Nicolas ?

Justine – Oui.

Léa – Pourquoi tu ne me l'as pas passé ?

Ils commencent à m'énerver ces deux-là.

Édouard a battu le rappel en frappant des mains.

Édouard – Allez, mesdemoiselles, prenez vos affaires, nous sommes attendus. Il est déjà 18 h 30, et nous avons réservé au Grand Véfour à 20 h 15. Si vous voulez vous reposer un peu, faire un brin de toilette et vous repoudrer le nez, il est largement temps.

On s'est immédiatement exécutées.

Le temps de longer la galerie Montpensier, de tourner à droite et nous nous sommes retrouvés rue de Beaujolais. Les garçons nous ont fait signe de loin. Nicolas semblait énervé.

Mais est-ce nécessaire de le signaler ? Mon cousin n'est-il pas systématiquement énervé ?

Léa a fait les présentations.

Léa – Édouard, je te présente nos amis : à gauche, Jean-Baptiste ; celui qui te sourit, c'est Jim et le brun qui n'a pas l'air content, Nicolas. Les garçons, je vous présente Ed, mon nouveau grand-père.

Seuls Jim et Jean-Baptiste se sont avancés pour serrer la main d'Édouard.

Jim et Jean-Baptiste (ensemble) – Bonjour monsieur.

Édouard – Appelez-moi Édouard.

Et sans paraître ennuyé le moins du monde par l'attitude de Nicolas, notre septuagénaire de choc lui a dit avec gentillesse :

Édouard – Mon futur petit-fils ne vient pas m'embrasser ? Jeune homme, si vous voulez un jour me demander la main de Léa, il va falloir être très aimable avec moi !

Mon cousin, surpris par la décontraction d'Édouard, s'est avancé à son tour. Il n'a pas manifesté un enthousiasme fou, il a juste relevé un peu les coins de sa bouche dans une esquisse d'amorce de sourire.

Léa – Bien, maintenant que tout le monde se connaît, on monte chez Ed ?

Eugénie – Excellente idée...

L'entrée de l'immeuble était splendide. Les murs aux pierres apparentes, les lourds tapis dans l'entrée, les suspensions en cristal, rivalisaient de beauté et de chic à la française. J'ai entendu mon cousin chuchoter à Jim :

Nicolas – Putain, ça doit coûter un bras le loyer ici !

Évidemment, en matière de chic à la française, Nicolas dénote un peu dans ce cadre. Il aurait mieux valu une réplique de Thibault mais je vous rappelle qu'il est actuellement kidnappé par le chauffeur de son père et qu'il se prépare à un dîner règlement de comptes avec Monsieur l'ambassadeur.

Je me demande où il en est d'ailleurs, Thibault. Est-ce que quelqu'un a eu de ses nouvelles depuis que les « services secrets français » sont venus le chercher à la maison bleue ? Je vais l'appeler pour lui demander comment il va.

Tiens, il ne répond pas.

Ils lui ont peut-être confisqué son portable pour qu'on ne puisse pas le localiser. À moins que M. de l'Amétrine, fou de rage que son fils lui désobéisse, ne soit en train de le transférer en avion privé jusque dans une prison de Beyrouth. Il va le garder prisonnier durant des mois, lui faisant subir un lavage de cerveau tel qu'à son retour ses valeurs auront changé. Il sera au mieux un inconnu, au pire un ennemi.

Léa s'est penchée vers moi et m'a chuchoté :

Léa – Tu devrais arrêter de regarder *Homeland*, ça te donne des idées bizarres.

Voilà une grande injustice dont je suis souvent victime ! Quand un scénariste américain s'inspire de faits réels et écrit une série à succès, il reçoit des tonnes de récompenses mais moi, quand j'imagine des faits similaires, je suis traitée de pauvre fille hystérique. Vous trouvez ça normal, vous ?

C'est le cri suraigu poussé par Ingrid qui m'a tirée brutalement de ma réflexion.

Quoi ? Que se passe-t-il encore ?

J'ai regardé autour de moi et j'ai compris le pourquoi des cris d'effroi. Des poupées en bois de plus de deux mètres de haut avec des visages terrifiants nous encerclaient, semblables à celles qu'on voit dans les films d'horreur les plus gore ou dans nos pires cauchemars. Mais où sommes-nous, là ?

Édouard nous a lancé en guise de bienvenue :

Édouard – Welcome at home...

Je propose qu'on attrape Eugénie par le bras et qu'on coure sans s'arrêter jusqu'au commissariat le plus proche. Ce type est certainement un malade mental très dangereux qui cache derrière une apparence calme et bonhomme des pratiques sectaires inavouables.

Face aux monstres, mon cousin, lui, a éclaté de rire.

Nicolas – C'est quoi ça ?

Édouard – Ce sont des totems du Vanuatu. Je prépare actuellement une exposition et certains propriétaires m'ont confié ces pièces magnifiques.

Eugénie a fourni quelques explications supplémentaires.

Eugénie – Édouard est spécialiste de l'art océanien. Il est très attaché à la diffusion des savoirs ancestraux de ces peuples. Si ça vous intéresse, les livres qu'il a écrits sur le sujet sont dans la bibliothèque.

Léa a semblé subjuguée par la collection.

Léa – Ils sont magnifiques !

Jean-Baptiste a renchéri.

Jean-Baptiste – Je n'ai jamais rien vu de si beau !

Ils plaisantent là ? À moins que la vérité soit autre : les totems lanceraient des sorts maléfiques et mes amis seraient définitivement en leur pouvoir.

Ambre – Incroyable ! Ce sont de pures merveilles ! J'ai visité une exposition de totems océaniens il y a quelques années, mais le musée ne possédait pas d'aussi belles pièces.

Je crains que ma deuxième idée soit la bonne. Ils tombent tous les uns après les autres.

Édouard – Je dois avouer que c'est impressionnant pour moi aussi d'accueillir tant de chefs-d'œuvre.

Eugénie est intervenue pour organiser la suite des opérations.

Eugénie – Bien, nous reprendrons cette discussion sur les totems du Vanuatu plus tard, si vous le voulez bien. Pour l'instant, il me semble plus urgent de vous préparer pour le dîner. Il y a trois chambres libres au fond du long couloir à droite. Vous les occupez comme vous le désirez, les lits sont faits. Vous avez aussi une salle de bains et une petite salle de douche à votre disposition. Des questions ?

Léa – Oui ! À quelle heure doit-on partir d'ici ?

Eugénie – J'ai réservé à 20 h 15 pour éviter d'arriver en même temps que Thibault et ses parents. Le restaurant est à cinq minutes d'ici donc on se retrouve dans le salon à 20 h 10. D'autres questions ?

Mon cousin a levé la main comme à l'école. Eugénie l'a interrogé façon vieille institutrice agacée par le cancre.

Eugénie – Oui Nicolas ?

Nicolas – À quoi servent les morceaux en bois brut plantés sur des fils de fer près de la fenêtre ?

Édouard, qu'on sentait passionné par les objets qui régnaient sur son salon, est intervenu :

Édouard – Ce sont des serrures de case.

Nicolas – Des quoi ?

Édouard – Au Mali, certaines tribus comme les Dogons et les Bambaras vivent dans des cases dont elles ferment les portes avec des kombarabaras.

Nicolas – Et pourquoi elles sont montées sur un fil de fer ?

Édouard – Pour qu'on les voie mieux. Tu sais, j'ai pris des pavés de pierre, je les ai percés et j'ai placé à la verticale des tiges métalliques.

Cette fois-ci, Nicolas n'a pas ricané bêtement. Il s'est approché et a regardé avec attention.

Nicolas – C'est ingénieux, et puis c'est bien fait.

Même si mon cousin était hermétique à la dimension artistique des serrures et ne pouvait donc pas vraiment échanger avec Édouard sur leur beauté, il avait trouvé un centre d'intérêt.

Édouard – Tu veux que je te montre comment j'ai fixé mes masques africains sur des pavés de verre ?

Nicolas – Ah ouais, je veux bien...

On a laissé Nicolas et Ed à leur discussion, et nous avons gagné nos chambres. Si aucun totem étrange ne nous a effrayés dans ces pièces, en revanche les tableaux accrochés au mur m'ont laissée perplexe.

Justine – Je rêve ou le peintre a oublié de peindre quelque chose sur sa toile ?

Léa – Regarde bien, il y a un carré bleu.

Justine – Je ne voudrais pas jouer les Nicolas, mais comme le fond est bleu, le carré bleu n'est pas vraiment visible.

Jim – Ce doit être un hommage au carré blanc sur fond blanc de Malevitch. J'adore ce peintre ! Si un jour j'ai la chance d'aller à New York, la première chose que je ferai, c'est d'aller au Moma[1] voir le tableau pour de vrai.

Jim me surprendra toujours. Il n'est pas du genre à faire étalage de sa culture mais il connaît un nombre incroyable de choses.

Ingrid – Eh bien moi, si j'ai la chance d'aller à New York, je ferai autre chose de mes matinées, croyez-moi !

Pour la première fois de ma vie, j'ai partagé le point de vue d'Ingrid.

Nicolas nous a rejoints. Les carrés bleus sur fonds bleus en plusieurs exemplaires dans la pièce ne lui ont pas échappé.

Nicolas – C'est les Schtroumpfs qui ont fait la déco de la chambre ou quoi ?

On a tous éclaté de rire. Ce n'est pas parce que c'est mon cousin, mais il est parfois assez drôle.

Ingrid – Il paraît que c'est un hommage à un peintre très connu.

Nicolas – Ah ouais ? Bon, si la séquence culturelle est terminée, je propose qu'on procède au partage des chambres. Léa et moi ici, Ambre et Jim à côté, Jean-Baptiste et Ingrid en face. Ça vous va ?

1. MOMA : Musée d'Art Moderne de New York.

Euh... Comment dire ? Il n'aurait pas oublié quelqu'un ? Une personne dont le prénom commencerait par Jus et finirait par Tine ?

Léa – Et Justine ?

Voilà... C'est cela, il a oublié Justine. C'est-à-dire moi !

Mon cousin m'a regardée, l'air ennuyé.

Nicolas – Ah ouais, chiotte. Où est-ce qu'on va te mettre ? Y a pas un canapé-lit dans le salon ?

Alors que je m'attendais à ce que tous s'indignent des propos de mon cousin, il y a eu un grand silence. Il était clair que si chacun voulait dormir avec sa chacune, j'étais l'intruse, l'indésirable, la gênante, le chiffre impair, le valet pouilleux, la bête à abattre. J'allais partir seule, « le dos courbé, les mains croisées »...

Léa m'a chuchoté :

Léa – N'en rajoute pas non plus. Je sais que c'est le seul poème que tu aies réussi à mémoriser mais quand même...

Puis s'adressant à tous :

Léa – Il n'est pas question que Justine dorme dans le salon sous prétexte qu'elle est seule et qu'il n'y a que des couples ce soir.

Nicolas – Ça va. Pour un soir, elle peut faire un effort...

Léa – Pour un soir, pourquoi pas. Mais je vous rappelle que nous allons vivre en coloc et que nous serons en permanence confrontés à ce genre de problème : d'un côté, les petits intérêts de chacun, de l'autre le sens du collectif. Si, pour un soir, nous ne sommes pas capables de supporter les contraintes, je n'ose pas imaginer ce que ça va donner sur une année. Voilà ce que je vous propose pour le partage des chambres : Ingrid et Ambre ici, Justine et moi à côté, quant aux garçons, nous vous laissons la chambre en face puisque vous êtes trois. Il y a un grand lit et un petit lit. Que chacun dise ce qu'il en pense...

Poème autobiographique composé d'alexandrins,

Demain dès l'aube

exprime l'amour de Victor Hugo
pour sa fille aînée Léopoldine,
morte noyée dans la Seine à Villequier.
Il est publié en 1856 quatre ans
après la disparition de Léopoldine,
dans *Les Contemplations.*

Demain, dès l'aube, à l'heure où blanchit la campagne,
Je partirai. Vois-tu, je sais que tu m'attends.
J'irai par la forêt, j'irai par la montagne.
Je ne puis demeurer loin de toi plus longtemps.

Je marcherai les yeux fixés sur mes pensées,
Sans rien voir au dehors, sans entendre aucun bruit,
Seul, inconnu, le dos courbé, les mains croisées,
Triste, et le jour pour moi sera comme la nuit.

Je ne regarderai ni l'or du soir qui tombe,
Ni les voiles au loin descendant vers Harfleur,
Et, quand j'arriverai, je mettrai sur ta tombe
Un bouquet de houx vert et de bruyère en fleur.

Ambre – Ça me semble parfait. Ingrid chérie, tu veux dormir côté fenêtre ou côté porte ?

Ingrid – Le plus près possible de la salle de bains !

Ambre – OK...

Jim – Bon ben, à tout à l'heure les filles. Jean-Baptiste, tu préfères dormir avec Nicolas ou avec moi ?

Jean-Baptiste – Ça m'est égal, vous me plaisez autant tous les deux !

La blague de Jean-Baptiste n'a pas du tout amusé mon cousin qui a tenté de faire changer d'avis les garçons.

Nicolas – Eh, deux secondes, on peut se répartir autrement ! Jim, tu as une idée ?

Jim – Je pense que c'est bien comme ça.

Nicolas – Et toi Jean-Baptiste ?

Jean-Baptiste – Je me range à l'avis général.

Léa – Alors puisque « presque tout le monde » semble d'accord, c'est une affaire réglée. Tu viens Justine ?

Nicolas m'a mitraillée du regard. Je n'ai pas osé bouger. Léa a senti le malaise. Elle s'est approchée de son homme et lui a chuchoté quelque chose à l'oreille. Il a quitté son air revêche pour lui demander :

Nicolas – Tu le jures ?

Léa – Je le jure.

Nicolas – OK ! Bon les mecs, on se casse dans notre chambre ?

Je n'ose imaginer ce que Léa lui a promis pour qu'il s'en aille aussi gentiment mais je crains qu'elle ait accepté de lui sacrifier sa vertu !!!

Les garçons partis, nous avons organisé nos tours de salle de bains. Évidemment Ingrid a voulu commencer la première. Elle souhaitait avoir le temps de se faire des anglaises.

Nouvelle obsession de la demoiselle : avoir la même coiffure que la top Natalia Vodianova. Il lui fallait donc se laver les cheveux et y poser de gros bigoudis avant le séchage.

Comme sa vie semblait en dépendre, on lui a accordé le premier tour.

Je ne voudrais pas paraître aigrie mais pendant cette douche, certains se sont bien amusés ! Ambre, qui avait un truc urgentissime à demander à Jim, est allée le retrouver dans sa chambre pile au moment où Jean-Baptiste s'est rendu compte qu'il avait la trousse de toilette d'Ingrid. Il a donc rejoint mademoiselle Bigoudis dans la salle de bains et vu le temps qu'il y est resté, il a dû lui faire au moins douze shampoings. Ça tombait bien parce que Nicolas qui était dans une forme éblouissante cinq minutes auparavant venait de déclarer une maladie rare et subite qui nécessitait la présence de Léa.

Bref, je suis restée seule...

Et vu l'atmosphère « Love » qui régnait dans cette maison, je n'ai pas osé rejoindre Eugénie et Édouard. J'ai eu trop peur d'assister à une scène susceptible de froisser ma sensibilité.

J'ai appelé Thibault afin de me convaincre que je n'étais pas seule au monde mais j'étais sûre qu'il ne répondrait pas. Les portables ne passent pas sur les vols privés Paris-Beyrouth.

– Allô ?

Incroyables, les progrès de la technique ! Ça marche à des milliers de pieds d'altitude.

Justine – Thibault, c'est toi ???

Thibault – Ben oui.

Justine – Ça va ?

Thibault – Ça va...

Justine – Tu ne peux pas parler, c'est ça ?

Thibault – Pourquoi je ne pourrais pas te parler ?

Justine – Je ne sais pas... Tu es où ?

Thibault – Dans ma chambre d'hôtel. Je pensais que mes parents seraient là et qu'on se retrouverait mais non... Ils dorment chez des amis et m'ont réservé une chambre près du restaurant.

Justine – Alors, on doit être juste à côté ! Tu sais qu'Eugénie a réussi à savoir où ton père avait réservé ce soir et que nous serons là.

Thibault – Ah bon ?

Justine – Tu n'as pas l'air content.

Thibault – Si... Enfin, je ne suis pas certain d'avoir envie que vous assistiez à la scène où le torero va planter ses banderilles et me porter l'estocade finale.

Justine – T'inquiète, on lui plantera nos fourchettes dans le dos si tu ne parviens pas à te défendre.

Thibault a ri et ça m'a rassurée.

Thibault – Et l'appartement où vous êtes, c'est bien ?

Justine – Magnifique... Et Ed, le propriétaire, est très sympa.

Thibault – Qui est-ce Ed ?

Ouh là ! Même si on s'était quittés seulement depuis quelques heures, il manquait un bon nombre d'informations à Thibault.

Je lui ai rapidement résumé la situation. Il a écouté avec une grande attention.

Thibault – Formidable ! Donc demain midi, tout le monde sera là pour le mariage d'Eugénie ?

Justine – Oui.

Thibault – Léa a une famille merveilleuse !

Il y a eu une telle tristesse dans la voix de Thibault quand il a prononcé cette dernière phrase que mon cœur s'est disloqué.

Justine – Tu es angoissé pour ce soir ?

Thibault – Oui... Non... Si je suis certain que ça va mal se passer, je ne sais pas jusqu'à quel point.

Justine – Qu'est-ce que ton père pourrait te faire ? Tu es majeur, il ne peut rien t'interdire.

Thibault – Non, il ne peut rien m'interdire mais il peut me mettre de sacrés bâtons dans les roues.

Justine – Par exemple ?

Thibault – Me couper complètement les vivres, empêcher ma tante qui tient un restaurant à New York de me loger et de me donner du travail. Et puis surtout, je crains son mépris. Cette façon qu'il a de hausser les sourcils avec un sourire goguenard lorsque je lui parle. Cette morgue permanente dans le regard. Tu n'imagines pas à quel point j'ai du mal à exister près de lui. Un peu comme si je perdais consistance.

Alors qu'une part de moi rêvait encore que les mesures de rétorsion paternelle empêcheraient Thibault de partir et l'obligeraient à rester à la maison bleue, une autre part, inconnue, s'est exprimée avec véhémence.

Justine – Eh bien tu ne seras pas le premier à désobéir à des ordres injustes et à te débrouiller seul. Après tout, tu n'as pas besoin de lui. Tu es un type formidable. Vis ce que tu as à vivre, tu as le temps de te conformer à ce que les autres attendent de toi. Pars ! Un an, ce n'est pas si long ! Je t'admire de vouloir vivre ton rêve, tu sais...

Thibault ne m'a rien répondu toutefois un reniflement discret m'a fait comprendre qu'il pleurait. Je l'ai accompagné. Notre conversation s'est vite transformée en duo pour Kleenex. Mon prince a fini par articuler :

Thibault – Je t'aime vraiment Justine. Tu vas me manquer. Tu vas cruellement me manquer.

Et avant que je lui réponde, il a murmuré :

Thibault – N'ajoute rien, si tu me dis que tu m'aimes vraiment toi aussi, je ne trouverai plus la force de partir. Tu es mon seul port d'attache.

J'ai hésité un dixième de seconde à lui hurler que je ne supportais pas l'idée de son départ, qu'il était l'amour de ma vie, le père de mes futurs enfants et puis j'ai pensé que si je l'empêchais moi aussi de réaliser son rêve, il serait malheureux et m'en voudrait. Alors je ne lui ai rien dit. Il a raccroché après avoir prononcé doucement :

Thibault – Merci pour ce que tu es. À tout à l'heure ma Justine.

Vous dire que j'ai pleuré n'est pas suffisant. Les mots sont parfois impuissants à traduire la réalité.

Léa est entrée tandis que j'essayais de reprendre mon souffle. Elle a crié :

Léa – Qu'est-ce qu'il y a Justine ?

Je n'ai pas réussi à lui répondre. Il m'a semblé qu'un ballon s'était gonflé dans ma poitrine et m'étouffait.

Léa – Calme-toi, respire lentement. Ça va aller...

Elle a saisi le téléphone que je serrais encore dans ma main.

Léa – Tu as appris une mauvaise nouvelle à propos de tes parents, de Théo ou de quelqu'un que tu aimes ?

J'ai fait non avec la tête. Léa rassurée a respiré profondément.

Léa – Qu'est-ce qui t'a mise dans cet état alors ?

J'ai haussé les épaules pour lui signifier que j'étais dans l'impossibilité de lui répondre. Elle m'a serrée dans ses bras et m'a gardée contre elle jusqu'à ce que je me calme. Lorsque ma respiration est redevenue normale, elle m'a chuchoté avec douceur :

Léa – C'est parce que j'étais partie sans toi pendant un quart d'heure ? Je te promets que ça ne se reproduira plus.

J'ai souri à travers un rideau de larmes.

Léa – Allez, raconte-moi ce qui ne va pas.

Justine – Thibault m'a dit qu'il m'aimait et que j'étais son port d'attache. Je ne lui ai pas répondu que je partageais les mêmes sentiments car j'avais peur de l'empêcher de réaliser son rêve.

Léa – Tu as eu raison.

Justine – Je n'en suis pas sûre. Je n'ai pas envie qu'il parte aux États-Unis, je n'ai pas envie que les choses changent. On était tous tranquilles à la maison bleue et, soudain, Thibault part, Ingrid veut aller au Burkina avec Jean-Baptiste, Théo va prendre ma chambre, ta mère a rencontré quelqu'un, Jim est amoureux d'Ambre, on va vivre en coloc, ma mère m'a offert le bracelet qu'elle porte depuis ma naissance, on part en voyage ensemble, Eugénie s'est mariée...

Léa – Tu ne mélanges pas un peu tout là ?

Justine – Mais c'est la vie qui mélange tout. Regarde ce qui s'est passé depuis qu'on a eu ce maudit bac !

Léa – Qu'est-ce qui s'est passé ? Des rencontres, des départs, des envies, des installations, c'est bien, non, cette nouveauté ? Ça n'arrive qu'aux vivants, tu sais !

Justine – Eh ben c'est fatigant d'être vivant !

Léa – Je te le concède. Mais on aura l'éternité pour se reposer !

Évidemment, présenté comme ça...

Léa – Allez, file prendre ta douche, j'irai après toi.

Justine – Jean-Baptiste a fini de shampouiner Ingrid ?

Léa – Shampouiner ? Tu appelles ça comme ça toi ?

J'ai souri.

Justine – Et la maladie subite de Nicolas, ça va mieux ?

Léa – J'ai su lui prodiguer les soins nécessaires.

Justine – Me voilà rassurée.

Je me suis douchée rapidement pour que ma meilleure amie ait, elle aussi, le temps de se préparer et je suis ressortie avec les cheveux mouillés qui dégoulinaient sur mon tee-shirt. J'ai croisé Ingrid, bigoudis sur la tête, dans le couloir. Elle a éclaté de rire en m'apercevant.

Ingrid – On dirait un Yorkshire qui a pris la pluie.

Tout en continuant à marcher, je lui ai répondu en la fixant :

Justine – C'est vrai que le look caniche toiletté est beaucoup plus élégant.

Et chacune est entrée dans sa chambre.

Et tac... Je suis peut-être totalement désespérée mais quand on me cherche, on me trouve !

Comme je souriais, assez fière de ma répartie, Léa m'a dit :

Léa – Tu as l'air d'aller mieux !

Justine – Oui...

Léa – Cool !

À 20 h 10, on s'est retrouvés dans le salon, prêts à partir.

Eugénie portait une très belle robe bleu marine, un modèle d'élégance. Ça n'a évidemment échappé ni à Ingrid qui repère la robe griffée à plus de dix kilomètres à la ronde, ni à Léa qui n'avait jamais vu ce vêtement sur sa grand-mère.

Ingrid – C'est quoi cette merveille ?

Eugénie – Un cadeau de mon mari. C'est la première fois que j'ose la mettre.

J'ai craint un instant que cette dernière phrase ne ravive la peine de Léa de ne pas avoir été prévenue du mariage « secret » mais non, elle a applaudi des deux mains.

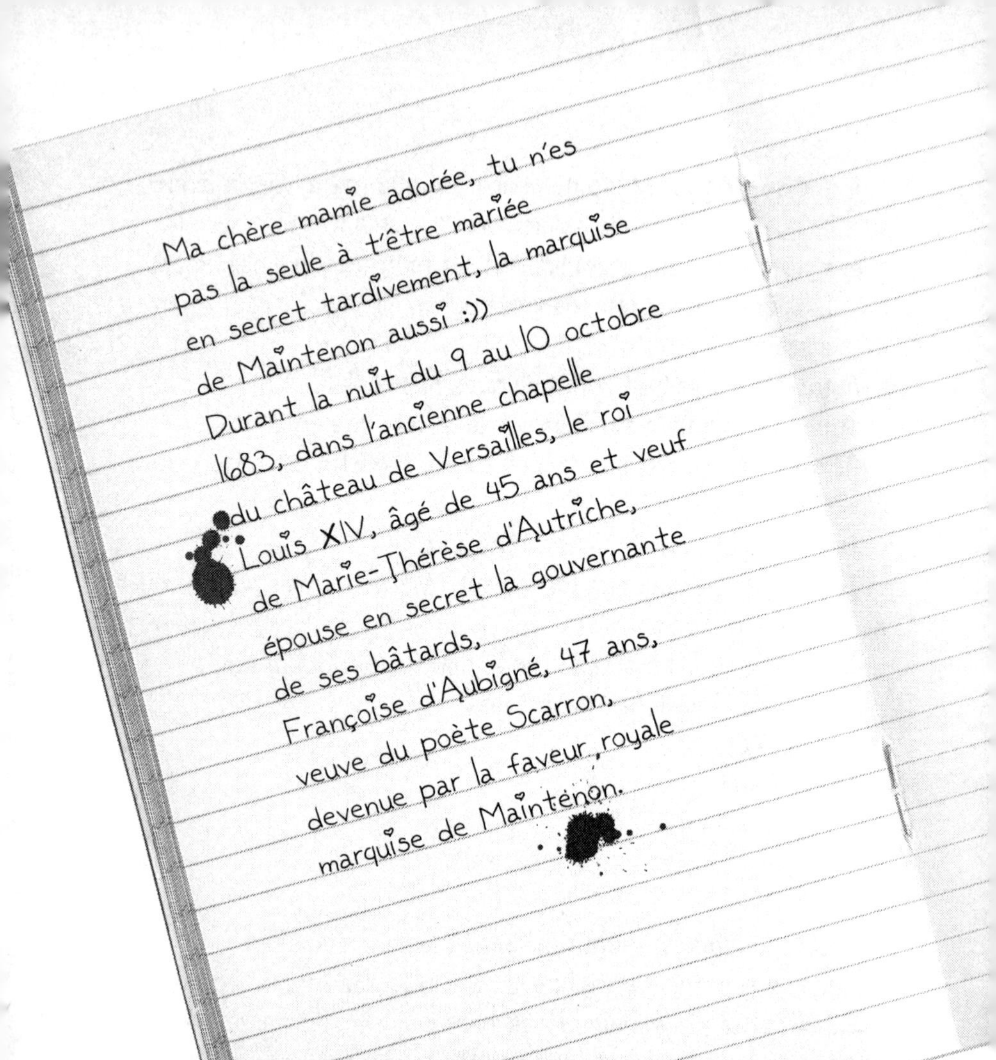
Ma chère mamie adorée, tu n'es
pas la seule à t'être mariée
en secret tardivement, la marquise
de Maintenon aussi :))
Durant la nuit du 9 au 10 octobre
1683, dans l'ancienne chapelle
du château de Versailles, le roi
Louis XIV, âgé de 45 ans et veuf
de Marie-Thérèse d'Autriche,
épouse en secret la gouvernante
de ses bâtards,
Françoise d'Aubigné, 47 ans,
veuve du poète Scarron,
devenue par la faveur royale
marquise de Maintenon.

Léa – Ed, bravo pour ce choix...

Édouard – Merci, j'ai beaucoup hésité.

Et tandis qu'on se dirigeait vers la porte, j'ai entendu Ingrid demander à Eugénie :

Ingrid – C'est une robe Chanel, n'est-ce pas ?

Eugénie n'a rien répondu mais, à son air un peu gêné par cette dépense folle, j'ai compris que c'était le cas.

La question « Coco or not Coco » a rapidement laissé place à une autre question. Dans quel genre de restaurant allions-nous dîner ce soir ?

Bien sûr Eugénie nous avait précisé qu'il s'agissait du Grand Véfour, mais cela ne représentait rien pour nous.

Ed a décidé de nous parler de ce lieu mythique.

Édouard – Le Grand Véfour est un des plus vieux restaurants parisiens, il a ouvert ses portes en 1784.

J'ai entendu Nicolas murmurer à Jim :

Nicolas – Et la bouffe, tu crois que c'est de la vieille bouffe du XVIIe siècle ?

A priori, je n'ai pas été la seule à entendre.

Édouard – 1784, ce serait plutôt le XVIIIe siècle, Nicolas !

Nicolas – Oui enfin, on n'est pas à un siècle près pour la date de péremption…

Édouard – Pour répondre à ta question, les aliments sont frais du jour et la cuisine y est gastronomique.

Nicolas – Tu veux dire avec des noms prétentieux et rien à bouffer dans les assiettes ?

Édouard – Non ! Plutôt une bonne cuisine française raffinée.

Léa a dodeliné de la tête.

Léa – Désolée, Ed, parfois Nicolas se sent obligé d'être ironique. Je crois que comme il craint de ne pas être à sa place dans ce genre d'endroit, il fait exprès de jouer les lourdauds.

Édouard – Je comprends ! À votre âge, je détestais ce genre de lieu.

Eugénie est immédiatement intervenue.

Eugénie – Personne ne vous demande de faire une critique gastronomique du repas de ce soir, votre mission est surtout de soutenir Thibault. Il en aura bien besoin, croyez-moi !

T'as le logo, Coco !!!

Comment est né le célébrissime logo de la maison de haute couture aux deux C entrelacés ? Vous pensez qu'ils représentent les initiales de la célèbre Gabrielle Chanel surnommée Coco ? Pas du tout.

Certains prétendent que Mademoiselle Chanel se serait inspirée des vitraux de l'abbaye cistercienne d'Aubazine en Corrèze. En effet, la jeune Coco vécut six longues années dans l'orphelinat qui dépendait de cette abbaye.

Pour d'autres, c'est en séjournant à Nice dans le château Crémat de son amie américaine Irene Bretz, et en s'amusant au cours de folles soirées, que Coco aurait été influencée par les courbes des arches…

Justine – Ça va très mal se passer ?

Eugénie – Thibault va devoir faire un choix d'homme.

Jim – C'est-à-dire ?

Eugénie – Arrêter d'être un garçon parfait pour imposer ses choix. Et cela quel que soit le prix !

Jim – Ce n'est pas facile.

Eugénie – Non, mais nécessaire si on ne veut pas se réveiller un jour en réalisant qu'on n'a pas vécu sa vie.

Jim – J'espère qu'il y arrivera.

Eugénie – Il y arrivera. Et toi aussi, Jim ! Je ne me fais pas de souci.

Nicolas qu'on n'avait plus entendu depuis sa remarque sur les dates de consommation du menu du Grand Véfour a dit d'un air inquiet :

Nicolas – Et moi, je vais y arriver ?

Eugénie – Toi, tu as déjà bien commencé. Tu as remporté le jackpot : le cœur de ma Léa, qu'est-ce que tu veux de plus ?

Devant les yeux ronds et la bouche ouverte de mon cousin, on a éclaté de rire. Il a grommelé dans son coin :

Nicolas – Un cœur de sorcière, c'était ça le gros lot.

La lumière sur les pierres blanches du Palais-Royal était délicate en ce début de soirée d'été. Je suis restée quelques secondes à admirer les allées rectilignes de tilleuls sous le soleil rosissant. Autour de la fontaine, les marronniers et les magnolias offraient leurs feuilles au vent. Léa m'avait assez parlé de Colette et de son amour de la nature pour que je comprenne pourquoi elle aimait tant cet endroit, un jardin d'Éden au milieu de l'agitation parisienne.

J'ai accéléré le pas pour rattraper les autres.

Léa – Ça y est, tu es tombée sous le charme du lieu, toi aussi ?

Justine – Je crois, oui. C'est bizarre parce que lorsque mes parents veulent visiter un château, je suis un vrai boulet. Je mets mes écouteurs dans les oreilles et je les attends assise par terre en espérant partir le plus vite possible. Mais j'adorerais revenir ici.

Ingrid, avec sa cascade de boucles sur la tête, s'est retournée :

Ingrid – Moi aussi, j'ai repéré la boutique Marc Jacobs et j'adorerais revenir ici demain. Si vous voulez, on y va à la première heure...

J'ai eu envie de lui répondre : « OK mais il faudra qu'on t'emmène te faire toiletter avant » puis je me suis rappelé qu'elle avait été formidable chez *Muscade*, qu'elle m'avait incitée à rejoindre Léa, qu'elle avait sauvé la situation en alimentant la conversation. Bref, qu'elle s'était comportée comme une vraie amie. Il était peut-être temps que j'agisse de même en retour.

Justine – Quelle bonne idée ! J'adore aussi ce que fait Pierre Jacobs !

Ingrid – Marc...

Justine – Il y a un Marc aussi ?

Ingrid – C'est Marc Jacobs, pas Pierre Jacobs. Il faudrait que tu sortes un peu, Justine. Une fille branchée ne peut pas commettre une erreur pareille quand elle parle d'un créateur aussi renommé. Ça fait pitié.

Léa m'a pincé le bras au moment où j'ouvrais la bouche pour riposter. Elle a eu raison. Cela m'a empêché de dire des choses que j'aurais forcément regrettées.

De toute façon, il n'était plus temps de se livrer à des querelles absurdes, nous étions arrivés au restaurant.

Je ne sais pas comment vous décrire l'endroit pour que vous compreniez que rien n'a changé depuis son ouverture en 1784. Il faudrait pour cela que j'aie une machine à remonter le temps et que nous allions y dîner ensemble en robe à paniers et visages poudrés pour ces dames et collants et perruques pour ces messieurs.

Le décor est 100 % d'époque : banquettes rouges, lustres en cristal, plafond peint, boiseries dorées.

C'était tellement impressionnant que même Nicolas n'a pas fait preuve d'ironie. On est restés médusés à détailler les lieux comme si on se trouvait au musée. Notre « visite » a été interrompue par l'arrivée d'un homme en costume noir qui, reconnaissant Eugénie et Édouard, leur a dit avec discrétion :

L'homme en costume noir – Je vous ai réservé la table demandée et votre menu a été composé par le chef.

Édouard l'a remercié d'un hochement de tête bref. Nous sommes allés nous installer. Légèrement en retrait, nous pouvions observer la salle sans être vus. Théo-Tobbie aurait adoré cette planque royale !

Nicolas s'est approché d'Édouard.

Nicolas – Tu es certain que tu veux qu'on mange ici ? On peut prendre juste un verre, ça ira bien...

Édouard – Ne t'inquiète pas. Le patron est un de mes meilleurs amis.

La réponse nous a soulagés. Nous ignorions les tarifs mais il était certain que le prix d'un repas ici équivalait à une année d'un menu fish quotidien au Mac Do !

Il était 20 h 25. Plus que quelques minutes et nous verrions entrer M. et Mme de l'Amétrine. Je ne me souvenais plus vraiment à quoi ils ressemblaient. Il faut dire que je les avais juste aperçus depuis la fenêtre de la cuisine, un an plus tôt, lorsqu'ils étaient venus à la maison bleue louer l'appartement de Thibault.

Cette époque semblait si éloignée...

Je ne connaissais pas encore mon prince mais je savais déjà qu'il serait mon premier grand amour. Je me souviens que ce jour-là, Léa avait rappliqué dix minutes après que je lui avais annoncé l'arrivée d'un bel inconnu dont j'étais folle amoureuse. Elle voulait me tirer les tarots. Nicolas, comme d'habitude, n'avait rien dans son frigo et m'avait envoyé par la fenêtre son panier à clochette pour que je le garnisse. Léa qui, à l'époque, était amoureuse de Peter mais avait déjà avec mon cousin une relation que je qualifierais de « Cours après moi que je t'attrape », avait déposé une de ses cartes dans le panier. Cela avait provoqué la colère de Nicolas qui avait déboulé dans la cuisine en caleçon au moment où ma meilleure amie finissait de disposer ses tarots sur la table. Elle avait allumé deux encens japonais de part et d'autre d'une petite pyramide de verre

Vous vous en souvenez ? Vous voulez un petit flash back ? Vous allez voir à quel point nos deux compères s'aimaient et ils auraient pu gagner beaucoup de temps s'ils se l'étaient avoué.

Nicolas – Putain, Léa, éteins-moi ces puanteurs. Tu vas nous intoxiquer !

Léa – Premièrement, je souhaiterais que tu parles autrement. Tu ne crois pas que tu as passé l'âge de dire « putain » et « chier » tous les trois mots ? Secundo, j'aimerais que tu enfiles un jean au plus vite pour nous éviter la vision lamentable de ton caleçon à fleurs, tertio je crains que tes ondes négatives soient plus toxiques pour notre santé que mes bâtonnets de fleur de lune au printemps. Alors si tu avais la gentillesse d'aller manger tes croquettes dans la cuisine et d'arrêter d'aboyer, tu nous rendrais un grand service.

Mon cousin m'a regardée, l'air très agacé.

Nicolas – Elle m'énerve ta copine avec ses remarques de prof à la retraite, et puis j'aimerais bien petit-déjeuner tranquille sans être menacé par une attaque chimique.

Je ne suis pas intervenue.

Nicolas et Léa passent leur temps à se chamailler mais si tu t'en mêles en faisant une remarque à l'un ou à l'autre, tu te retrouves avec les deux sur le dos. Il faut juste les laisser se calmer, ils finissent toujours par se réconcilier.

Léa – C'est bien ce que je pensais, Justine, tu as le Mat et la Lune dans ton jeu.

Justine – Et alors ?

Nicolas – Et alors, ça veut dire qu'il faut me filer du pain et du lait, sinon je vais crever de faim sur ton parquet.

Léa – Cela veut dire qu'il y a un départ ou une arrivée dans ta vie et que...

Justine – C'est mon Thibault !

Nicolas – C'est qui « mon Thibault » ?

Léa – Je n'ai pas fini, il y a un départ ou une arrivée qui risque de provoquer une déception.

Justine – Oh non...

Léa – Attends, on ne sait pas pour qui est la déception. C'est pas forcément la tienne et pas forcément dans ta relation avec lui.

Justine – Ah, ouf... Je ne supporterais pas que mon prince oriental me déçoive.

Léa – Ah mais c'est possible aussi...

Justine – Je t'en prie, Léa, fais quelque chose. Lance-lui un sort, pique-le avec des aiguilles.

Nicolas – Est-ce que quelqu'un peut m'expliquer ce qui se passe ? C'est qui encore ce pauvre mec qui va se faire trouer la peau par deux hystériques ?

Justine – Thibault de l'Amétrine, mon futur mari et accessoirement le nouvel habitant de la maison bleue.

Comme mon cousin avait l'air très intéressé, je lui ai raconté la venue de l'agent immobilier, de mes « beaux-parents » et le prochain emménagement de mon homme.

Nicolas – Et donc, il va s'installer seul dans le grand appart en bas avec personne pour l'emmerder ? Putain, le pot...

Justine – Oui, à moins que Monsieur l'ambassadeur engage James Bond en personne pour le surveiller.

Léa – Si ça ne vous dérange pas je vous laisse Thibault et je me réserve James Bond. Je demanderai à Jim de m'entraîner et je deviendrai une vraie James Bond girl.

[...]

Nicolas – Si tu veux devenir une James Bond girl, il va falloir renoncer au look famille Addams et envisager un petit régime, ma chérie.

Évidemment mon cousin n'allait pas louper une occasion de se moquer de Léa. Elle ne supporte pas les salles de sport et déteste faire le moindre effort physique. Alors son entraînement intensif de James Bond girl, il y avait de quoi rire.

Nicolas – Remarque, si tu gardes tes bagues de la Castafiore, ça peut faire coup de poing américain.

Léa – En ce qui te concerne, je préférerais un M16 comme ça je serais sûre de te liquider une bonne fois pour toutes.

Nicolas – Ouh... Mais qu'est-ce qui lui arrive à ma sorcière ? Elle n'est plus zen ? C'est ses bâtonnets « fleurs de merde » qui lui sont montés au cerveau ?

Je comptais, comme à mon habitude, ne pas me mêler de leur dispute niveau première année de maternelle, mais les bâtonnets « fleurs de merde », je ne m'y attendais pas. J'ai éclaté de rire.

Léa m'a regardée avec un petit sourire naissant au coin des lèvres. J'ai bien vu qu'elle se retenait pour ne pas se marrer et puis elle a explosé de rire à son tour.

Nicolas, très fier de son effet, lui a tendu en l'embrassant la carte qu'elle lui avait envoyée dans le petit panier : celle du Diable.

Vous voyez à quel point tout était déjà écrit dans les cartes : mon histoire avec Thibault, celle de Nicolas et de Léa. Mais rien n'était encore advenu. Je ne savais pas que, moins d'un an plus tard, je pleurerais mon prince qui allait partir à l'autre bout du monde et que Nicolas et Léa m'accompagneraient dans cette épreuve main dans la main.

Jim – Les voilà !

Le cri légèrement étouffé de Jim m'a sortie de ma rêverie. Effectivement à l'entrée du restaurant se tenaient M. l'ambassadeur et Mme et, un peu en retrait, Thibault épouvantablement pâle.

M. de l'Amétrine a balayé la salle d'un rapide coup d'œil comme un homme habitué à juger en une fraction de seconde l'âme de ses semblables. La mère de Thibault, quant à elle, s'est mise légèrement de profil afin que tous puissent admirer la délicatesse de ses traits et la magnificence de sa tenue.

L'homme en costume noir, toujours aussi discret, les a conduits jusqu'à leur table. Mon cœur battait la chamade et je suis certaine que si on avait fait un électrocardiogramme à tous mes amis présents, un médecin nous aurait hospitalisés d'urgence.

Ce repas promettait d'être le plus long et le plus pénible de notre vie.

Ils se sont assis. L'ambassadeur n'a pas eu un seul regard pour son fils. En revanche, il a scruté la carte avec un réel intérêt. Jim a chuchoté :

Jim – Je le déteste...

Parfois certaines de nos colères ne s'adressent pas à la bonne personne. Je ne veux pas dire en cela que le père de Thibault n'est pas détestable, il l'est assurément. Mais, dans le cas de Jim, je pense que cette phrase pourrait être directement forwardée à son propre père.

Thibault est resté sans bouger sur sa chaise. Il donnait l'impression d'être comme une marionnette désarticulée. J'avais presque honte d'assister à cette scène. Puis M. de l'Amétrine a enfin daigné dire quelques mots à son fils qui lui a répondu.

J'ignore de quoi ils ont parlé parce qu'à cette distance on ne pouvait pas les entendre. L'échange a été bref sans aucune forme d'affection.

L'homme en noir est venu prendre la commande. Il ne m'a pas semblé que Thibault et sa mère aient dit ce qu'ils voulaient manger. Peut-être que le tyran avait commandé sans leur demander leur avis.

Nicolas a chuchoté :

Nicolas – Je lui péterais bien la gueule moi à l'ambassadeur. Avec son air satisfait, il ne me donne pas envie d'être diplomate.

Léa – Si tu te lèves, préviens-moi, je viendrai t'aider à l'achever !

On a tous souri à la remarque de Léa. Que Nicolas ait des envies de meurtre, on a l'habitude, mais que la douce Léa veuille dessouder le père d'un copain, c'est tout nouveau !

Le silence s'est installé à la table de l'ambassadeur. La mère a bien tenté de sourire à l'un et à l'autre pour détendre un peu l'ambiance mais le regard noir de son mari l'a figée sur place.

Thibault est resté le dos collé à son siège. J'ai eu la sensation qu'il cherchait à disparaître... Et puis M. de l'Amétrine s'est adressé à son fils. Certainement une question puisqu'il est resté le menton levé comme un enseignant qui exige une réponse. Thibault a répondu. C'est après cela que tout a basculé... M. de l'Amétrine a paru soudain excédé. Il a tapé du poing sur la table puis a pointé un doigt accusateur en direction de Thibault. Les deux hommes se sont fixés droit dans les yeux et on a senti que le premier qui baisserait le regard serait le perdant. Mon homme a tenu bon. L'ambassadeur s'est levé avec l'air d'un roi outragé et a prononcé quelques mots.

Il a ensuite appelé l'homme en noir, lui a donné sans les compter les billets qu'il tenait à la main puis il est sorti, suivi par sa femme totalement muette.

Thibault est resté immobile, comme absent à la scène. C'est à ce moment-là qu'Eugénie nous a chuchoté :

Eugénie – Vous avez le choix entre demander à Thibault de nous rejoindre pour qu'on dîne ici ensemble ou aller chez Ed manger les pizzas que j'ai déjà commandées. Faites ce que votre cœur vous dicte et ne tenez pas compte des contraintes des adultes.

Léa a pris les clefs que lui tendait sa grand-mère et on s'est levés sans avoir besoin de se consulter. On a attrapé Thibault qui ne réagissait toujours pas et on est sortis.

ENSEMBLE.

Au secours, tout bouge !

Nicolas – C'est quoi le triangle sur la salade ? Ça se mange ou c'est de la déco ?

Bien que mon cousin ait baissé la voix pour interroger Léa, je l'ai quand même entendu. Elle lui a répondu en souriant :

Léa – C'est du fromage de chèvre cuit dans une feuille de brick.

Nicolas – C'est pas rassurant comme définition ! Je suis obligé de le manger ?

Léa – Goûte au moins...

Nicolas – Et si c'est dégueu, je peux recracher ?

Vous pouvez me rappeler l'âge de mon cousin et ses liens avec Léa ? On croirait un dialogue entre une mère et son enfant de quatre ans.

Nicolas a goûté cette délicieuse spécialité en grimaçant comme si on lui faisait avaler de la ciguë. Et puis la saveur du plat a dû arriver à ses papilles de Néanderthalien parce qu'il a soudain eu l'air ravi. Il a avalé le reste en une seule bouchée. Lorgnant sur l'assiette encore pleine d'Ingrid, il lui a demandé discrètement :

Nicolas – Tu ne la manges pas ?

Ingrid – Non, c'est frit dans l'huile.

Nicolas – Je peux la prendre ?

Ingrid – Bien sûr !

Mon cousin a planté sa fourchette façon homme des cavernes dans le cœur du brick et l'a porté directement dans sa bouche grande ouverte. Malheureusement pour lui, il a croisé le regard de ma meilleure amie. Il a dû sentir sa désapprobation pour ses manières de sauvage parce qu'il s'est arrêté net et a tenté d'avaler tout rond ce qu'il avait dans le bec. J'ai cru voir les angles du brick en travers de son gosier. Sa ressemblance avec Théo lorsqu'il essaie d'avaler le plus de bonbons possible avant que maman ne le prenne la main dans le sac était frappante.

Léa m'a chuchoté :

Léa – Je suis d'accord avec toi, il est trop mignon quand il fait comme Théo mais ne lui souris pas, il faut qu'on l'éduque un peu. Je te rappelle que c'est le mariage d'Eugénie et qu'on se trouve dans les jardins du Palais-Royal tout de même !

Justine – Tu as raison !

J'ai regardé mon cousin d'un air sévère. Il a avalé un verre d'eau pour tenter d'amollir le brick qui menaçait d'obstruer totalement sa trachée. Il a dégluti comme il a pu puis il s'est rapidement mêlé à la conversation ambiante pour se faire oublier. Depuis ce matin, Nicolas était tendre comme un agneau. Léa, qui avait compris les angoisses de mon cousin à propos de Peter, l'avait une fois de plus rassuré.

Alors que je m'intéressais à mon tour au contenu de mon assiette, j'ai senti, sous la table, un pied contre le mien. J'ai répondu avec empressement à cette manifestation de tendresse qui chaussait du 42. Mon prince a continué à parler à Jean-Baptiste qui était assis à côté de lui comme si de rien n'était. Il simulait si bien l'indifférence que j'ai eu un gros doute.

Était-ce vraiment le pied de mon grand amour ? Et si ma Converse rouge s'essuyait consciencieusement sur la basket de Jim ?

Oh non !!! Il prendrait ça pour un aveu de ma part, Ambre le quitterait folle de rage, Jim m'en voudrait à mort et Thibault reviendrait peut-être sur sa décision de rester à la maison bleue. J'ai regardé sous la table. C'était bien le pied de Thibault.

Ingrid

Léa, toi qui as des talents culinaires indéniables, si tu veux qu'on se refasse un mariage « Eugénie Revival », j'ai trouvé la recette des bricks au chèvre et au miel sur le site de Marmiton ! Et pas besoin d'huile pour cette recette.
Temps de préparation : 10 minutes.
Temps de cuisson : 8 minutes.
Ingrédients pour 4 personnes : 4 feuilles de brick, 4 fromages de chèvre, 8 cuillères à soupe de miel de Provence, du romarin.
Préparation de la recette :
Préchauffez le four à 150 °C (thermostat 5).
Étalez au pinceau l'équivalent de deux cuillères de miel sur toute la surface de la feuille de brick.
Parsemez de romarin, placez le fromage de chèvre au centre de la feuille, saupoudrez une nouvelle fois de romarin et pliez la feuille de brick avec soin.
Procédez de la même façon pour les autres bricks.
Disposez vos triangles dans un plat sans ajouter de matière grasse et enfournez 8 minutes en les retournant à mi-cuisson.
Mangez le plat chaud accompagné d'une salade de jeunes pousses d'épinards, et entourez-vous de vos meilleurs amis !

Aujourd'hui, 09h53 · J'aime · Commenter

Thibault aime ça.

Léa Ça paraît simple et divinement bon.

Aujourd'hui, 13h00 · 2 personnes aiment ça

Justine Miam ! Léa, tu m'invites quand ?

Aujourd'hui, 13h03 · 2 personnes aiment ça

Jim Et après, toutes au *Paradisio* pour une séance d'abdos-fessiers !

Aujourd'hui, 14h06 · J'aime

Ouf ! Il m'aimait, je l'aimais, il allait faire sa première année de prépa et rester en France, nous ne serions pas séparés durant un an. La vie redevenait simple !

Ah c'est vrai, vous ignorez de quoi je parle.

Vous en êtes restés à l'altercation entre Thibault et son père. Vous croyez toujours que mon prince part aux États-Unis ! Mais depuis notre « non-repas » au Grand Véfour hier soir, le programme a complètement changé. Thibault a renoncé à son projet d'année sabbatique et ça a l'air de lui convenir.

Vous voulez que je vous raconte ? Allez, j'ai un peu de temps, Claire et Fred ne sont pas encore arrivés. Ils sont coincés dans un embouteillage.

Hier donc, après le départ théâtral de l'ambassadeur et de sa femme, Thibault était resté assis sur sa chaise comme un pantin désarticulé. Vous vous souvenez qu'Eugénie nous avait proposé de manger une pizza chez Édouard ?

C'est ce que nous avions fait. Unis comme jamais. Thibault nous avait remerciés mais avait posé une condition pour nous suivre. Il ne souhaitait pas qu'on parle de ce qui venait de se passer. Nous avions juré sur notre amitié.

Arrivés chez Ed, nos amis s'étaient éclipsés dans la cuisine pour nous laisser seuls, Thibault et moi. J'avais pris mon prince dans mes bras. Il était aussi froid et raide que les totems qui nous entouraient.

Justine – Tu veux que je te fasse des petits calinous sur la tête ?

Oui, bon d'accord, les calinous sur la tête n'étaient pas une proposition top glamour mais c'était la seule chose qui m'était venue à l'esprit à ce moment-là. Si un jour je deviens médecin, j'apprendrai peut-être à parler à quelqu'un qui souffre, pour l'instant je ne sais faire que des calinous.

Il faut croire que ce n'était pas complètement stupide parce que Thibault s'était allongé sur le canapé et avait posé sa tête sur mes genoux. Je lui avais caressé les cheveux. On était restés comme ça longtemps et je l'avais senti se détendre peu à peu.

L'arrivée du livreur de pizzas avait mis fin à ma gestuelle de femelle chimpanzé. On avait rejoint les autres dans la cuisine.

Ils avaient dressé la table et nous attendaient en silence. À notre arrivée, Jim avait lancé :

Jim – J'ai trouvé une Smirnoff à l'herbe de bison dans le congélo, une vodka-orange, ça intéresse quelqu'un ?

On avait tous levé la main.

Jim – OK ! Passez-moi vos verres, je m'en occupe ! En attendant, servez les pizzas, il faut qu'on mange avant de boire.

Jean-Baptiste et Ambre avaient servi les parts de pizza et le fromage fondu avait tracé des fils depuis les cartons jusqu'à nos assiettes. On y avait tous mis les doigts en riant.

Ingrid – Mais vous êtes dégueus ! Vous vous êtes lavé les mains au moins ? En plus, c'est ultragras ! Je ne sais pas comment vous faites pour manger ça...

Jean-Baptiste – Tu veux que je te montre ?

Et ouvrant grand la bouche, Jean-Baptiste avait enfourné sa part, provoquant une moue de dégoût chez Ingrid.

Ingrid – Beurk ! Ne viens pas m'embrasser après ça...

Jean-Baptiste – Aucun problème. Je trouverai une autre jolie fille à embrasser ce soir. Les rues de Paris en sont pleines !

Face à la menace, la peste avait cédé.

Ingrid – Bon d'accord, embrasse-moi.

Jean-Baptiste – Si je veux !

Ingrid – S'il te plaît.

Jean-Baptiste – Je n'embrasse que les filles qui mangent de la pizza.

Ingrid – Ah non ! pas ça.

Jean-Baptiste – Malheureusement si ! Un baiser au fromage fondu et aux champignons, je ne connais rien de meilleur. Fais un petit effort et je te promets que je te ferai un baiser à la carotte bio après.

Pour la première fois depuis des années, nous avions vu la peste mâcher un bout de pizza.

Nicolas – Alors c'est si mauvais que ça ?

Ingrid – Vite ! Quelque chose à boire.

Jim – Viens par là, Ingrid, je te prépare un cocktail qui va dissoudre le fromage !

Léa – Eh Jim, doucement sur la vodka ! Tu as proposé une vodka orange, pas une vodka-vodka.

Mon cousin avait réagi.

Nicolas – Laisse-le tranquille... Force sur la vodka, mon Jim, Thibault en a besoin ce soir et nous, on l'accompagne.

Léa – On a besoin de quoi ? D'être malades ?

Nicolas – C'est bon Léa, tu ne vas pas nous faire un cours de morale. On y a déjà eu droit quand on a voulu se rouler un bédo la dernière fois.

Léa – Ce n'est pas un cours de morale. Je déteste que tu essaies de me faire passer pour une fille coincée. Il n'y a pas d'un côté les gens cool qui fument et qui boivent, et de l'autre les gens sinistres qui ne savent pas s'amuser. Ça, c'est la vision simpliste de gens qui se cachent derrière leur joint. Je te rappelle juste ce que les scientifiques répètent : la beuh détruit définitivement une partie des neurones. Quant à l'alcool, je n'ai pas besoin de t'expliquer ses conséquences sur la santé, tu les connais.

Ambre – Désolée, Nico, je trouve que Léa a raison.

Jean-Baptiste – Moi aussi, je suis d'accord avec elle.

Nicolas – C'est bon, calmez-vous ! On dirait que vous vous adressez à un alcoolique qui refuse une cure de désintox. Je veux juste boire une vodka orange et pas un jus d'orange aromatisé à la vodka. Vous faites chier à la fin.

Jim était intervenu pour défendre son meilleur ami.

Jim – C'est vrai, vous y allez un peu fort là ! Tout ça pour un verre d'alcool.

Léa – Ce n'est pas le fait de boire un verre de vodka qui me pose problème, j'ai été la première à lever la main pour en avoir un. C'est la phrase de Nicolas : on doit forcer sur la vodka parce que Thibault en a besoin ce soir et qu'on doit l'accompagner. Personne n'a « besoin » d'un verre d'alcool, on a juste du plaisir à en boire un ensemble ce soir. Si on commence à penser que l'alcool va anesthésier nos problèmes, on n'a pas fini de se saouler.

Justine – Je suis d'accord avec Léa.

Nicolas – Oui mais toi, tu es toujours d'accord avec Léa. Ce qui serait bien, c'est que tu penses toute seule.

Justine – Ça veut dire quoi, ça ?

Nicolas – Tu as très bien compris.

Justine – Pas vraiment non. Tu peux m'expliquer ?

Ingrid, qui devait certainement chercher comment dépenser les calories ingurgitées avec sa bouchée de pizza, m'avait déclaré la guerre.

Ingrid – Je peux t'expliquer, moi, si tu veux ! Nicolas pense que tu as rarement une idée personnelle, que tu te réfugies derrière Léa qui est ton gourou. Ce n'est pas grave ! Dans la vie, il y a ceux qui inventent et ceux qui suivent. Il suffit d'en avoir conscience.

Sa remarque m'avait mise hors de moi. J'avais réagi un peu brutalement.

Justine – Et c'est toi Ingrid qui me dis ça ? Toi qui achètes *Elle* ou *Grazia* pour savoir comment t'habiller le matin ! Toi qui lis les critiques pour savoir si tu vas aimer ou pas tel chanteur ! Même ton intérêt soudain pour les associations en faveur des femmes est marketé par des gens qui pensent à ta place.

Ingrid – Aaaaaahhhh... T'es vraiment trop...

Thibault – Ça suffit !

Thibault avait hurlé, stoppant net la réponse de la peste. Il nous avait regardés, furieux.

Thibault – Vous ne croyez pas que j'ai eu mon lot de personnes en colère aujourd'hui ? Franchement, je n'ai qu'une envie, c'est partir le plus loin possible de ce qui ressemble à de la famille ou à des amis. Vous faites semblant de vous intéresser à moi mais il n'y a que votre petit ego qui compte !

Thibault avait lancé son assiette sur la table et était sorti de la cuisine en claquant la porte. Le silence avait de nouveau tout enseveli...

Jim avait murmuré :

Jim – C'est ma faute. Si je n'avais pas versé trop de vodka dans les verres, on serait en train de dîner tranquillement à l'heure qu'il est.

Nicolas – Ce n'est pas toi qui as voulu forcer sur la vodka, c'est moi qui t'y ai poussé !

Léa – Et moi, j'aurais pu te dire ce que je pensais sans hausser le ton.

Nicolas – Ouais, peut-être... Mais je dois aussi apprendre à supporter tes reproches sans aboyer. Désolé Justine, je n'aurais pas dû m'en prendre à toi.

Ingrid – Moi aussi je suis désolée Justine, je n'avais pas à me faire l'écho des paroles de Nico. Ça ne me regardait pas...

Justine – J'ai ma part de responsabilité ! Ce que je t'ai dit, Ingrid, était méchant et gratuit. Je te présente mes excuses.

Ambre nous avait souri.

Ambre – Bien, après ce mea culpa collectif, je pense que les parties ne demandent aucun dommage et intérêt et qu'elles sont d'accord pour considérer que le dossier est clos.

On avait bredouillé un « Oui » ennuyé.

Ambre – Il est temps de nous occuper de celui qui rencontre ce soir de vraies difficultés. Justine, tu essaies de nous ramener Thibault pour qu'on tente de l'aider ?

Justine – Oui...

Jim m'avait chuchoté :

Jim – Ça t'ennuie si je viens avec toi ?

Justine – Non, bien sûr.

Nicolas – Moi aussi, je voudrais t'accompagner.

Justine – Alors viens.

Léa – Si tu le permets, je souhaiterais faire partie de l'équipe.

J'avais demandé à la cantonade :

Justine – Pour aller plus vite, est-ce que quelqu'un souhaite rester dans la cuisine pendant que je vais chercher Thibault ?

Personne n'avait levé la main.

Justine – OK ! Suivez-moi tous !

Et voilà comment on avait débarqué dans la chambre des garçons. Thibault assis sur le bord du lit, dos à la porte, scrutait le mur avec tellement d'attention que je m'étais approchée pour voir ce qui le passionnait à ce point.

Rien... En tout cas, rien de visible.

Je m'étais raclé la gorge doucement pour l'avertir de notre présence. Il ne s'était pas retourné. Il avait juste murmuré :

Thibault – Je ne pars pas aux États-Unis. J'abandonne...

Personne n'avait demandé pourquoi. On connaissait tous la raison.

La voix cassée par l'émotion, il avait ajouté :

Thibault – Vous me trouvez minable parce que je renonce ?

Il ne nous avait pas laissé le temps de lui répondre, il s'était mis à parler très vite sans marquer de pause.

Thibault – Je ne supporterai pas qu'il me fasse la guerre. Je n'y arriverai pas. Les gens pensent que, comme mon père est diplomate, c'est un homme doux et arrangeant. C'est faux. C'est un calculateur qui obtient ce qu'il veut en manipulant les autres. Si je pars, je trouverai partout des obstacles dressés par lui sur mon chemin. Vous n'imaginez pas de quoi il est capable. Je vous ai souvent parlé de ma mère comme d'une mondaine préoccupée uniquement par ses robes de cocktail, ses soirées et ses fonds à récolter pour telle ou telle association. Elle n'a pas toujours été comme ça. Un jour, quand j'avais quatorze ans, elle m'a raconté sa vie avant ma naissance et j'ai compris. Quand mon père l'a connue, c'était une femme indépendante et douée, qui jouait magnifiquement du violon. Elle avait commencé une carrière remarquable de concertiste internationale mais, malheureusement pour elle, elle est tombée amoureuse de lui. Comme il voulait une épouse soumise et effacée, il a agi méthodiquement, en fin stratège... Il est d'abord allé à tous ses concerts, prenant l'avion comme vous prenez le bus pour l'applaudir. Il l'a entourée, fêtée comme une reine. Ils se sont mariés à New York devant son public à elle. Puis il s'est fait de moins en moins présent, prétextant du travail et des responsabilités. L'année suivante, il a quasiment disparu, laissant ma mère dans un profond

Chanson d'automne

Les sanglots longs
Des violons
De l'automne
Bercent mon cœur
D'une langueur monotone.

Tout suffocant
Et blême, quand
Sonne l'heure,
Je me souviens
Des jours anciens
Et je pleure.

Et je m'en vais
Au vent mauvais
Qui m'emporte
Deçà, delà,
Pareil à la
Feuille morte.

Poèmes, Paul Verlaine

désarroi. Comme elle devait honorer des engagements partout dans le monde, elle n'a pu que très peu le rejoindre. Un jour, elle m'a raconté que cette période avait été la pire de sa vie. Non seulement elle souffrait de l'absence de mon père, mais en plus elle se sentait horriblement coupable. Le tyran n'a même pas eu besoin de menacer pour la faire plier... Il n'a pas exigé qu'elle choisisse entre sa vie d'artiste et sa vie d'épouse de diplomate. Il a juste suffi qu'il attende. Lorsque ma mère a été enceinte de moi, elle a annulé ses concerts et, à ma naissance, elle a mis toute seule un point final à sa carrière. Elle n'a plus jamais touché un violon. Du grand art, n'est-ce pas ?

Et se retournant vers nous, Thibault avait ajouté en souriant douloureusement :

– Aujourd'hui mon père a de nouveau réussi son coup : je m'autoneutralise. Je renonce moi-même à faire ce que je désire. Je reste son pion sur son échiquier. Ne vous inquiétez pas, je vais assumer... Je vous demande une seule chose, c'est de ne plus jamais me reparler de cette année aux USA. N'essayez surtout pas de me convaincre de partir, ça me rendrait encore plus malheureux.

Devant notre air catastrophé, il avait demandé :

Thibault – Bon, si nous passions à table ? Les pizzas vont refroidir...

Alors oui, on était retournés manger notre pizza, personne ne trouvant rien de pertinent à dire pour consoler Thibault. Jim avait immédiatement lancé un débat sur le prix hallucinant des abonnements annuels en salle de gym si on le ramenait au nombre de fois où les gens venaient réellement et cette discussion nous avait permis d'éviter le sujet qui fâche.

Tandis que je peinais à y prendre part, mon prince m'avait murmuré à l'oreille :

Thibault – Souris ma Justine, il y a au moins une bonne chose dans cette décision, c'est qu'on ne sera pas séparés. Je viendrai te rejoindre tous les week-ends et on travaillera côte à côte à ton bureau !!!

Je lui avais répondu un peu gênée :

Justine – Je ne peux pas me réjouir que tu restes si tu es malheureux.

Thibault – Oublie mes rêves de conquête de l'Amérique, ce n'est pas si important.

Justine – Et tes cours de saxo à Berkeley, on les oublie aussi ?

Thibault – Je prendrai des cours au conservatoire du coin. Après tout, avant mon arrivée à la maison bleue, c'est ce que je faisais.

Justine – Ça ne va pas te rendre triste ?

Thibault – Comment pourrais-je être triste si tu continues à me regarder avec autant d'étoiles dans les yeux ?

Bien sûr, la remarque de Thibault m'avait touchée. Elle montrait à quel point il tenait à moi. Toutefois, je n'avais pas cru un instant que mon amour guérirait sa peine. J'avais parfaitement senti à quel point le renoncement à ce voyage était un renoncement à lui-même. J'avais souri et j'avais fait semblant de le croire.

Eugénie – Les voilà !

Léa – Où ça ?

Eugénie – Près du banc, au milieu de l'allée.

On s'est retournés pour les voir arriver. Claire souriante tenait fermement la main de son nouvel amoureux. J'ai serré le bras de Léa en pensant que ça devait être difficile pour elle de voir sa mère heureuse avec un homme. Elle m'a souri comme pour me signifier que tout allait bien.

Eugénie nous a chuchoté :

Eugénie – Les enfants, je vous demande d'accueillir Fred comme il se doit. Il doit être très inquiet à l'idée de nous rencontrer tous en même temps pour la première fois.

Nicolas – Pauvre mec ! Il ne sait pas à quel point sa vie va devenir un enfer. Il va se retrouver avec trois sorcières sur les bras ! Et je ne parle pas du reste de la tribu...

Édouard a adressé un clin d'œil discret à mon cousin.

Édouard – Et si on le prévenait ? S'il court vite, il peut encore s'en sortir !

Nicolas – Pas question ! Personne ne nous a prévenus, nous. Toi, tu as hérité de la reine mère et moi je suis coincé avec la sorcière junior. Qu'il se débrouille !

Eugénie et Léa, qui s'étaient levées pour aller au-devant de Claire et Fred, ont dit exactement en même temps et sans se retourner :

Eugénie et Léa – Édouard et Nicolas, vous ne perdez rien pour attendre. On vous réglera votre compte plus tard ! Pour l'instant, on se lève et on dit bonjour.

Nicolas – Putain, c'est flippant ! T'as entendu, Édouard, elles se sont télépathé la réplique.

Vous savez comme j'aime Eugénie et Léa, mais il faut avouer que là, je suis d'accord avec mon cousin. Elles sont vraiment flippantes toutes les deux !

Claire nous a crié de loin :

Claire – Désolée pour le retard. Bonjour tout le monde !

Tous ensemble – Bonjour !

Lorsque les deux amoureux sont arrivés devant notre table, il y a eu un énorme blanc. Nous étions debout, les uns face aux autres, souriants et contents mais personne ne savait quoi faire. Fallait-il défiler pour effectuer une révérence et se présenter ? Devait-on attendre qu'ils nous saluent individuellement ? Pour la première fois de ma vie, j'ai vu Eugénie, Léa et Claire embarrassées en même temps. Leur gêne nous a tous contaminés. Tous ?

Non... Je dois reconnaître qu'encore une fois Ingrid a été formidable. Elle a improvisé un petit discours charmant.

Ingrid – Moi qui suis fille unique, je dois vous dire qu'il est très réjouissant pour moi de me retrouver à la table d'une famille si vivante. Alors bienvenue au nouvel arrivant. Vous allez voir, Fred, ça bouge, ça rit, ça pleure, ça se dispute, ça se réconcilie mais surtout, ça aime !!! Prenez place, installez-vous, nous allons avoir le temps de faire connaissance.

On a applaudi sous l'œil amusé du « nouvel arrivant ». Tandis qu'on s'asseyait, j'ai entendu Nicolas chuchoter à Édouard :

Nicolas – T'as raison, on aurait dû le prévenir.

Il n'aurait jamais dû prononcer ces paroles. La Doc Martens droite de Léa lui a défoncé le genou gauche. Contre toute attente, il n'a pas bronché. Il faut avouer que le regard noir de Léa l'en a fortement dissuadé.

Les présentations ont pu commencer. Contrairement à Édouard qui, la veille, était très à l'aise et s'était adressé à chacun d'entre nous avec simplicité, Fred est resté sur la réserve, répondant comme un sphinx aux questions qu'on lui posait.

La patronne de *Muscade* demandant qu'on l'aide à servir les plats, Léa s'est levée. Je l'ai suivie.

Justine – Comment tu le trouves ?

Léa – Je ne sais pas encore. Physiquement, je ne m'attendais pas du tout à ce genre d'homme. Il est tellement différent de mon père.

Description de Fred

La cinquantaine, taille moyenne, plutôt mince, front un peu dégarni, cheveux clairs, yeux bleu ardoise, petites lunettes cerclées argent, chemise de lin gris perle, pantalon à pinces noir.

Pour mémoire

Le père de Léa était grand, costaud, brun avec des yeux noirs. Il portait toujours des jeans avec des pulls improbables.

Justine – Tant mieux ! Comme ça, chacun à sa place. Ta mère peut commencer une histoire nouvelle.

Léa – Oui, tu as raison, mais ça me fait drôle.

Justine – Il a l'air timide, non ?

Léa – Non, je ne dirais pas timide, peut-être un peu en retrait.

Justine – Il fait quoi dans la vie ?

Léa – Je ne sais pas, on va éviter de l'imaginer en taulard marseillais. On va gentiment lui poser la question.

La patronne, qui se tenait derrière le bar avec six assiettes déjà dressées, a crié d'une voix tonitruante :

La patronne de Muscade – Bon les filles, vous êtes venues pour m'aider ou pour bavarder ?

Léa – Pour vous aider, chef !

La patronne de Muscade – Parfait ! Alors vous apportez ça en terrasse, s'il vous plaît.

Léa a dit :

Léa – Je prends seulement deux assiettes. J'ai peur de me tacher. Je n'ai pas l'habitude de porter une robe blanche.

Justine – C'est le moins qu'on puisse dire ! Je crois même que c'est la première fois que je te vois avec autre chose qu'une robe noire depuis...

J'ai arrêté ma phrase en plein vol. Qu'est-ce que je suis maladroite, Léa s'habille en noir depuis la mort de son père. Ma meilleure amie sentant mon malaise a rétorqué :

Léa – Oui, je m'habille en noir depuis qu'Il est parti. Il était temps de changer, non ?

Justine – Plus que temps. Tu es super belle en blanc.

Léa – Vu le prix qu'a coûté la robe, il y a intérêt !

Justine – Je te rappelle qu'elle ne t'a rien coûté puisque c'est Eugénie et Édouard qui te l'ont offerte.

Léa – C'est vrai.

La patronne survoltée a crié de nouveau :

La patronne de Muscade – Oh les pipelettes, vous servez mes cuisses de canard confites et mes pommes de terre à la sarladaise ? Ça va être froid...

Léa et Justine (ensemble) – Yes chef !

Lorsque nous sommes revenues en terrasse, la discussion portait sur notre séance shopping du matin. Inutile de vous préciser qui monopolisait la discussion.

Ingrid – Ce magasin est incroyable ! Tu trouves tout ce qui est tendance là-bas, de l'objet le plus basique à la blouse la plus hype.

Ambre – Oui, mais à quel prix ! Je me demande qui peut acheter. La moindre robe vaut mille euros. Les sacs et les chaussures, je n'en parle même pas !

Jean-Baptiste qui était le seul garçon à suivre la conversation a failli s'étrangler.

Jean-Baptiste – Quoi ? Combien la robe ?

Ambre – J'en ai vu une jolie qui me plaisait, elle valait mille euros et ce n'était pas la plus chère.

Jean-Baptiste – Mille euros pour un bout de tissu ? N'importe quoi !

Ingrid – C'est parce que vous la regardez comme une robe, alors que c'est une œuvre d'art ! Est-ce que vous remettez en question le prix d'un Picasso ? Après tout, ce n'est rien qu'un bout de toile et un peu de peinture.

C'est vrai que présenté comme ça, c'est recevable.

Jean-Baptiste – Tu sais combien d'enfants on peut vacciner en Afrique avec ton bout de chiffon ?

Ça aussi c'est recevable.

Eugénie a tapé trois petits coups sur son verre avec un couteau pour réclamer le silence.

Eugénie – Mes enfants, vous reprendrez cette discussion fort intéressante un peu plus tard. J'aimerais prononcer quelques mots.

La patronne qui arrivait avec le reste des plats a râlé.

La patronne de Muscade – Ah non, pas de discours maintenant, les plats vont être froids.

Eugénie s'est rassise.

Eugénie – Bien madame ! Je croyais que la mariée avait tous les droits le jour de son mariage, j'ai dû me tromper. Est-ce qu'en attendant je peux au moins demander à mes invités de changer de place afin qu'ils fassent connaissance ?

La patronne de Muscade – Seulement si ça prend moins de trente secondes et que chacun récupère ses couverts et sa serviette !

Notre grand-mère de choc a parlé devant son poing fermé comme si c'était un micro :

Eugénie – Top chrono ! Justine et Léa, venez vous asseoir à côté de Fred. Claire, Nicolas et Ambre, placez-vous près d'Édouard. Jean-Baptiste, Jim, Thibault et Ingrid, rapprochez-vous de moi.

On s'est prêtés au jeu dans une franche bonne humeur. Après quelques cafouillages et de nombreux éclats de rire, on a fini par trouver nos places.

La patronne nous a applaudis.

La patronne de Muscade – Bravo !!! Et maintenant bon appétit ! Ici, on a le droit de parler la bouche pleine...

Et elle est retournée en cuisine préparer nos desserts. Léa, qui s'était assise en face de Fred, lui a déclaré en souriant :

Léa – Pourtant, mes parents m'ont appris que c'était impoli.

Je me suis demandé si Léa ne faisait pas exprès de dire « mes parents » pour rappeler au nouveau venu que ce couple était indétrônable et que lui ne ferait jamais partie de la famille. J'ai eu peur un instant que Fred se sente agressé et ne se donne pas la peine de répondre. J'ai eu tort... Il faut faire confiance à la vie !

Fred – Vos parents ont eu raison, Léa. J'ai moi-même répété à mes enfants de ne pas mâcher la bouche ouverte mais ils ont mis du temps à intégrer l'information !

Léa – Vous avez des enfants ?

Fred – Oui. Deux fils, Léon et Fédor.

Léa – Deux prénoms d'auteurs russes ?

Fred – Exact.

Alors là, je ne sais pas exactement à qui ils font référence mais vu leur sourire complice, le contact est passé.

Liste des écrivains russes les plus connus pour avoir des idées de prénoms au cas où Claire et Fred nous feraient un petit et me demanderaient mon avis.

* Alexandre Pouchkine (*Eugène Onéguine*),
* Nicolas Gogol (*Les joueurs*),
* Fiodor Dostoïevski (*Les frères Karamazov*),
* Ivan Tourgueniev (*Pères et fils*),
* Léon Tolstoï (*Anna Karénine*),
* Anton Tchekhov (*Les trois sœurs*),
* Maxime Gorki (*Les bas-fonds*),
* Mikhaïl Boulgakov (*Le Maître et Marguerite*),
* Boris Pasternak (*Docteur Jivago*),
* Vassili Grossman (*Pour une juste cause*),
* Alexandre Soljenitsyne (*L'archipel du Goulag*),
* Andreï Makine (*Le testament français*).

Léa – Vous aimez les écrivains russes ?

Fred – La première fois que j'ai rencontré la mère de mes enfants, elle était assise dans un café et lisait *Anna Karénine*. J'étais juste en face et je lisais *Les frères Karamazov*. On a ri, on a décidé de faire table commune puis appartement commun. Des années plus tard, lorsqu'il a fallu choisir les prénoms des jumeaux, on a décidé de les appeler Léon et Fédor, en souvenir de ce jour.

Léa a éclaté de rire. Je l'ai aussitôt imitée. Je n'avais pas envie de passer pour la copine inculte.

Léa – Quelle jolie rencontre !

Mais pourquoi parlent-ils d'une histoire d'amour qui n'est pas celle de Fred et Claire ? On s'en moque du premier mariage de Fred et de sa rencontre avec sa femme, non ?

Eugénie, que je n'avais pas vue s'approcher, a pris la corbeille de pain qui était près de moi et m'a chuchoté :

Eugénie – Sans connaissance du passé, il n'y a pas de présent. Chacun a besoin de dire à l'autre qui il est et ce qu'il a vécu. Ils s'informent mutuellement qu'ils sont le père ou la fille d'une autre famille, mais qu'ils sont d'accord pour créer un nouveau clan qui n'effacera pas le premier.

Et la mariée est repartie l'air de rien.

Léa – Quel âge ont Fédor et Léon ?

Fred – Vingt-cinq ans.

Léa – Ils vivent avec vous ?

Fred – Non, après le bac ils ont pris un appartement ensemble à Paris.

Léa a marqué un temps d'arrêt puis elle a demandé :

Léa – Ils ont déjà rencontré ma mère ?

Fred – Oui, avant-hier. Claire ne souhaitait pas les voir tant qu'elle ne vous avait pas parlé de nous deux. Comme elle attendait que vous ayez vos résultats du bac, tout s'est joué cette semaine !

Léa – Et vous avez accepté ?

Fred – Pourquoi aurais-je refusé ? Claire vous aime, si je la blesse à travers vous, je la perds. Elle sait qu'il en va de même pour mes enfants.

Ma meilleure amie lui a souri.

Léa – Alors je me retrouve avec deux grands frères ? J'en ai toujours rêvé !

Fred – Eux aussi ont été contents d'apprendre qu'ils avaient une nouvelle petite sœur.

J'ai eu un pincement au cœur. La sœur de Léa, c'est moi ! Ce ne sont pas deux jumeaux russes venus d'on ne sait où qui me la prendront. Ils veulent que je leur rappelle depuis combien de temps je la connais ? Et les années d'enfance comptent double, voire triple !

Léa – Vous croyez que ça va être facile à vivre, cette grande famille recomposée ?

Excellente question. J'ai lu plein de témoignages où ça se passe super mal... Les enfants se détestent et refusent de partager un repas. Que Fred ne vienne pas lui vendre du rêve façon téléfilm sirupeux sinon j'interviens.

Fred – Non, bien sûr. Il y aura des tiraillements, des jalousies, des « j'étais là en premier », des « je voudrais que tout soit comme avant ». Et si on veut que ça marche, il faudra qu'on fasse des efforts. Mais, vous êtes grands maintenant, il ne s'agit pas de vivre ensemble dans la même maison. Le but est de se retrouver de temps à autre, avec bonheur.

Donc la proposition de Léa, petite sœur des jumeaux, on abandonne ? On est bien d'accord ? Leur nouvelle fratrie, c'est pour de faux ?

Léa – Fred, je voudrais vous présenter Justine. Si Léon et Fédor veulent m'adopter, il va falloir qu'ils l'adoptent aussi !

Touchée, coulée. J'ai dégluti avec difficulté.

Fred – Je suis au courant. Claire m'a dit que vous fonctionniez comme des jumelles. Enchanté, Justine !

Alors que je cherchais quoi répondre à Fred, Claire nous a rejoints, son assiette et ses couverts à la main. Elle affichait un grand sourire mais semblait inquiète.

Claire – Tout va bien par ici ?

Léa – On ne peut mieux !

Claire – Je peux me joindre à vous ?

Justine – Je te laisse ma place, Claire.

Claire – Non, pas question.

Justine – Si, je vais rejoindre Thibault, il a l'air triste.

Claire – C'est vrai, je l'avais remarqué. Tu sais pourquoi ?

J'ai laissé Léa expliquer à sa mère la situation et j'ai rejoint mon prince. Il semblait perdu dans ses pensées. Je me suis assise près de lui et lui ai murmuré :

Justine – Ça va ?

Il a sursauté. J'ai eu la sensation qu'il avait oublié qu'il était avec nous tous au mariage d'Eugénie et d'Édouard. Il m'a pris la main gentiment.

Thibault – Ça va... Et toi ?

Justine – Plutôt bien ! L'ami de Claire a l'air sympa. On a un peu discuté avec lui.

Thibault – Ah oui ?

Thibault a dit « Ah oui ? », comme il aurait dit chaussette ou autoroute... Il semblait déconnecté de la réalité. Toutefois, en garçon bien élevé, il continuait à donner le change avec des formules toutes faites. Il était évident que son choix de ne pas partir aux États-Unis le rongeait mais il m'avait promis de ne plus en parler. Je me suis collée à lui pour qu'il sente ma présence et j'ai écouté Jean-Baptiste raconter ses nombreux voyages au Burkina sous l'œil admiratif d'Ingrid.

Mon prince n'a pas prononcé un seul mot du repas et lorsque Eugénie a de nouveau tapoté trois fois son verre pour réclamer le silence, il n'a pas réagi. J'ai eu une peine infinie pour lui.

Eugénie – Mes enfants, je voudrais vous dire à quel point je suis heureuse de vous voir réunis. C'est un immense bonheur pour moi de déjeuner dans cet endroit merveilleux, un jour d'été, avec les gens que j'aime. Je suis la mariée la plus comblée du monde !

On a applaudi.

Eugénie – Attendez, je n'ai pas fini... Mon grand âge m'a permis de tirer quelques conclusions sur l'existence. Je voudrais vous les livrer. Ne vous inquiétez pas, je ne serai pas longue. Alors voilà... Tout d'abord, n'ayez pas peur d'aimer ! On ne perd jamais quand on aime... Aimez celui ou celle qui est près de vous, aimez les gens autour, aimez ce que vous faites et ce que vous ne faites pas encore, aimez la vie qui vous le rendra ! Ensuite, osez !!! Osez faire, osez être... Ne craignez pas d'être ridicules, d'être soudain seuls, d'être jugés, les autres finiront par comprendre. Et s'ils ne comprennent pas, tant pis... Suivez vos désirs et ne renoncez jamais. À rien, à aucun projet qui vous tienne à cœur.

Eugénie a prononcé ces derniers mots en fixant Thibault. Mais pourquoi insiste-t-elle sur l'importance d'assumer ses choix ? Elle sait qu'il a renoncé à son voyage. Il a clairement expliqué pourquoi. En temps normal, Eugénie est formidable mais là, je trouve qu'elle va trop loin.

J'allais intervenir pour protéger mon prince quand l'impensable a fait irruption dans la réalité. Alors que Thibault restait immobile et sourd à ce qui se disait, une femme a surgi près de nous. Il m'a fallu un quart de seconde pour reconnaître Mme de l'Amétrine.

Elle n'avait plus rien de la femme calme et sereine de la veille. Elle paraissait survoltée. Elle nous a demandé de l'excuser un moment parce qu'elle avait besoin de parler à son fils en privé.

Thibault, totalement ahuri par l'apparition de sa mère, s'est levé comme un diable sort de sa boîte. Il l'a suivie jusqu'à un banc un peu plus loin.

Eugénie, qui ne semblait pas étonnée, s'est rassise non sans répéter :

Eugénie – Osez ! Osez faire, osez être... Ne craignez pas d'être ridicules, d'être soudain seuls, d'être jugés, les autres finiront par comprendre. Et s'ils ne comprennent pas, tant pis... Suivez vos désirs et ne renoncez jamais. À rien, à aucun projet qui vous tienne à cœur.

Malgré mon désir d'être discrète, je n'ai pu quitter mon bel amour du regard.

Il était là-bas, assis près de cette femme qui était sa mère et que je ne connaissais pas. Elle lui parlait et il la fixait avec un amour évident. Un amour de petit garçon perdu qui a besoin qu'on le console. J'avais le cœur en miettes.

Sa mère a hésité et elle l'a enfin pris dans ses bras. Ça a duré quelques secondes à peine et puis elle a sorti de son sac une pochette. Elle l'a tendue à son fils qui a mis du temps avant de l'accepter. Elle l'a embrassé une dernière fois et elle s'est sauvée comme si elle était poursuivie.

Thibault l'a regardée partir. Ses yeux l'ont accompagnée aussi loin qu'ils ont pu. Après, je ne sais pas. Je pleurais tellement que je ne voyais plus rien.

Léa, qui s'était approchée en silence, m'a murmuré :

Léa – Va le rejoindre, il a besoin de toi et toi de lui...

Lorsque je me suis assise près de Thibault sur le banc, il m'a chuchoté :

Thibault – Elle est venue me dire que je ne devais pas renoncer à mon voyage. Que je devais partir étudier la musique à Berkeley. Elle m'a apporté de quoi payer l'avion, l'école et de quoi tenir un moment. C'est l'argent qu'elle a gagné avec ses derniers concerts. Elle l'avait mis sur un compte et elle n'y avait jamais touché. En partant, elle m'a confié : « Ne fais pas comme moi, vis tes rêves ».

Thibault a niché son visage dans mon cou et il m'a demandé :

Thibault – Toi aussi, tu me donnes l'autorisation de partir ?

J'ai respiré très fort pour que ma réponse ne soit perturbée par aucun sanglot et, fixant les arbres majestueux du Palais-Royal, je lui ai répondu d'une voix ferme :

Justine – Oui ! Pars et reviens-moi vite... Je t'attendrai !

Le moment des adieux

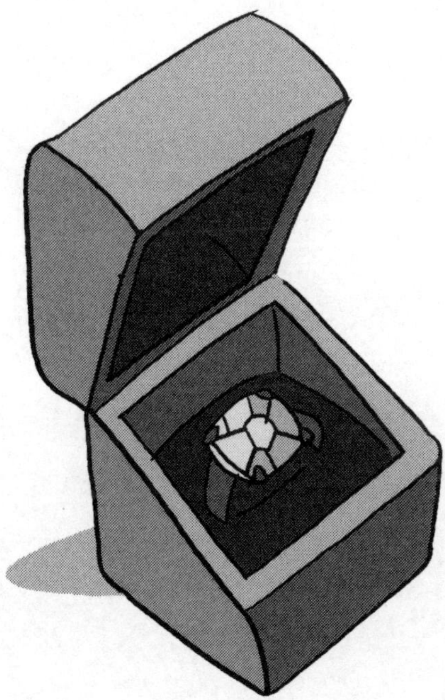

Il était à peine 5 heures ce matin lorsque je me suis réveillée en sursaut. Je n'ai pas tout de suite compris pourquoi mon cœur battait la chamade puis je me suis souvenue qu'on était samedi, que je partais dans quelques heures avec Léa pour un tour du monde, que je ne reverrais pas Thibault avant un an, que jeudi nous avions signé le bail pour notre coloc et qu'en octobre je commençais mes études de médecine. J'ai essayé de me convaincre que ce n'était qu'un délire de mon imagination et que je pouvais me rendormir mais je n'ai pas réussi. Alors j'ai tenté de m'imaginer une autre vie où je n'aurais pas ces angoisses.

Autre vie dans laquelle je n'aurais pas ces angoisses

Vie dans laquelle je n'aurais pas rencontré Thibault : je ne le connaîtrais pas, donc je n'aurais aucune raison de pleurer sur son départ prochain.

Vie dans laquelle je ne connaîtrais pas Léa : elle ne pourrait pas me proposer de partir avec elle à l'autre bout du monde donc je ne serais pas stressée par le départ.

Vie dans laquelle je serais encore au lycée à la rentrée : aucune inquiétude, en septembre je retournerais au lycée Colette et j'irais boire un Coca au *Louis XVI*.

Vie dans laquelle je n'aurais pas signé pour une coloc : j'habiterais à la maison bleue pour l'année à venir. Je dormirais dans ma chambre que je connais si bien.

Récapitulons, je pourrais être une fille cool et sans angoisses uniquement si j'étais célibataire, sans meilleure amie, que j'avais raté mon bac et que j'allais passer mon existence en tête à tête avec mes parents.

Euh... Il n'y a pas comme un paradoxe ?

Je me suis levée et je suis allée me préparer un thé dans la cuisine, mon portable à la main. Il était évident que, dans moins d'une minute, j'allais recevoir un SMS de la sorcière du genre : « Haut les cœurs ! C'est ça vivre : aimer, donc prendre le risque de souffrir » et autres consolations (qui ne me consolent pas du tout, voire me stressent à mort).

J'ai rempli d'eau la bouilloire et j'ai attendu qu'elle chauffe, les yeux rivés sur le bouton rouge.

Bon d'accord, je garde cette vie avec les gens que j'aime, je ne reviens pas là-dessus... Mais doit-elle pour autant ressembler à une poignée de maïs qu'on jette dans de l'huile bouillante ? Ah, vous ne pouvez pas dire le contraire, depuis un certain temps, mon existence est vraiment une usine à pop-corn.

Faites le résumé des événements majeurs de ce dernier mois et vous arriverez à une conclusion similaire : épreuves du bac éprouvantes (inutile que je vous rappelle la balade en barque, l'épreuve de philo et ses conséquences), résultats chahutés, fête avec révélations surprenantes, annonce du départ de Thibault, recherche compliquée d'une coloc, mariage surprise d'Eugénie, annulation du départ de Thibault, présentation du nouvel amour de Claire, annulation de l'annulation du départ de Thibault et je ne vous parle pas de la signature du bail avec la tribu au grand complet ! Ça, je n'ai même pas envie de vous le raconter... Plus pénible, tu meurs.

– Coucou ma Justine, tu es déjà debout ?

J'ai sursauté en entendant la voix de ma mère. J'avais complètement oublié que j'étais dans la cuisine. L'eau de la bouilloire avait eu le temps de chauffer et de refroidir, et moi je fixais toujours le bouton rouge.

Justine – Oui, je n'arrivais plus à dormir.

La mère – Moi non plus. C'est horrible, je suis réveillée depuis quatre heures. Tu as fait du thé ?

Justine – Oui... enfin non... Je mets l'eau à bouillir.

La mère – Tu me jures que tu seras très prudente ?

Justine – En allumant la bouilloire ?

La mère – Mais non ! Durant ton voyage.

Justine – Oh non maman, tu ne vas pas recommencer ! Pitié... Tu m'as déjà raconté tous les faits divers les plus atroces de filles parties seules en voyage.

La mère – C'est pour te mettre en garde !

Justine – Eh bien, ça ne me met pas en garde, ça m'angoisse, tu comprends ? Les mères sont là pour nous pousser à vivre pleinement notre vie, pas pour nous transformer en filles peureuses incapables d'avancer.

Ma mère s'est raclé la gorge comme lorsqu'elle cherche un truc intelligent à dire pour avoir raison.

La mère – Peut-être... mais aussi, c'est important... il faut que tu l'entendes... tu es d'accord, n'est-ce pas ?

Justine – Avec quoi ? Je ne comprends rien à ta phrase.

La mère – Avec le fait que deux jeunes filles sur les routes sont des proies faciles.

Oh non, je n'aurais pas dû lui répondre, je viens de lui offrir la possibilité de rebondir.

La mère – Tu sais ce que m'a raconté une de mes collègues ?

Est-ce que les gens qui travaillent avec ma mère font autre chose de leurs journées que rapporter des faits divers sanglants ? Avec toutes les anecdotes qu'ils lui ont rapportées devant la machine à café, elle pourrait écrire une encyclopédie de l'horreur.

La mère – Une jeune fille de dix-neuf ans qui était partie en voyage en Turquie s'est retrouvée en prison. Tu sais pourquoi ?

Je ne tente même pas de répondre, ça ne sert à rien. Elle démarre dans moins d'un dixième de seconde sur la pintade turque.

La mère – La pauvre fille, voulant aider un garçon qu'elle avait rencontré la veille et qui avait été arrêtée par la police à la sortie d'une boîte de nuit, a décidé d'engager un avocat pour le défendre. Elle s'est donc présentée à la prison de je ne sais où avec son homme de loi. Les gens du coin n'ont rien dit mais, dès le lendemain, des policiers ont débarqué à son hôtel et ont mis sa chambre à sac. Comme par hasard, ils ont retrouvé des documents compromettant la sécurité du pays. Elle a été arrêtée à son tour pour espionnage.

Comme quoi je ne suis pas la seule à trop regarder *Homeland*.

Ma mère, catastrophée par cette histoire qu'elle avait dû se raconter en boucle cette nuit, a continué :

La mère – Ses parents se battent depuis quatre ans pour que son procès soit révisé. Ils ont vendu leur maison pour payer les avocats et vivent chez un cousin qui a accepté de les héberger. Le père vient de perdre son emploi et la mère est tombée malade...

Tu vois l'horreur ? Mais quelle idée de vouloir défendre ce garçon qu'elle ne connaissait même pas.

Justine – Peut-être a-t-elle estimé que les circonstances de son arrestation étaient contraires à la loi et qu'elle devait intervenir pour le sauver.

Ma mère m'a regardée, horrifiée.

La mère – Donc tu ferais ça toi aussi ?

Alors là, je viens de me jeter toute seule dans la gueule du loup.

La mère – Eh bien voilà pourquoi je te mets en garde depuis des jours et des jours. Parce que tu es exactement le genre de fille à te fourrer dans un guêpier pareil.

Justine – C'est ça, je suis une gourde qui va finir au fin fond d'une prison et vous serez obligés de vendre l'appartement et de vivre chez papy et mamie pour payer mes avocats. Du coup, Théo sera placé par la Ddass dans une famille d'accueil.

La mère – C'est tout ce que tu trouves à me répondre ???

Justine – Non, il y a autre chose ! Si jamais je devais moisir dans une geôle dans la région sud du Turkestan, je t'en prie, laisse-moi là-bas ! J'y serais certainement plus tranquille que dans cette cuisine avec toi.

Je reconnais que j'y vais un peu fort mais croyez-moi, un bon uppercut est le seul moyen de reprendre l'avantage.

La mère – Vraiment Justine, tu es... tu es...

Mon père a choisi ce moment précis pour faire irruption dans la cuisine. Évidemment maman s'est effondrée en larmes dans ses bras.

Le père – Qu'est-ce qui se passe, ma chérie ?

Elle n'a rien répondu. Elle a préféré continuer à pleurer comme si j'étais vraiment en prison au fin fond du Turkestan.

Mon père a adoré le rôle de super sauveur.

Le père – Allons, calme-toi Sophie. Ça ne peut pas être si grave... Dis-moi ce qui ne va pas, je vais tout arranger.

Et me regardant comme un commissaire qui sait déjà qui est le coupable mais l'interroge quand même pour l'obliger à avouer, il m'a demandé :

Le père – Tu sais ce qui l'a mise dans cet état ?

J'ai fixé ma mère qui venait d'arrêter de pleurer pour écouter mon mea culpa et j'ai répondu :

Justine – Oui, je sais, son imagination délirante. Elle devrait arrêter de penser au pire, ça nous ferait des vacances, des vraies je veux dire !

Et sur cette phrase d'anthologie que j'allais certainement payer cher des années durant, je suis sortie de la cuisine sans avoir bu mon thé.

J'ai aussitôt appelé Léa, il n'était pas six heures du matin mais tant pis.

Elle a décroché tout de suite.

Léa – Hello ma Justine !

Justine – Je ne supporte plus ma mère...

Léa – N'oublie pas qu'elle a accepté que tu partes pour un très long voyage. Tu ne peux pas l'empêcher de s'inquiéter... Fais un effort, écoute ses peurs et tente de la calmer.

Justine – J'aimerais t'y voir... Tu veux entendre le dernier fait divers de la touriste enlevée en Turquie ?

Léa – Non merci ! J'ai en mémoire ceux que tu m'as déjà racontés. Si on parlait d'autre chose ?

Justine – D'accord ! Tu n'as pas trouvé bizarre l'attitude de Thibault hier après-midi ?

Léa a soupiré. Mauvais signe...

Léa – Disons qu'il a été un peu distant.

Justine – Un peu distant ? Je ne sais pas ce qu'il avait à faire la veille de mon départ mais je ne l'ai pas beaucoup vu. Pourquoi a-t-il emprunté la voiture de Jim ? Où est-il allé ?

Léa – Mystère...

Justine – Tout le monde était dans son jardin pour notre dernière après-midi sauf lui !

Léa – C'est vrai. Peut-être était-ce trop douloureux pour lui ces ultimes moments tous ensemble.

Justine – Tu es incroyable, tu trouves toujours des excuses à tout le monde.

Léa – Aux gens que j'aime, surtout.

Justine – En fait, j'aimerais être comme toi !

Léa – Ne change rien, je t'aime exactement comme tu es.

Justine – Tu as intérêt parce que tu vas me supporter six semaines vingt-quatre heures sur vingt-quatre !

Léa – Même pas peur ! Allez, retourne boire un thé dans la cuisine avec ta mère et calme le jeu. Elle doit être super malheureuse et je ne vois pas l'intérêt de se fâcher avant le départ. Comme je te connais, tu vas te le reprocher à peine montée dans l'avion et ça gâchera ton voyage.

Justine – OK chef !

Léa – Tu promets ?

Justine – I promise.

Léa – Alors à tout' ma Justine !

Justine – À tout' ma Léa !

Je suis retournée dans la cuisine avec l'intention d'arranger les choses mais à peine avais-je franchi le seuil que ma mère m'a sauté à la gorge.

La mère – Tu trouves normal de dire des horreurs pareilles à ta mère ?

Mon père qui buvait son café en lisant son journal *01 Informatique* n'a pas levé les yeux. Il avait déjà rendu son déguisement de Superman sauvant le monde. Il faut avouer que même le vrai Superman ne pourrait pas calmer ma mère quand elle crise. J'ai décidé d'enfiler la cape.

Justine – Désolée mamounette, je ne voulais pas te faire de peine, je sais que tu t'inquiètes pour moi.

Maman n'avait pas prévu un tel retournement de situation aussi est-elle restée en mode agressif malgré mon drapeau blanc.

La mère – Tu connais beaucoup de mères qui permettraient à leur fille de partir si jeune ? Moi, je n'en connais aucune ! Et qu'est-ce que j'ai en retour ? Une pimbêche ironique qui me fait la leçon ! Tu sais ce que tu mérites ?

Vous avez déjà vu un cargo qui décide de changer de cap ? Non ? C'est normal, il faut rester des heures les yeux rivés sur le bateau pour se rendre compte qu'il modifie sa trajectoire. Et vous savez pourquoi ? Parce qu'il est tellement lourd qu'il lui faut un temps et un espace infinis pour se dérouter.

Ma mère, c'est pareil !

Justine – Ne t'inquiète pas ! Je ferai très attention à tout et puis je te donnerai de mes nouvelles régulièrement.

La mère – Tu sais, si je veux, je peux m'opposer à ton départ ! Après tout, tu es encore mineure. D'ailleurs, c'est ce que je vais faire...

Ne renoncez pas. Gardez les yeux fixés sur le cargo. Ça va être long mais il va bouger.

Justine – J'ai bien rangé la liste des ambassades et des consulats français avec les adresses et les numéros de téléphone dans mon passeport. C'était une bonne idée de me l'imprimer. Merci !

La mère – Après tout, qu'est-ce qui m'oblige à te laisser partir ?

Justine – Merci aussi de m'avoir offert cette ceinture avec des poches secrètes pour cacher l'argent en voyage. Je ne sais pas qui a eu l'idée de fabriquer un truc pareil, c'est génial.

La mère – Rien... rien ne m'oblige à accéder à ta demande...

Justine – Le stylo lampe de poche avec sifflet anti-agression est une super trouvaille aussi !

La mère – Et je me moque que les billets d'avion soient payés et que Léa compte sur toi. Si je voulais dire non, ça serait non...

Vous avez noté, on est passé au conditionnel. Ça n'a l'air de rien pourtant c'est bon signe.

Justine – Ils ont eu une excellente idée de mettre un cordon long. Comme ça tu le gardes autour du cou et, au moindre problème, tu siffles ! Tu es une mamounette qui pense à tout.

La mère – Mais que tu puisses profiter d'un voyage pareil, c'est exceptionnel. J'aurais adoré que ma mère m'autorise à partir à ton âge.

Changement de cap amorcé : 130° longitude nord et 57° latitude est.

Justine – Alors merci mamounette ! Tu es la meilleure des mamounettes...

Maman m'a regardée avec les yeux pleins de larmes et le menton qui tremble. Elle m'a fendu le cœur. J'ai oublié le cargo et je l'ai prise dans mes bras. Ce doit être dur d'être une mère.

La mère – Tu penses vraiment que je suis la meilleure des mamounettes ?

Justine – J'en suis certaine. Et je n'ai pas peur de me retrouver dans une prison au fin fond du Turkestan. Tu sais pourquoi ?

La mère – Non...

Nicolas

Les filles, je vous ai commandé une pochette de survie sur le Net pour votre voyage, elle vous plaît ?
Cette mini-pochette se divise en deux compartiments dans lesquels sont rangés des éléments utiles à la survie. Scie à métaux, tablettes de purification d'eau, corde à piège, instructions de premiers secours, kit de couture, fil à scier, sifflet, poche à eau, corde en nylon, couverture de survie, couteau/lame, bougie, mini-boussole, allumettes, miroir de signalisation, crayon, épingles à nourrice, pierre à feu, formulaire d'évaluation d'accidents.

Aujourd'hui, 01h32 · J'aime · Commenter

Jim aime ça.

Ingrid Avec un miroir de signalisation, on peut refaire son make-up ?

Aujourd'hui, 07h26 · J'aime

Léa Je ne vois pas de chocolat...

Aujourd'hui, 08h22 · J'aime

Justine La bougie est aromatisée à quel parfum ?

Aujourd'hui, 09h53 · J'aime

Nicolas OK, compris, je l'annule...

Aujourd'hui, 17h19 · 1 personne aime ça

Justine – Parce que si ça m'arrivait, je suis sûre que tu viendrais me libérer avec tes petits bras blancs. Tu es ma super mamounette !

– Tu vas aller en prison Justine ?

L'air catastrophé de Théo à l'entrée de la cuisine a provoqué un fou rire général. Mais pourquoi est-ce que tout est surjoué dans cette famille ? On ne pourrait pas prendre la vie avec un peu plus d'humour ?

Justine – Non, Théo, je n'irai pas en prison, c'était une blague pour amuser maman.

Théo – Ah bon ! Ce n'est pas très drôle. Tu as cinq minutes à me consacrer ?

Justine – Oui, si tu veux. Tu as un problème ?

Théo – Non, je voudrais juste t'expliquer ma liste en fonction des villes que tu vas visiter.

Oh non ! Le pauvre gosse, il a été contaminé par l'anxiété ambiante et il m'a fait une liste, lui aussi, des pharmacies, des hôpitaux ou de je ne sais quoi encore.

Il faut absolument que je le rassure.

Justine – Tu sais, Théo, il ne m'arrivera rien. Je pars en vacances et je reviendrai à la maison dans six semaines.

Théo – J'espère bien. Avec tout ce que tu dois m'acheter, je n'ai pas envie que tu disparaisses dans la nature !

Justine – Comment ça ?

Théo a posé sa liste sur la table. Une liste de cadeaux à lui rapporter ville par ville, avec les prix moyens pour chaque achat. Il aurait disposé d'un peu plus de temps, je pense qu'il m'aurait fait un tableau Excel avec le cours de l'euro.

Sans commentaire…

Après ce pur moment d'amour fraternel, il m'a souhaité rapidement un bon voyage et il a rejoint Oscar qui l'attendait en bas.

La matinée est passée comme un rien. Lorsque maman m'a appelée pour déjeuner, j'ai cru qu'elle plaisantait mais non, il était déjà midi et quart et on partait dans moins d'une heure.

La mère – Thibault déjeune avec nous ?

Justine – Non.

La mère – Il mange chez lui ?

Justine – Non. Je l'ai eu au téléphone tout à l'heure et il m'a dit qu'il était sorti et qu'il nous attendrait à treize heures pile en bas.

La mère – J'espère qu'il sera à l'heure, sinon on ne l'attend pas.

J'ai eu envie de pleurer.

Thibault était en bas à treize heures comme il l'avait promis. Il a souri tristement en voyant mes bagages mais il les a portés jusqu'à la voiture. Je n'ai pas réussi à articuler un seul mot.

Je me suis assise à l'arrière et j'ai attendu que tout le monde s'installe.

Thibault – Théo ne vient pas avec nous ?

La mère – Non, il a préféré aller regarder *Les Noces funèbres* chez son copain Oscar.

Les Noces funèbres ! Un super film de Tim Burton et une très jolie métaphore de ma relation avec Thibault aujourd'hui.

Thibault – Il n'aime pas les séparations lui non plus ?

Le père – Je crois qu'il en a assez des pleurnicheries de sa mère et de sa sœur ! Je le comprends.

Je n'ai pas relevé.

Mon père a démarré. Thibault a tourné la tête à droite pour regarder par sa fenêtre. C'est vrai qu'un container pour bouteilles en verre, une boulangerie, une boucherie, deux arbres, un passage

clouté, un carrefour, une banque, un opticien, un passage clouté à nouveau, un arbre, un fleuriste, c'est beaucoup plus intéressant que moi ! Oh, une rue en sens interdit sur la droite ! Attention, il va bientôt y avoir un dos-d'âne avec ralentissement devant une école primaire, il ne faudrait surtout pas le louper...

Bon OK, j'arrête de jouer au GPS mais pourquoi Thibault m'ignore-t-il ? Qu'est-ce que je lui ai fait ?

J'étais loin d'imaginer que mon départ se déroulerait dans de telles conditions. Que les autres ne nous accompagnent pas à l'aéroport, c'était prévu, c'était même une décision collective. On préférait se dire au revoir tranquillement hier soir à la maison bleue, mais que Thibault me fasse la tête au moment fatidique n'était pas au programme.

Mon père a dû se sentir obligé de mettre un peu d'animation parce qu'il lui a demandé :

Le père – Alors Thibault, ce voyage aux States, ça avance ?

Thibault – Absolument. J'attends le feu vert de ma tante qui habite New York pour prendre mon billet mais ça ne devrait pas tarder. Elle a la possibilité de me loger tout l'été chez elle. Comme ma cousine part en stage dans des vignobles en Californie, elle me laissera sa chambre jusqu'en octobre. Après, on verra...

Le père – Et pour le boulot ?

Thibault – Je vais aider ma tante dans son restaurant.

Le père – C'est bien tout ça... Tu vas nous revenir complètement bilingue !

Mon prince qui semblait avoir retrouvé son énergie a continué à raconter, par le menu, ses projets américains. Ça lui a permis de meubler la durée du trajet. Nous sommes donc arrivés à l'aéroport sans avoir échangé une seule parole.

La mère – Ah je vois Claire et Eugénie là-bas. Elles sont toutes seules. Où est passée Léa ?

J'ai cherché ma meilleure amie du regard. Elle était un peu plus loin dans les bras de Nicolas. Les deux amoureux se donnaient un vrai baiser de cinéma. Les femmes avaient certainement préféré avancer pour leur laisser un peu d'intimité. J'ai eu le cœur en vrac. Pourquoi Thibault ne m'embrasse-t-il pas lui aussi ? Pourquoi ne me prend-il pas la main ? Pourquoi reste-t-il planté dans le sol de l'aéroport comme le panneau des arrivées et des départs ?

Eugénie, nous apercevant, nous a adressé un grand signe de bienvenue. On lui a répondu façon famille qui regarde passer les voitures un dimanche depuis un pont enjambant l'autoroute et qui se réjouit d'être remarquée enfin par un automobiliste. Il ne manquait que les klaxons !

Nicolas et Léa ont continué à s'embrasser comme s'ils étaient seuls au monde. À un moment, mon cousin a chuchoté à l'oreille de sa belle, elle a éclaté de rire. Elle lui a murmuré quelques mots à son tour. Il a fait semblant d'être choqué. Leurs lèvres se sont de nouveau jointes dans un baiser hollywoodien.

Je me suis retournée et j'ai fixé méchamment Thibault. Je lui donne deux secondes pour faire pareil. Il a immédiatement proposé à mon père de chercher le comptoir d'enregistrement des bagages pour notre vol. Mon père a validé la mission. Mais pourquoi ai-je accepté que les autres ne viennent pas à l'aéroport ? Il y aurait au moins eu un peu d'animation ! Et puis si Jim était là, il me témoignerait de l'affection. Il trouve toujours les mots qu'il faut.

Lorsque mon père et Thibault sont revenus, Léa m'avait rejointe mais elle ne lâchait toujours pas la main de Nicolas. Trop préoccupée par mon cousin, elle n'a pas remarqué l'état désastreux dans lequel je me trouvais.

Le père – Allez les filles, vous devez vous rendre au comptoir 6 pour enregistrer vos bagages. On vous attend ici.

Nicolas, collé à ma meilleure amie comme un ado boutonneux à sa PS3, a râlé.

Nicolas – On ne peut pas les accompagner ?

Léa lui a souri.

Léa – Ne t'inquiète pas, je reviens.

Et ils se sont de nouveau embrassés. Ne croyez pas que je sois jalouse mais, franchement, ils pourraient être plus discrets. Thibault a soigneusement évité mon regard.

Léa a pris sa valise des mains de son homme, moi de celles de mon père, et nous nous sommes dirigés vers le comptoir 6.

Léa – Arrête de faire cette tête, Justine, je te rappelle qu'on part pour un merveilleux voyage.

Justine – Thibault ne m'a pas adressé la parole aujourd'hui. Je crois qu'il ne m'aime plus.

Léa – Arrête de te monter la tête, tu es fatigante.

Justine – Je te dis que…

Léa – Stop ! Aie un peu confiance dans la vie et dans les gens que tu aimes, tu te porteras mieux !

Justine – Mais…

Léa – Il n'y a pas de mais.

Un énorme ballon a gonflé dans ma poitrine. J'ai eu du mal à reprendre ma respiration. Qu'est-ce qu'ils ont tous à me détester aujourd'hui ? Soit on ne me parle pas, soit on m'ordonne de me taire… Léa a posé sa valise sur le tapis roulant puis elle a tendu passeport et billet à l'hôtesse.

Celle-ci lui a demandé :

L'hôtesse – Vous n'avez qu'une valise, mademoiselle ?

Léa – Oui. Est-ce que je peux être assise à côté de mon amie dans l'avion ?

Son amie, moi ? Vraiment ?

L'hôtesse – Bien sûr. Je vais vous enregistrer ensemble.

Les bagages enregistrés, on a rejoint les autres. On avait le temps de boire un verre avant de passer la douane.

Nicolas – Il y a un Mac Do porte 4, on y va ?

Comment il sait ça lui ?

Eugénie – Yes ! Je veux un Mac Fleury avec plein de M&M's.

La mère – Bonne idée.

Quoi bonne idée ? Ma mère est la première à partir en guerre contre la malbouffe et Mac Do est son ennemi juré. En plein désert, elle préférerait mourir de soif que de rentrer chez Ronald. Il faut vraiment qu'elle ait envie de se la jouer cool devant Claire et Eugénie.

La tribu s'est mise en marche en direction du Mac Do. J'ai suivi, la mort dans l'âme. Nicolas, en tête avec Léa, faisait semblant d'être guide pour un groupe de touristes. Il levait, façon pancarte de rassemblement, une pub qu'il avait récupérée sur un présentoir et baragouinait dans une langue asiatique totalement inventée. Ça a fait rire tout le monde. Sauf moi... Je n'avais qu'une envie, me jeter par terre et pleurer. Je marchais comme un zombie quand Thibault m'a attrapée par le bras et m'a poussée à l'intérieur d'un Relay presse. J'ai lâché un cri de souris qui a fait se retourner la moitié des clients du magasin. J'ai souri pour signifier que tout allait bien puis j'ai demandé :

Justine – Qu'est-ce que tu veux ?

Thibault n'a rien répondu, il s'est contenté de sortir une petite boîte de sa poche et me l'a tendue. Je l'ai ouverte... Je n'en ai pas cru mes yeux ! Un gros anneau d'argent surmonté d'une magnifique pierre carrée rouge sang étincelait dans son écrin de velours.

Justine – C'est quoi ?

Mon prince m'a souri.

Thibault – Une bague, je crois.

Justine – Je sais ! Mais pourquoi tu m'offres cette bague maintenant ?

Thibault – Parce que cette pierre rouge porte mon nom, c'est une amétrine. J'aimerais que tu la gardes à ton doigt jusqu'à mon retour des États-Unis. Je t'aime Justine et je rêve que tu m'attendes.

Je me suis jetée dans les bras de mon grand amour sous l'œil bienveillant d'une vieille dame qui avait assisté à la scène. Elle a commenté discrètement :

La vieille dame – Parfaite, la déclaration d'amour. À sa place, je l'attendrais... Enfin, pas trop longtemps non plus ! Il faut bien s'amuser quand même. La vie est courte.

Justine – Elle est magnifique !

Thibault – Elle te plaît vraiment ?

Justine – Oui, mais c'est une folie. Tu avais dit que tu ne devais pas toucher à l'argent des États-Unis.

Thibault – Ne t'inquiète pas, je ne l'ai pas dépensé. J'ai vendu quelques affaires à moi pour l'acheter.

Justine – C'est pour ça que tu n'es pas resté avec moi hier après-midi et ce matin.

Thibault – Oui... Et depuis tout à l'heure, j'étais très mal à l'aise parce que je ne savais pas comment te l'offrir. J'avais peur que tu me prennes pour un idiot. À chaque fois que je mettais la main dans la poche pour te la tendre, je renonçais.

Le saviez-vous ?

Pourquoi l'alliance se porte-t-elle à l'annulaire gauche ?

Selon les époques et les pays, l'alliance se porte à la main gauche ou à la main droite. En France, cet anneau a été porté à gauche à partir du XVIIe siècle et la tradition perdure.

Il faut remonter au IIIe siècle avant Jésus-Christ pour en trouver l'explication. Les Grecs croyaient qu'une veine passant par l'annulaire gauche rejoignait l'organe vital, le cœur, et que si cette veine était comprimée par une bague, on s'assurait l'amour de l'autre.

Vous y croyez, vous ?

Justine – Mon pauvre amour !

Thibault – Tout va bien maintenant. Je te l'ai offerte et elle a l'air de te plaire.

Justine – Plus que ça !

Thibault – Allez, viens vite, les autres vont se demander où on est passés...

Justine – D'accord !

On a couru jusqu'au Mac Do main dans la main.

J'avais l'impression d'être une héroïne de film. Ma vie était tout à fait fascinante. Thibault m'aimait comme un fou, je partais pour un voyage merveilleux avec ma meilleure amie, j'allais bientôt commencer des études de rêve...

Mais qu'est-ce qu'il fait là, lui ? Je suis peut-être myope pourtant je l'ai reconnu.

J'ai demandé à mon prince :

Justine – Thibault, tu vois comme moi qui essaie de se faire très discret là, près du poteau juste en face de nous ?

Thibault – Ah oui, je le vois très bien. Il faudrait qu'il nous explique pourquoi il se trouve ici au moment de votre départ.

On a foncé droit sur lui. Lui, c'était notre voisin, le pervers écrivain, en planque ce samedi 21 juillet dans le hall « departures » de l'aéroport. Il est devenu rouge pivoine à notre approche. Thibault a été royal. Il a dit dans la plus pure tradition des fils d'ambassadeur :

Thibault – Bonjour cher voisin ! Quel plaisir de vous rencontrer... Vous partez en voyage vous aussi ?

L'écrivain a tenté une réponse mais on a bien senti qu'il n'avait pas eu le temps de préparer une réplique plausible. Il s'est ratatiné sous nos regards amusés.

J'ai décidé de lui venir en aide.

Justine – Vous êtes venu parce que vous aviez besoin d'une scène pour votre prochain tome ?

L'écrivain – Pas seulement d'une scène, de LA dernière scène de mon tome 6. Je ne pouvais pas en rester à la soirée d'hier, c'était triste comme tout. Il me fallait quelque chose de plus flamboyant, de plus « bouquet final », vous comprenez ?

Justine – Pas vraiment.

L'écrivain – Si ça vous intéresse, je pourrai un jour vous montrer mes notes. Les allers-retours entre la réalité et ce que j'en fais...

Justine – Pourquoi pas... En attendant, voulez-vous vous joindre à nous au Mac Do ? Ce ne sera pas très flamboyant mais ça peut être sympa.

L'écrivain – Avec plaisir.

Décidément ce départ qui m'avait semblé morne et triste tout à l'heure se révélait beaucoup plus surprenant que je ne le pensais.

Je n'étais pas au bout de mes surprises.

Lorsque je suis entrée dans le fast-food, mon cœur a failli se décrocher. Nicolas, Jim, Ambre, Ingrid, Jean-Baptiste, debout sur des chaises, tenaient une immense banderole avec comme inscription : « Bon voyage à notre Justine et à notre Léa. Revenez-nous vite ! » Ils n'avaient pas résisté à l'idée de nous dire un dernier au revoir alors qu'on partait si loin.

On ne sépare pas aussi facilement les membres du club des CIK + 3 !!!

Léa, que je n'avais pas sentie approcher, m'a pris la main et a regardé ma bague en souriant.

Léa – Waouh !!! Quelle belle pierre rouge. On dirait un cœur qui bat...

Justine – Comme d'habitude, tu avais raison, ma Léa. Il faut vraiment faire confiance à la vie et aux gens qu'on aime si on veut être heureux !

Léa – Exact ! Et n'oublie pas de sourire, l'écrivain prend des notes...

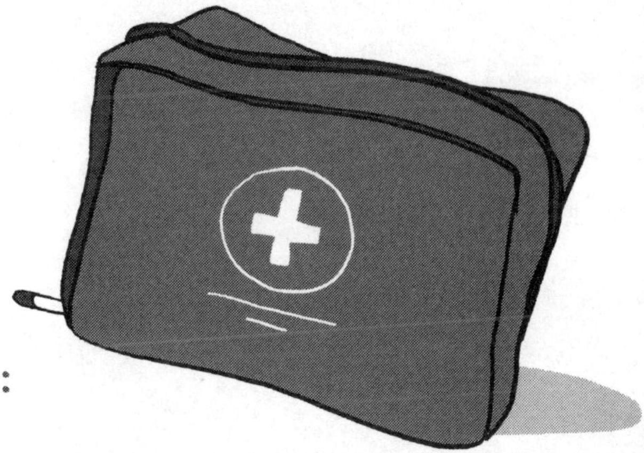

Bonus : les coulisses de l'envol

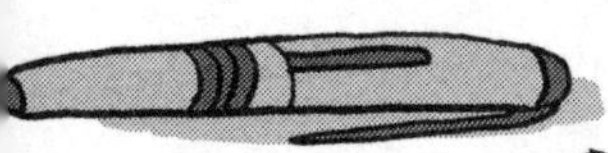

À Justine, Léa, Ingrid, Ambre, Nicolas, Jim, Thibault et Jean-Baptiste,

Je pars ce matin pour un voyage en Asie et je poste à l'instant à mon éditrice le manuscrit du tome 6 de *Ma vie selon Moi*. J'ai fini de l'écrire cette nuit.

Hier, à l'aéroport, vous m'avez surpris en flagrant délit de recherche d'inspiration. Pour que vous compreniez votre place dans mon travail, voici quelques extraits de la fin de mon tome 6 avec ses hésitations, ses prises de notes, ses ratages, ses interrogations, ses emprunts à la réalité, ses détournements, bref ce qui fait le tissage du travail de l'écrivain.

J'espère que vous saisirez en quoi vous avez été source d'inspiration et en quoi le travail de l'imaginaire transmue le réel en art. Évidemment, je compte sur vous pour que ce texte reste entre vos mains et entre vos mains seulement.

Merci pour ce que vous êtes... Nous devrions nous revoir assez vite. Vous comprendrez cette phrase mystérieuse en lisant ce texte. J'espère que vous ne m'en voudrez pas.

Votre voisin l'écrivain dit « le pervers » !

Il était à peine cinq heures ce matin lorsque je me suis réveillée en sursaut ce matin. Je n'ai pas tout de suite compris pourquoi mon cœur battait la chamade puis je me suis souvenue qu'on était samedi, que je partais dans quelques heures avec Léa pour un tour du monde, que je ne reverrais pas Thibault avant un an, que jeudi on avait signé le bail pour notre coloc et qu'en octobre je commençais mes études de médecine. J'ai essayé de me convaincre que cela n'était qu'un délire de mon imagination et que je pouvais me rendormir mais je n'ai pas réussi. Alors j'ai tenté de m'imaginer une autre vie dans laquelle je n'aurais pas ces angoisses :

Autre vie dans laquelle je n'aurais pas ces angoisses

Vie dans laquelle je n'aurais pas rencontré Thibault : je ne le connaîtrais pas, donc je n'aurais aucune raison de pleurer sur son départ prochain.

Vie dans laquelle je ne connaîtrais pas Léa : elle ne pourrait pas me proposer de partir avec elle à l'autre bout du monde donc je ne serais pas stressée par le départ.

Vie dans laquelle je serais encore au lycée à la rentrée : aucune inquiétude, en septembre, je retournerais au lycée Colette et j'irais boire un Coca au *Louis XVI*.

Vie dans laquelle je n'aurais pas signé pour une coloc : j'habiterais à la maison bleue pour l'année à venir. Je dormirais dans ma chambre que je connais si bien.

Récapitulons, je pourrais être une fille cool et sans angoisses uniquement si j'étais célibataire, sans meilleure amie, que j'avais raté mon bac et que j'allais passer mon existence en tête à tête avec mes parents.

Euh... Il n'y a pas comme un paradoxe ?

Je me suis levée et je suis allée me préparer un thé dans la cuisine, mon portable à la main. Il était évident que, dans moins d'une minute, j'allais recevoir un SMS de la sorcière du genre : « Haut les cœurs ! C'est ça vivre : aimer, donc prendre le risque de souffrir. » et autres consolations (qui ne me consolent pas du tout, voire me stressent à mort).

J'ai rempli d'eau la bouilloire et j'ai attendu qu'elle chauffe, les yeux rivés sur le bouton rouge.

Bon d'accord, je garde cette vie avec les gens que j'aime, je ne reviens pas là-dessus... Mais doit-elle pour autant ressembler à une poignée de maïs qu'on jette dans de l'huile bouillante ? Ah, vous ne pouvez pas dire le contraire, depuis un certain temps, mon existence est vraiment une usine à pop-corn.

Faites le résumé des événements majeurs de ce dernier mois et vous arriverez à une conclusion similaire : épreuves du bac éprouvantes (inutile que je vous rappelle la balade en barque, l'épreuve de philo et ses conséquences), résultats chahutés, fête avec révélations surprenantes, annonce du départ de Thibault, recherche compliquée d'une coloc, mariage surprise d'Eugénie, annulation du départ de Thibault, présentation du nouvel amour de Claire, annulation de l'annulation du départ de Thibault et je ne vous parle pas de la signature du bail avec la tribu au grand complet ! Ça, je n'ai même pas envie de vous le raconter... Plus pénible, tu meurs.

Notes pour la journée de signature du bail

Avant l'arrivée en fanfare de tous les personnages à la maison rose, reprendre mes notes de la veille sur la résistance des ados qui auraient voulu vivre cette aventure sans leurs parents : discussion entre Nicolas et son père, entre Justine et son père. Peut-être les mêler comme s'il s'agissait des mêmes personnages puisque au fond ce sont les mêmes revendications d'indépendance et qu'il n'y a pas de différences fondamentales.

En revanche, écrire un dialogue entre Jim et sa mère pour que le lecteur comprenne davantage le personnage dans son milieu familial et pour relancer l'action. Suite à une fausse manip, Jim appellerait Justine et celle-ci entendrait toute la conversation. Elle comprendrait rapidement l'erreur mais, piquée par la curiosité, ne raccrocherait pas. On pourrait imaginer un dialogue comme celui-ci :

Jim – Je suis content que tu viennes demain, maman. Ça me permettra de te présenter Ambre et ma future maison.

La mère – Ambre, quel joli prénom...

Jim – Tu verras, il n'y a pas que son prénom qui soit joli.

La mère – Ça ne m'étonne pas, tu as toujours eu du goût.

Jim – Comment peux-tu le savoir ? Je ne t'ai jamais présenté qui que ce soit.

La mère – Quand quelqu'un a du goût, ça se limite rarement au choix de ses partenaires. Petit, déjà, tu étais un garçon délicat qui aimait les belles choses. Je me souviens qu'un jour, tu devais avoir quatre ans, je t'avais emmené faire des courses dans un grand magasin. On se promenait depuis une heure dans les rayons lorsque tu as disparu. Je me suis mise à hurler comme une démente, persuadée qu'on t'avait enlevé et que je ne te reverrais plus. On a passé une annonce au haut-parleur, et tous les vendeurs sont partis à ta recherche. On a fini par te retrouver. Tu fixais des verres en cristal.

Quand je me suis approchée, tu m'as souri et tu m'as dit : « Regarde comme c'est beau, c'est blanc comme la lune et ça brille comme le soleil. Quand je serai grand, j'en achèterai plein et je les regarderai la nuit pour ne plus avoir peur. » Tu t'en souviens ?

Jim – Non...

La mère – Ce jour-là, j'ai pensé que forcément tu deviendrais une grande personne formidable.

Jim (en riant) – Juste parce que j'aimais des verres en cristal ? Tu aurais pu avoir peur que je devienne accro à l'alcool plutôt !

La mère (en riant à son tour) – Tu es idiot.

Jim – Ah non, ça, c'est le point de vue de papa !

La mère – Je ne crois pas.

Jim – Tu ne crois pas que papa pense que je suis un crétin fini ? Il me l'a suffisamment répété.

La mère – Oui mais il ne le pense pas.

Jim – Alors pourquoi me l'a-t-il tant dit ?

La mère – Parce que tu es la seule personne au monde à qui il tient vraiment et qu'il n'a jamais su comment faire pour que tu entendes ce qu'il avait à te dire.

Jim – Il fallait me casser ?

La mère – Non. Il avait toujours peur pour toi. Peur qu'il t'arrive quelque chose. Mais plus il cherchait à te faire obéir, plus tu te révoltais.

Jim – Il n'y a que les chiens qui obéissent, les enfants, eux, comprennent le respect des règles quand on prend le temps de les leur expliquer. Ça fait une sacrée différence.

La mère – Si tu savais l'éducation qu'il a reçue, lui, enfant ! Ton grand-père était loin d'être pédagogue. Les règles, il les faisait entrer dans la tête de ses enfants à coups de ceinturon.

Jim – Est-ce que je dois me féliciter de ne pas avoir été élevé à coups de ceinturon par mon père et le remercier d'avoir préféré m'écraser de son mépris ?

La mère – Je comprends que tu lui en veuilles et je comprendrais même que tu me reproches de n'avoir pas su m'opposer à lui pour te défendre davantage.

Jim – Je ne t'en veux pas, maman, tu as fait comme tu as pu.

La mère – Lui aussi, il a fait comme il a pu.

Jim – Sauf que lui, c'était un adulte et moi un petit garçon. On ne boxait pas dans la même catégorie.

La mère – Il n'est pas si fort que tu l'imagines.

Jim – Tu voudrais que je le plaigne en plus ?

La mère – Non, je voudrais que vous vous compreniez parce qu'au fond vous vous ressemblez.

Jim – Certainement pas !

La mère – Plus que tu ne le crois. Un jour, quand il acceptera de te le raconter, tu l'accepteras tel qu'il est !

Jim – De me raconter quoi ?

La mère – Rien. Oublie ce que je viens de te dire.

Clore le dialogue de Jim et de sa mère sur cette réplique. On peut imaginer que le père arrive à ce moment-là, empêchant la confidence. La garder pour plus tard. Dans un autre tome ? Cela permettrait un rebondissement intéressant. À voir !

Ensuite, travailler l'arrivée à la maison rose, rue du Clocher : les parents de Justine et le père de Nicolas dans une voiture. Claire, Eugénie et la mère de Jim dans une autre. Les parents d'Ingrid dans la leur. Les filles dans la voiture d'Ambre et les garçons dans celle de Jim. Prévoir une scène durant le trajet avec les filles.

Justine – Non, mais c'est pas possible, on dirait un convoi pour un mariage.

Léa (en riant) – Ah non, le mariage, on l'a déjà eu la semaine dernière ! On se calme...

Justine – Mais vous imaginez la tête des Shankland quand ils vont ouvrir leur porte et qu'ils vont nous voir débarquer tous les seize !

Ambre – Personne ne les a prévenus ?

Léa – Je crois qu'Eugénie les a appelés ce matin.

Ingrid – Génial !

Justine – Quoi génial ?

Ingrid – Je vais revoir ma salle de bains ! J'en rêve depuis des jours ! J'ai déjà acheté un bain moussant à la bergamote et au jasmin pour la rentrée. Vous voudrez l'essayer ?

Justine – Si tu pouvais éviter de parler de la rentrée, s'il te plaît.

Ingrid – Oups ! Désolée.

Ambre m'a regardée dans le rétro.

Ambre – Pourtant, Justine, il va bien falloir en parler de cette rentrée. Tu ne peux pas faire comme si elle n'existait pas.

Justine – Pourquoi faudrait-il toujours tout envisager, tout assumer ? Moi, j'ai trouvé une nouvelle technique : le déni. Je fais comme si la rentrée n'existait pas, notre départ de samedi n'existait pas, l'année sabbatique de Thibault n'existait pas.

Ambre – Et tu te sens beaucoup mieux comme ça ?

J'ai poussé un énorme soupir.

Justine – Non.

On a toutes éclaté de rire.

Justine – C'est pas drôle !

Léa – Si !!!

Justine – Vous faites semblant de vous intéresser à moi mais en réalité, vous vous moquez de ma souffrance.

Léa – C'est ça...

Ambre – Qu'est-ce qui te fait si peur dans cette rentrée?

Justine – Tu ne lâches pas l'affaire, toi!

Ambre – Je ne crois pas à la technique du déni. Les problèmes doivent être réglés sinon ils te pourrissent la vie. Alors vas-y, raconte-nous tout...

Finalement cette scène de confidence dans la voiture n'est peut-être pas une bonne piste, elle ressemble trop à la scène de l'épisode 3 (scène identique avec les mêmes personnages dans le même lieu). Si je veux conserver une scène en voiture avec les filles, il faut la traiter différemment.

Et si les filles en regardant la voiture des garçons imaginaient ce qu'ils sont en train de se dire? Cela permettrait d'exorciser toutes leurs peurs, de les donner à voir au lecteur et de faire miroir intelligemment à la scène de l'épisode 3. On pourrait imaginer un truc comme ça :

Ambre – Tiens, devinez qui nous double!

J'ai tourné la tête, les garçons en grande discussion sont passés sans nous voir. Ingrid n'a pas supporté l'outrage.

Ingrid – Je rêve ou ils ne nous ont même pas calculées?

Ambre – Tu n'as pas rêvé, je le crains!

Ingrid – Vas-y accélère, on va leur montrer qu'on est là.

Ambre s'est exécutée. Il faut croire que le fait que Jim ne l'ait pas vue lui posait problème à elle aussi. À peine était-on à leur niveau qu'Ingrid a commencé à gesticuler en tous sens et à hurler le prénom de Jean-Baptiste à travers la vitre baissée.

Rien…

Léa a bougé les bras façon ailes de moulin en pleine tempête tandis qu'Ambre a klaxonné. Je les ai soutenues dans leur lutte « Eh oh ! C'est nous, on existe ! ».

Rien… Les garçons ont continué à discuter.

Ingrid – À votre avis, ils parlent de quoi ?

Léa – Je ne sais pas mais c'est du lourd.

Ingrid – Si ça se trouve, ils parlent de nous.

Ambre – Et qu'est-ce qu'ils disent d'après toi ?

Ingrid – Peut-être que Jean-Baptiste demande à Jim et à Nicolas des infos sur ma vie d'avant.

Léa – Et que vont-ils lui répondre ?

Ingrid – Je ne sais pas. Nicolas serait du genre à balancer : « C'est une petite fille gâtée qui ne pense qu'à ses fringues et à ses seins. Elle nous colle depuis des années. Nous, franchement, elle nous gonfle. »

Léa – Nicolas ne dira jamais une chose pareille.

Ingrid – Pourquoi ? Ça le gênerait ?

Léa – Ça ne le gênerait pas ! Mais il ne le dira pas parce que cette vision de toi n'est pas juste.

Euh perso, je ne suis pas complètement en désaccord avec cette vision-là.

Léa – Ingrid, tu le sais, tu es une belle personne et tu ne te résumes pas à ta garde-robe.

Ingrid – Tu es gentille, ma Léa !

Oui, c'est ça, elle est gentille… et hypocrite.

Ingrid – À moins que Jean-Baptiste ne demande rien aux garçons. Il est juste en train de leur confier ce qu'il a sur le cœur : « Ingrid ? Je n'en ai rien à faire de cette fille. Je m'amuse un peu avec elle puis je vais la balancer vite fait avant de partir en Afrique. Je ne vais quand même pas me traîner un boulet pareil. Tu me vois arriver là-bas avec une fille sapée comme une princesse et maquillée comme une voiture volée ? Je vais perdre toute ma crédibilité. Les gens crèvent de faim dans cette région, alors les petites filles gâtées qui font de l'humanitaire pour se donner un genre, ça ne passera pas. Non, la seule bonne chose qui me soit arrivée en sortant avec elle, c'est de vous rencontrer, les gars... »

Justine – Oh le salaud ! Les garçons pourraient te défendre quand même. Ils te connaissent depuis des années.

Ingrid – Solidarité masculine.

Justine – Tu as raison, si ça se trouve Thibault ne fait pas mieux. Après tout, s'il part aux États-Unis, c'est que je ne dois pas beaucoup compter pour lui. Il est peut-être super content de se débarrasser de moi. Je le vois d'ici dire avec son air de garçon bien élevé : « Qu'est-ce que je suis heureux de partir ! La petite vie plan-plan avec la demoiselle qui habite juste au dessus commençait à me peser. Au début, le côté jean-Converse gaffeuse-romantique m'a amusé mais là, j'aspire à rencontrer une femme, une sexy girl avec laquelle je vais vivre une vraie histoire d'amour. »

Ingrid – Il ne raconterait jamais un truc pareil.

Oh Ingrid, merci pour cette réaction qui vient du cœur. J'ai demandé pour me rassurer :

Justine – Tu crois vraiment que Thibault ne pense pas ça un seul instant ?

Ingrid – Oh si, c'est possible, en revanche les garçons ne le laisseront jamais dire quoi que ce soit sur toi.

Ambre, me regardant fixement dans le rétro, a confirmé.

Ambre – Surtout Jim ! Il ne supporte pas la moindre critique à ton égard et je sais de quoi je parle. À se demander quelle est la nature de votre lien ?

Justine – C'est mon ami d'enfance, c'est tout.

Ambre – C'est tout, vraiment ? Tu es d'accord avec cette réponse, Léa, toi aussi ?

La dernière question d'Ambre a jeté un froid dans la voiture. On n'a plus ajouté un seul mot.

Il est intéressant de laisser cela en suspens. Il n'est pas évident qu'Ambre soit toujours présente dans la suite et comme Thibault part aux États-Unis, le couple Jim-Justine pourrait retrouver le devant de la scène. À moins que le petit étudiant en médecine (Thomas Lagrange) entre vraiment dans la course. Pourquoi d'ailleurs ne pas lui faire croiser le groupe lorsqu'ils garent les voitures avant de se rendre chez les Shankland ? Justine pourrait rougir et bégayer en le voyant, ce qui mettrait Thibault et Jim en colère.

Prévoir une ellipse narrative pour la visite chez les Shankland, une fois tout le monde arrivé. Une scène avec les seize personnages + le couple des Shankland serait trop chorale. Impossibilité de faire parler tous les personnages et risque de perte d'intérêt pour le lecteur. D'autant que ça n'apporterait rien à l'intrigue, on connaît la maison, les voisins (Roger et Suzette) qui réapparaîtront par la suite. Quant aux Shankland, on sait déjà tout sur eux et il y a peu de chances qu'ils réapparaissent dans la série.

[Scène de discussion entre Justine, son père et sa mère dans la cuisine.]

J'ai aussitôt appelé Léa, il n'était pas six heures du matin mais tant pis.

Elle a décroché tout de suite.

Léa – Hello ma Justine !

Justine – Je ne supporte plus ma mère...

Léa – N'oublie pas qu'elle a accepté que tu partes pour un très long voyage. Tu ne peux pas l'empêcher de s'inquiéter... Fais un effort, écoute ses peurs et tente de la calmer.

Justine – J'aimerais t'y voir... Tu veux entendre le dernier fait divers de la touriste enlevée en Turquie ?

Léa – Non merci ! J'ai en mémoire ceux que tu m'as déjà racontés. Si on parlait d'autre chose ?

Justine – D'accord ! Tu n'as pas trouvé bizarre l'attitude de Thibault hier après-midi ?

Léa a soupiré. Mauvais signe...

Léa – Disons qu'il a été un peu distant.

Justine – Un peu distant ? Je ne sais pas ce qu'il avait à faire la veille de mon départ mais je ne l'ai pas beaucoup vu. Pourquoi a-t-il emprunté la voiture de Jim ? Où est-il allé ?

Léa – Mystère...

Justine – Tout le monde était dans son jardin pour notre dernière après-midi sauf lui !

Léa – C'est vrai. Peut-être était-ce trop douloureux pour lui ces ultimes moments tous ensemble.

Justine – Tu es incroyable, tu trouves toujours des excuses à tout le monde.

Léa – Aux gens que j'aime, surtout.

Justine – En fait, j'aimerais être comme toi !

Léa – Ne change rien, je t'aime exactement comme tu es.

CITATIONS SUR LE VOYAGE

« Qui n'a pas quitté son pays
est plein de préjugés. »
Carlo Goldoni

« Heureux qui, comme Ulysse,
a fait un beau voyage. »
Joachim du Bellay

« Femme qui voyage laisse voyager son cœur. »
Rivarol

« Le voyage est un retour vers l'essentiel. »
Proverbe tibétain

« Un amour est un voyage aux confins de soi-même. »
Hélène Ouvrard

« Le monde est un livre, et ceux qui ne
voyagent pas n'en lisent qu'une
page. »
Saint Augustin

Justine – Tu as intérêt parce que tu vas me supporter six semaines vingt-quatre heures sur vingt-quatre !

Léa – Même pas peur ! Allez, retourne boire un thé dans la cuisine avec ta mère et calme le jeu. Elle doit être super malheureuse et je ne vois pas l'intérêt de se fâcher avant le départ. Comme je te connais, tu vas te le reprocher à peine montée dans l'avion et ça gâchera ton voyage.

Justine – OK chef !

Léa – Tu promets ?

Justine – I promise.

Léa – Alors à tout' ma Justine !

Justine – À tout' ma Léa !

Focus sur le personnage de Thibault : qu'a-t-il fait hier ? Je l'ai entendu demander discrètement à Jim de lui prêter sa voiture mais je n'ai pas réussi à entendre pourquoi. Peut-être ne le lui a-t-il pas dit.

En tous les cas, très tôt le matin, il y a eu du bruit dans la maison, il est descendu à la cave. Il a mis des choses dans des caisses. Il est ensuite parti vers huit heures. Il a pris son scooter. Il est allé en périphérie de la ville. Il a sonné à l'interphone d'un immeuble assez mal famé. On lui a ouvert. Il est monté, il y est resté plus d'une heure et il est rentré. Il a continué à mettre des choses en caisse puis est retourné en milieu d'après-midi chez la même personne. Peut-être vend-il certaines de ses affaires avant son départ ? Quel intérêt puisque j'ai appris que le père gardait l'appart même si son fils partait ? Il a peut-être besoin d'argent pour son année sabbatique.

Et si c'était autre chose ? Après tout, il y a des zones d'ombre sur la vie de ce garçon. Il a dit qu'il travaillait comme livreur pour un resto, est-ce vrai ? Qui l'a vu faire ? Personne...

Ah si ! Tatiana la petite Américaine avec laquelle il a eu une histoire l'hiver dernier. Elle a raconté l'avoir rencontré lors d'une livraison de pizza. Mais elle peut avoir menti.

Il serait formidable que notre fils d'ambassadeur bien sous tous rapports soit différent de ce qu'il paraît ! La série déraperait vers quelque chose de plus dark... en même temps, est-ce que les lecteurs apprécieraient ? À garder juste comme une piste pour l'instant.

[Scène de discussion/réconciliation entre Justine et sa mère + Théo et sa liste de cadeaux.]

CHECK-LIST POUR MA VALISE :

3 jeans
1 pantalon coton
1 jogging
6 tee-shirts
6 caleçons
1 maillot de bain
1 serviette de bain
Ma casquette d'été beige
Mes lunettes de soleil
Ma bouilloire de voyage + adaptateur universel
Thé sencha
3 carnets Moleskine noirs souples vierges
3 stylos Sign Pen Pilot encre noire + un Stabilo jaune
Petite trousse de pharmacie premiers soins
Insuline et seringues + ordonnance traduite en anglais

La matinée est passée comme un rien. Lorsque maman m'a appelée pour déjeuner, j'ai cru qu'elle plaisantait mais non, il était déjà midi et quart et on partait dans moins d'une heure.

La mère – Thibault déjeune avec nous ?

Justine – Non.

La mère – Il mange chez lui ?

Justine – Non. Je l'ai eu au téléphone tout à l'heure et il m'a dit qu'il était sorti et qu'il nous attendrait à treize heures pile en bas.

La mère – J'espère qu'il sera à l'heure, sinon on ne l'attend pas.

J'ai eu envie de pleurer.

LETTRE ET CHÈQUE À ENVOYER À BRUNO PERLIOR AVANT LE DÉPART

À l'attention de M. Bruno Perlior
Agence Belimmo

Cher monsieur,

Je tiens à vous remercier pour les deux appartements en location que vous m'avez dénichés au 17 rue du Clocher. Ils correspondent en tous points à mes demandes : un appartement spacieux en rez-de-jardin louable en colocation à des étudiants et un deux-pièces situé juste au-dessus. Vous trouverez ci-joint le chèque correspondant aux honoraires de l'agence pour la recherche des deux appartements et un chèque de caution pour le deux-pièces que j'occuperai début septembre. Comme je vous l'ai expliqué au téléphone, je souhaiterais rester discret sur cette transaction. J'espère que vous le comprendrez.

Bien à vous

[Scène dans la voiture. Angoisse de Justine. Discussion entre le père et la mère.]

Pense-bête

Ne pas oublier d'emporter cette lettre.
Chercher sur Internet les adresses des pharmacies dans les villes indiquées en cas de problème avec mon insuline.

Monsieur,

Comme convenu voici le récapitulatif des ports d'escale pour votre voyage en cargo avec un départ le 23 juillet.

Voyage en cargo en Chine et Malaisie (43 jours)
Hambourg, Allemagne –
Anvers, Belgique –
Canal de Suez –
Tanjung Pelepas, Malaisie –
Qingdao, Ningbo, Shanghai/Yangshan, Xiamen et Yantian, Chine –

Tanjung Pelepas et Port Klang, Malaisie –
Canal de Suez –
Rotterdam, Pays-Bas –
Hambourg.

Le prix du voyage, puisque vous désirez une cabine individuelle, a été modifié. Il est désormais de 5 915 euros. Nous vous souhaitons un excellent voyage et nous remercions d'avoir choisi l'agence Mydream pour construire le voyage de vos rêves.

Sandrine Buleau

[Scène à l'aéroport.
Nicolas et Léa amoureux. Justine déprimée.]

Les filles sont allées enregistrer leurs bagages. Le père discute avec un vigile. Sophie, la mère, a une mine angoissée comme toujours. Elle parle à Eugénie. Vu ses mimiques, ça n'a pas l'air drôle.

J'opterais pour un de ces faits divers de pauvre fille en voyage dont elle est spécialiste.

Nicolas trépigne. Thibault semble complètement coincé. Il n'a pas ouvert la bouche depuis son arrivée à l'aéroport. Il a dû se passer quelque chose dans la voiture. Et s'il avait avoué à Justine ce qu'il a fait hier dans l'immeuble en périphérie de la ville ? Et si c'était le moment des révélations ?

Léa – Arrête de faire cette tête, Justine, je te rappelle qu'on part pour un merveilleux voyage.

Justine – Thibault ne m'a pas adressé la parole aujourd'hui. Je crois qu'il ne m'aime plus.

Léa – Arrête de te monter la tête, tu es fatigante.

Justine – Je te dis que...

Léa – Stop ! Aie un peu confiance dans la vie et dans les gens que tu aimes, tu te porteras mieux !

Justine – Mais...

Léa – Il n'y a pas de mais.

Un énorme ballon a gonflé dans ma poitrine. J'ai eu du mal à reprendre ma respiration. Qu'est-ce qu'ils ont tous à me détester aujourd'hui ? Soit on ne me parle pas, soit on m'ordonne de me taire... Léa a posé sa valise sur le tapis roulant puis elle a tendu passeport et billet à l'hôtesse. Celle-ci lui a demandé :

L'hôtesse – Vous n'avez qu'une valise, mademoiselle ?

Léa – Oui. Est-ce que je peux être assise à côté de mon amie dans l'avion ?

Son amie, moi ? Vraiment ?

L'hôtesse – Bien sûr. Je vais vous enregistrer ensemble.

Qu'est-ce qu'il a dans sa poche droite, le fils de l'ambassadeur ? Il n'arrête pas de plonger sa main à l'intérieur. Il regarde ses SMS discrètement ? Et s'il avait déjà une autre petite amie ? C'est peut-être chez elle qu'il s'est rendu hier.

Ou alors délire total, je donne à la série une nouvelle impulsion : Thibault s'est fait laver le cerveau quand son père était en poste en Irak et il est devenu terroriste. Il vient d'être réveillé par le réseau pour faire exploser une bombe à l'aéroport. Le truc totalement inattendu...

On se moquait des délires de Justine, en fait c'est elle qui avait raison. Non, on n'est pas dans Homeland... *Je me demande quand même ce qui lui arrive, il n'a vraiment pas l'air à l'aise.*

Les bagages enregistrés, on a rejoint les autres. On avait le temps de boire un verre ensemble avant de passer la douane.

Nicolas – Il y a un Mac Do porte 4, on y va ?

Comment il sait ça lui ?

Eugénie – Yes ! Je veux un Mac Fleury avec plein de M&M's.

La mère – Bonne idée.

Quoi bonne idée ? Ma mère est la première à partir en guerre contre la malbouffe et Mac Do est son ennemi juré. En plein désert, elle préférerait mourir de soif que de rentrer chez Ronald. Il faut vraiment qu'elle ait envie de se la jouer cool devant Claire et Eugénie.

Ils ont décidé de boire un verre au Mac Do. Je n'ai pas trop envie de les suivre. En même temps, c'est un peu triste de finir sur un départ pareil. Thibault continue à vérifier un truc dans sa poche. Ça m'intrigue.

La tribu s'est mise en marche en direction du Mac Do. J'ai suivi, la mort dans l'âme. Nicolas, en tête avec Léa, faisait semblant d'être guide pour un groupe de touristes. Il levait, façon pancarte de rassemblement, une pub qu'il avait récupérée sur un présentoir et baragouinait dans une langue asiatique totalement inventée. Ça a fait rire tout le monde. Sauf moi... Je n'avais qu'une envie, me jeter par terre et pleurer. Je marchais comme un zombie quand Thibault m'a attrapée par le bras et m'a poussée à l'intérieur d'un Relay presse. J'ai lâché un cri de souris qui a fait se retourner la moitié des clients du magasin. J'ai souri pour signifier que tout allait bien puis j'ai demandé :

Justine – Qu'est-ce que tu veux ?

Thibault n'a rien répondu, il s'est contenté de sortir une petite boîte de sa poche et me l'a tendue. Je l'ai ouverte... Je n'en ai pas cru mes yeux ! Un gros anneau d'argent surmonté d'une magnifique pierre carrée rouge sang étincelait dans son écrin de velours.

Justine – C'est quoi ?

Mon prince m'a souri.

Thibault – Une bague, je crois.

Justine – Je sais ! Mais pourquoi tu m'offres cette bague maintenant ?

Thibault – Parce que cette pierre rouge porte mon nom, c'est une amétrine. J'aimerais que tu la gardes à ton doigt jusqu'à mon retour des États-Unis. Je t'aime Justine et je rêve que tu m'attendes.

Le langage des pierres

Comme les fleurs, les pierres précieuses et semi-précieuses ont un langage. Le choix de leur couleur n'est jamais anodin. Astrologues, devins et francs-maçons utilisent depuis des siècles la force du minéral.

Les pierres dites précieuses sont le *diamant*, l'*émeraude*, le *rubis* et le *saphir*. Les pierres semi-précieuses, transparentes ou fines sont l'*aigue-marine*, l'*améthyste*, la *citrine*, la *cordiérite*, le *cristal de roche*, la *géode*, le *grenat*, le *péridot*, la *tanzanite*, la *topaze*, la *tourmaline*, le *zircon*. Il existe aussi des pierres ornementales comme l'*agate*, le *jade*, la *turquoise*... Toutes sont belles et parent divinement une main, un cou ou un lobe d'oreille !

- **Le *diamant* exprime la pureté et l'éternité.**
- **Le *saphir* est la pierre de la grâce, de la paix et de la prospérité.**
- **Le *rubis* représente la vitalité et l'intelligence.**
- **L'*émeraude* est la pierre de l'espoir et du renouveau.**

Je me suis jetée dans les bras de mon grand amour sous l'œil bienveillant d'une vieille dame qui avait assisté à la scène. Elle a commenté discrètement :

La vieille dame – Parfaite, la déclaration d'amour. À sa place, je l'attendrais… Enfin, pas trop longtemps non plus ! Il faut bien s'amuser quand même. La vie est courte.

Tiens, Justine et Thibault sont là. Je n'avais pas vu qu'ils avaient semé le groupe. J'ai failli me faire démasquer. Ça a l'air d'aller bien pour eux. Pourquoi regarde-t-elle sa main gauche avec ce sourire ébloui ? Je ne vois pas d'ici. Il ne l'a quand même pas demandée en mariage. À son âge, c'est totalement ridicule… Allez j'avance jusqu'au Mac Do pour voir ce que font les autres. Je trouverai une idée pour cette scène après…

Justine – Elle est magnifique !

Thibault – Elle te plaît vraiment ?

Justine – Oui, mais c'est une folie. Tu avais dit que tu ne devais pas toucher à l'argent des États-Unis.

Thibault – Ne t'inquiète pas, je ne l'ai pas dépensé. J'ai vendu quelques affaires à moi pour l'acheter.

Justine – C'est pour ça que tu n'es pas resté avec moi hier après-midi et ce matin.

Thibault – Oui… Et depuis tout à l'heure, j'étais très mal à l'aise parce que je ne savais pas comment te l'offrir. J'avais peur que tu me prennes pour un idiot. À chaque fois que je mettais la main dans la poche pour te la tendre, je renonçais.

Justine – Mon pauvre amour !

Thibault – Tout va bien maintenant. Je te l'ai offerte et elle a l'air de te plaire.

Justine – Plus que ça !

Thibault – Allez, viens vite, les autres vont se demander où on est passés...

Justine – D'accord !

Je suis arrivé au Mac Do. Rien de particulier. Rien ne ressemble plus à un Mac Do qu'un autre Mac Do.

Oh !!! Alors ça, je ne m'y attendais pas... C'est parfait pour ma fin !!!

Je vais rester ici.

On a couru jusqu'au Mac Do main dans la main.

J'avais l'impression d'être une héroïne de film. Ma vie était tout à fait fascinante. Thibault m'aimait comme un fou, je partais pour un voyage merveilleux avec ma meilleure amie, j'allais bientôt commencer des études de rêve...

Mais qu'est-ce qu'il fait là, lui ? Je suis peut-être myope mais je l'ai reconnu.

J'ai demandé à mon prince :

Justine – Thibault, tu vois comme moi qui essaie de se faire très discret là, près du poteau juste en face de nous ?

Thibault – Ah oui, je le vois très bien. Il faudrait qu'il nous explique pourquoi il se trouve ici au moment de votre départ.

On a foncé droit sur lui. Lui, c'était notre voisin, le pervers écrivain, en planque ce samedi 21 juillet dans le hall « departures » de l'aéroport. Il est devenu rouge pivoine à notre approche. Thibault a été royal. Il a dit dans la plus pure tradition des fils d'ambassadeur :

Thibault – Bonjour cher voisin ! Quel plaisir de vous rencontrer... Vous partez en voyage vous aussi ?

L'écrivain a tenté une réponse mais on a bien senti qu'il n'avait pas eu le temps de préparer une réplique plausible. Il s'est ratatiné sous nos regards amusés. J'ai décidé de l'aider.

Justine – Vous êtes venu parce que vous aviez besoin d'une scène pour votre prochain tome ?

L'écrivain – Pas seulement d'une scène, de LA dernière scène de mon tome 6. Je ne pouvais pas en rester à la soirée d'hier, c'était triste comme tout. Il me fallait quelque chose de plus flamboyant, de plus « bouquet final », vous comprenez ?

Justine – Pas vraiment.

L'écrivain – Si ça vous intéresse, je pourrais un jour vous montrer mes notes. Les allers-retours entre la réalité et ce que j'en fais...

Justine – Pourquoi pas... En attendant, voulez-vous vous joindre à nous au Mac Do ? Ce ne sera pas très flamboyant mais ça peut être sympa.

L'écrivain – Avec plaisir.

Cette scène finale au Mac Do me plaît vraiment. Je ne remercierai jamais assez mes personnages de me l'avoir offerte. Elle contient tout ce que j'aime : la joie, l'amitié, l'amour, la famille, l'avenir incertain et plein de promesses... Je dois avouer que j'ai été très bouleversé en l'écrivant.

Quand je pense à tout ce chemin parcouru par Justine, Léa, Nicolas, Jim, Ingrid et Thibault depuis le premier tome de ma série, j'ai le vertige. Ils ont vécu tellement de choses et il leur reste tant à parcourir. Des tas de chemins comme des branches d'arbres...

J'ai eu un pincement au cœur quand j'ai vu Justine et Thibault s'embrasser lors des adieux. Ces deux-là ne se retrouveront pas avant un an. Auront-ils encore envie de se serrer l'un contre l'autre à ce moment-là ? Le petit étudiant en médecine ne va-t-il pas ravir le cœur de mon héroïne ?

Nicolas aussi m'a fendu le cœur. Lorsque Léa a passé la douane et qu'elle lui a envoyé de loin un baiser, j'ai eu la sensation que quelque chose s'effondrait à l'intérieur de lui. Pourtant, il n'a rien laissé paraître, il lui a souri comme si elle allait revenir demain. Quel cadeau ! Une fois qu'elle a disparu de son champ de vision, il est resté longtemps à fixer le vide. Son angoisse n'a pas échappé à Claire et à Eugénie qui l'ont attrapé chacune par un bras et l'ont obligé à rejoindre le groupe. Ils se sont tous dirigés vers le parking.

Moi, je n'ai pas pu rentrer tout de suite. Je suis allé m'asseoir face aux grandes baies vitrées qui donnent sur le tarmac et j'ai attendu que leur avion décolle. J'ai enfin pu écrire les derniers mots de mon histoire :

« Il n'est plus temps d'avoir peur, c'est le moment de l'envol... »

L'auteur

Après avoir passé toute son enfance à rêver au milieu des livres dans la librairie de son père ou dans l'imprimerie de son grand-père, Sylvaine Jaoui a décidé une fois pour toutes que la vie était un roman. Elle s'est donc mise à raconter des tas d'histoires à dévorer entre deux tranches de carton.

Aujourd'hui, si vous ne la trouvez pas en train d'écrire sur la table de sa cuisine, vous avez quatre possibilités : soit elle écoute son amoureux lui jouer du piano, soit elle regarde des séries avec ses filles en mangeant des ours en chocolat, soit elle négocie avec les taupes de son jardin pour qu'elles aillent plutôt chez le voisin, soit elle est dans son lycée, lisant des romans à sa tribu d'ados.

L'illustratrice

Lorsqu'elle est née, la petite Colonel Moutarde a déclaré à sa maman qu'elle voulait être dessinateuse. C'est chose faite. Il lui faudra cependant quelques années avant d'être publiée, mais on ne décourage pas facilement un Capricorne.

Elle publie dorénavant chez de grands éditeurs de bandes dessinées (sa passion), en presse et en publicité.

Elle aime par-dessus tout mettre en images de chouettes histoires et ne boude pas pour autant les petits plaisirs de la vie comme de réveiller le chat qui fait la sieste, porter des bijoux gothiques pour effrayer ses enfants et s'acheter des tutus.

À bientôt pour la suite...

PAPIER À BASE DE FIBRES CERTIFIÉES

RAGEOT s'engage pour l'environnement en réduisant l'empreinte carbone de ses livres. Celle de cet exemplaire est de :
620 g éq. CO_2
Rendez-vous sur www.rageot-durable.fr

Achevé d'imprimer en France en mai 2014
chez Normandie Roto Impression s.a.s.
Couverture imprimée par Boutaux (28)
Dépôt légal : octobre 2013
N° d'édition : 6130 - 02
N° d'impression : 1401811